KB078339

MLB
메이저리그

MLB-메이저리그 11

말리브해적 장편소설

초판 1쇄 찍은 날 § 2016년 4월 21일
초판 1쇄 펴낸 날 § 2016년 4월 28일

지은이 § 말리브해적
펴낸이 § 서경석

편집책임 § 한준만
디자인 § 신현아

펴낸곳 § 도서출판 청어람
등록번호 § 제387-1999-000006호
등록일자 § 1999. 5. 31
어람번호 § 제1-2414호

주소 § 경기도 부천시 원미구 부일로 483번길 40 서경B/D 3F (우) 14640
전화 § 032-656-4452 팩스 § 032-656-4453
http://www.chungeoram.com
E-mail § chungeorambook@daum.net

ISBN 979-11-04-90773-9 04810
ISBN 979-11-04-90474-5 (세트)

FUSION FANTASTIC STORY

말리브해적 장편소설

11

KANG

62

MLB
메이저리그

청어람
도서출판

Contents

1. 안테나 계약

딱.

타구가 멀리 날아갔다. 삼열은 낮게 제구된 공이었음에도 홈런을 친 4번 타자 마이클 브루스를 보며 박수를 쳐줬다. 홈런을 맞은 것은 화가 났지만 실투성 공도 아닌 낮은 브레이킹 공을 잘 받아친 것이었다.

첫 홈런으로 1점을 내준 삼열은 마음을 가라앉혔다. 공을 던지다 보면 점수는 얼마든지 잃을 수 있다. 천하무적의 투수는 없으며 실수를 통해 배우면 그보다 더 좋은 것은 없다.

삼열은 홈 플레이트로 가서 베이스를 찍고 좋아하는 브루스를 보며 다음 타선에서 안타를 뽑기로 마음먹었다.

요즘은 타격에 취미가 생기지 않아 최선을 다하지 않았다. 그리고 그렇게 하면 아무래도 다음 이닝에서 투구하는 데에 조금은 무리가 왔다.

1 : 0으로 뒤진 경기는 오랜만이었다. 삼열은 5회 무사 노아웃에 5번 타자로 나서는 스캇 블렌을 바라보았다. 대체로 전 타자가 홈런을 치면 다음 타자의 스윙도 커지는 경향이 있다. 경쟁심 때문이다.

반면 투수도 자신이 내준 점수에 신경을 쓰면 투구 밸런스를 쉽게 잃어버리게 된다.

'파워 업을 하자.'

삼열은 다시 마음을 가라앉히고 필라델피아 필리스에서 메이저리그 선수 생활을 한 스캇 블렌을 바라보았다. 그는 화려한 3루 수비 실력을 겸비한 뛰어난 타자다.

삼열은 페이스를 끌어 올려야 한다는 것을 느꼈다. 아직 전력투구는커녕 맞혀 잡는 투구를 해서 힘에 여유가 있었다.

스캇 블렌은 장타력을 겸비한 좋은 타자이기는 하지만 최근에는 타율이 많이 내려갔다. 메이저리그 통산 타율이 0.281인 데 비해 작년과 올해는 0.241 전후의 타율을 가지고 있다.

그는 통산 315개의 홈런을 기록했지만 작년에는 일곱 개의 홈런밖에 치지 못했다. 올해도 홈런이 없다. 세인트루이스 카디널스에 있을 때 토니 블레이크 감독과 불화로 토론토 블루제이스로 트레이드된 후 다시 신시네티 레즈로 다음 해에 트레이드되었다.

삼열은 미소를 지었다. 홈런을 맞았지만 그것은 자신의 실력을 다한 것이 아니었다. 그런데도 스캇 블렌이 자신감을 갖는다는 것이 재미있었다.

'자, 그렇게 자신이 있으면 쳐봐!'

삼열은 투심을 던졌다. 공은 빠르게 날아가 포수의 미트에 꽂혔다.

펑.

"스트라이크."

다시 삼열은 100마일에 가까운 공을 던졌다.

펑.

"스트라이크."

삼열은 다시 공을 던져 3구 만에 삼진으로 블렌을 아웃시켰다. 들썩이며 신나게 응원을 하던 레즈의 팬들은 주춤거렸다. 6번 타자와 7번 타자 모두 삼진으로 잡아버리자 레즈를 응원하던 관중들의 행동이 눈에 띄게 잦아들었다.

상대 선발 투수 존 쿠애토 역시 5이닝 동안 실점 없이 던졌다. 그는 투구폼이 조금 독특했다. 왼발로 지지대를 삼은 다음 몸을 조금 옆으로 튼 후에 공을 던졌다. 그러면 마치 나사가 돌아가듯 회전하면서 공이 들어가는데, 이는 아마도 투수치고는 키가 작은 그가 체중을 효율적으로 공에 싣기 위한 방편인 것 같았다.

그는 작년에도 19승 9패, 평균 자책점 2.84로 최고의 한 해를 보냈다. 그래서인지 컵스의 타자들도 쿠애토의 공을 잘 공략하지 못했다. 그는 직구의 스피드도 빠르고 무엇보다 슬라이더가 일품이었다.

삼열은 더그아웃으로 들어와 마운드에서 던질 준비를 하는 쿠애토를 바라보았다. 그는 훌륭한 투수다. 공략하기가 정말 쉽지 않은 투수임에는 틀림없었다.

사실 정상급의 투수가 실투하지 않으면 타자들은 점수 내기가 쉽지 않은 것이 사실이다. 괜히 정상급 투수가 아니다.

컵스의 선두 타자는 5번 타자 헨리 아더스였다. 헨리는 배트를 휘두르며 타석에 들어섰다. 이제는 노련미도 간혹 보이는 그였다. 존 고브를 완전히 밀어내고 외야수 자리를 꿰찬 그는 부동의 5번 타자였다.

쿠애토가 공을 던졌다. 낮게 던진다고 한 것이겠지만 제구가 잘못되었는지 한가운데로 들어왔다. 그것을 놓칠 헨리가 아니었다. 그는 배트를 힘차게 휘둘렀다.

따악.

타구가 빗살처럼 날아갔다. 외야로 날아가던 공은 외야수의 글러브에 맞아 뒤로 튕겼고 백업을 한 우익수가 공을 잡아 던졌다. 공이 2루로 오기 전에 헨리의 발이 2루 베이스를 먼저 찍었다.

무사 2루에 6번 타자로 스티브 칼스버그가 나왔다. 그는 타율은 그다지 높지 않지만 장타율만큼은 자타가 공인할 만큼 좋았다.

존 쿠애토는 이번 이닝이 위기라는 것을 깨달았다.

예전처럼 만만하던 컵스가 아니다. 요즘에는 조금만 방심해도 뒤통수를 치는 팀으로 바뀌었고 작년에는 중부 지구 우승도 했다. 같은 중부 지구에 속한 신시내티 레즈로서는 분하기 짝이 없는 일이었다. 불과 두 경기 차로 1위를 내줬으니 말이다.

'자, 받아라!'

그가 잘 던지는 슬라이더가 날아갔다.

펑.

"스트라이크."

'후후, 역시 슬라이더에 약하군.'

슬라이더는 삼진을 잡기에는 매우 좋은 공이지만 조금만 실투를 해도 바로 홈런으로 이어지는 구질이다. 오늘같이 근소한 차이로 승패가 결정되는 경기에는 더욱 조심할 필요가 있다.

쿠애토는 어떻게 할까 생각하다가 다시 슬라이더를 던지기로 하고 포수에게 사인을 보냈다. 라이언 버니 포수가 승낙의 사인을 보냈다.

그런데 공을 던지는데 느낌이 안 좋았다. 그러나 이미 늦었다. 이미 공이 손을 빠져나가고 있었다.

공이 날아갔다. 하지만 의도와 달리 밋밋하게 공이 떨어지고 있었다.

따악!

잔뜩 노리고 있던 칼스버그가 배트를 날카롭게 휘둘렀다. 공은 3루 라인을 따라 외야로 떨어졌다. 2루에 있던 헨리가 가볍게 홈으로 들어왔고 칼스버그는 2루에 안착했다.

경기는 다시 원점으로 돌아갔다.

1 : 1. 무사 2루에 존 쿠애토 투수는 신중하게 공을 던졌다. 7번 타자는 로버트 대신에 나온 2루수 버트 알렉산더였다. 그는 날아오는 공을 보며 힘껏 배트를 휘둘렀다. 공이 배트의 윗면에 맞아 높게 떴지만 조명에 눈이 가린 2루수가 순간적으로 공을 놓쳤다.

무사 1, 2루에 8번 타자로 타석에 선 삼열은 피식 웃었다. 이제 경기의 승부는 자신의 손에 달린 것이다.

존 쿠애토는 당황하였다. 상대 타자는 올해 투수로 변신했지만 작년까지는 홈런왕이었다. 거르자니 무사에 만루가 되어 버리고 승부를 하자니 꺼림칙했다.

'젠장! 빌어먹을.'

중심 타자도 아닌데 엄청난 위압감을 느낀 쿠애토는 공을 던지는 것이 두려웠다.

삼열은 배트를 꽉 붙잡고 손목의 힘으로만 공을 치려고 준비했다. 지금은 1점이 아쉬운 때였다.

공이 낮게 들어왔다. 삼열은 굳이 치지 않았다. 지금은 심리적으로 자신이 우위에 있다. 상대 투수가 쉽게 승부하지 않을 것으로 생각했다. 역시나 공은 볼이었다.

삼열은 두 번째에도 스트라이크 같은 볼이 올 것으로 생각했다. 역시나 볼이었다.

쿠애토는 삼열이 자신의 유인성 공에 배트가 따라오지 않자 당혹스러웠다. 유인하는데 상대가 따라오지 않으면 정말 대책이 없다. 그런 날은 경기를 힘들게 치러야만 한다.

삼열은 상대 투수의 공을 예측하는 것이 어렵지 않았다. 상황을 보면 답이 나왔다. 그리고 상대 투수의 평소의 성격이나 습관을 알면 다음 행동을 예측하기가 더 쉽다.

이런 경우 투수가 모험하지 않으면 스트라이크를 잡으러 들어올 것이다. 무사 만루는 너무나 위험하기 때문이다.

역시나 가운데를 정직하게 파고드는 빠른 공에 삼열은 배트를 휘둘렀다.

딱.

타구가 긴 포물선을 그리며 날아가다가 펜스의 상단에 맞고 떨어졌다.

중견수가 뒤에서 수비하고 있었기 때문에 튕겨 나온 공을 쉽게 주워 던졌다. 덕분에 삼열은 1루까지밖에 가지 못했다. 하지만 2루 주자는 홈으로 들어왔고 무사 1, 3루가 다시 되었다. 수비가 얕았으면 2득점을 하고 삼열도 2루까지 갈 수 있는 깊은 안타였다.

9번 타자는 이안 스튜어트.

존 쿠애토는 숨을 깊게 들이마셨다. 여기서 무너지면 오늘 경기는 끝이라고 봐야 한다. 상대 투수는 자신보다 더 뛰어난 투수다. 비록 우완에서 좌완 투수로 바뀌었지만, 그런데도 여전히 무지막지한 공을 던졌다.

삼열은 1루 베이스를 밟고 꼼짝도 하지 않았다. 지금은 도루 타이밍이 아니었다.

딱.

삼열은 스튜어트가 공을 치는 것을 보았다. 중견수 정면으로 날아가는 것이라 다시 1루로 돌아왔다. 동시에 3루 주자가 스타트를 끊었다. 깊은 안타라 3루에 있던 버트 알렉산더가 홈으로 들어왔다. 다시 점수가 나서 3 : 1에 1사 1루가 되었다.

삼열은 이제 뛰어야 하는 타이밍이 왔다고 생각했다. 1루 베이스에서 거리를 조금씩 벌려 투수의 행동을 주시했다. 역시나 존 쿠애토가 견제구를 던졌다. 삼열은 가볍게 베이스 판을 밟았다.

원래 리드 폭이 별로 크지 않았을 뿐만 아니라 한두 번은 견제구가 들어올 것으로 생각했었다. 자신이 찬스라고 생각하면 상대 투수도 그렇게 생각할 것이 틀림없기에.

또다시 견제구가 들어왔다. 삼열은 느긋했다. 지금 쫓기는 것은 상대 투수지, 자신이 아니었다.

결국 쿠애토는 견제하다가 정신이 산만해졌는지 실투를 하고 말았다.

딱.

삼열은 공 소리만 듣고도 큰 것임을 느꼈다. 아니나 다를까, 공이 펜스를 살짝 넘어갔다.

홈런이었다. 삼열은 천천히 베이스를 돌아 홈으로 들어왔다. 더그아웃으로 들어와 동료 선수들의 하이파이브를 받았다.

4 : 0.

1번 타자 빅토르 영이 천천히 타석에 들어섰다. 그는 작년에 후보 선수 비슷하게 지냈기에 스토브 리그에서 죽도록 연습을 했다. 그 결과가 오늘 극명하게 나타났다.

빅토르 영이 들어오면서 쿠애토는 결국 강판당하고 말았다. 그가 깔끔한 3루타를 쳤기 때문이다. 그것으로 경기는 끝났다. 이날 삼열은 7 : 1로 승리 투수가 되었다.

컵스의 타선은 확실히 예전과 달라졌다. 삼열이 생각해도 이제는 월드 시리즈를 노려볼 만했다. 물론 아직도 실력으로만 본다면 월드 시리즈에 진출하기에는 무리가 있긴 했다. 그래도 컵스는 서서히 성장하고 있었다.

삼열은 멋쩍게 웃었다. 이제 3승이다. 오늘 더욱 좋은 것은 네 게임에 나와 3승을 거두었다는 것. 승률이 무려 75%다. 이런 성적이 끝까지 유지된다면 얼마나 좋겠는가. 어쨌든 오늘은 기분은 좋았다.

삼열은 기분 좋게 동료들의 축하를 받으며 호텔로 돌아가 잠을 잤다.

이틀 후, 삼열이 호텔 로비에 있는데 팀에 복귀한 로버트가 나오고 있었다. 아마도 연습장으로 가려는 모양이었다.

"하이, 삼열!"

"하이!"

삼열은 조금은 수척해진 로버트를 맞이하며 악수했다. 어제 로버트는 슬픔을 극복하고 어제 경기에서 홈런을 때려 컵스의 질주에 가담하였다.

"괜찮아?"

"물론. 어머니, 아버지는 우리 형제들이 잘 살기를 바라셨어. 어머니의 유언에 따라 나는 동생들을 위해 살기로 결심했어."

"그러면 가족들을 미국으로 이민시키는 것은 어때? 이민한다고 도미니카 공화국의 국민이 아닌 것은 아니잖아. 이곳 가까이서 가족들과 함께 있으면 마음도 안심되고 말이야. 가족들과 떨어져 있는 것은 좋지 않아."

삼열은 가족이 언제나 그리웠다. 그래서 좋은 여자가 나타나자마자 어린 나이임에도 불구하고 결혼을 했다.

"안 그래도 에이전트가 그렇게 권유하더군. 예전에는 어머니가 강하게 고국에 남아 있기를 원해서서 어쩔 수 없었지만 돌아가신 다음에는 그럴 이유가 없지. 이제 동생들은 내게는 자식들이나 마찬가지야. 얼마 안 있으면 미국으로 동생들이 올 것 같아."

삼열은 미소를 지으며 환하게 웃는 로버트를 바라보았다. 그는 정말 에이전시를 잘 얻었다. 어리숙한 그를 속이지 않고 잘 도와주는 그들의 모습에 삼열은 감동했다.

정직은 모든 계약의 기본적인 요소다. 정직하면 오랫동안 같은 길을 갈 수 있다. 때로 의견이 맞지 않을 때도 있겠지만 서로에 대한 신뢰는 상대가 간혹 하는 실수를 덮어줄 것이다.

삼열은 로버트와 이야기를 나누며 커피를 마셨다. 그리고 그와 함께 연습장으로 갔다.

삼열은 몸을 풀고 가볍게 공을 던졌다. 공이 원하는 대로 잘 들어갔다. 요즘은 컨디션이 매우 좋았다.

오늘 경기 후에 컵스는 다시 시카고로 돌아가게 된다.

*   *   *

마침내 원정경기가 모두 끝났다. 3승 1패로 굉장히 만족스러운 결과여서 감독과 코치진들, 그리고 선수들의 표정이 무척이나 좋았다. 승리는 그 어떤 마약보다도 달콤했다.

집에 돌아오니 줄리아가 자다가 깨서 품에 안겨왔다. 품에 안겨서도 조는 모습에 삼열은 미소를 지었다. 마리아가 그런 딸을 힐끗 쳐다보고는 같이 웃었다.

삼열과 마리아는 키스하며 딸의 등을 쓰다듬었다. 잠든 줄리아를 방에 재우고 삼열과 마리아는 다정하게 껴안고 이야기를 했다.

"여보, 우리 같이 샤워할까?"

삼열의 제안에 마리아가 싫지 않은 표정을 지었다. 대낮에 일을 벌이기는 남부끄러웠지만 오랜만에 만나는 것이라 애틋했다. 반대하지 않는 마리아의 손을 잡아끌어 삼열은 샤워 부스로 들어갔다.

마리아는 여전히 아름답고 현숙했다. 저돌적인 삼열의 요구에도 거절하지 않고 응해줬고 때로는 오늘처럼 낮에도 딸 몰래 했다.

"마리아, 우리 둘째 가질까?"

"잘 모르겠어요."

그때 줄리아가 눈을 비비며 거실로 나왔다.

"아빠, 아빠!"

안아달라는 딸을 안고 거실로 가니 돼지와 개가 따라 왔다. 그 모습을 보니 조금 불쌍하다는 생각이 들어 삼열은 구박하지 않았다.

삼열은 동물을 그다지 좋아하지 않았다. 그러나 딸과 잘 어울리는 모습이 좋게 보여 기르는 데 반대는 하지 않았다. 털이 날리는 것이 귀찮았지만 마리아가 틈틈이 청소기를 돌리니 문제는 없었다.

"아빠, 나 봐!"

줄리아는 삼열의 손을 잡고 칭얼거리다가 커다란 제시의 등에 올라탔다. 그러자 제시가 천천히 걷기 시작했다. 그 모습을 보고 마리아는 고개를 절레절레 흔들었다. 이에 신이 난 줄리아가 제시에게 말했다.

"제시. 고! 고!"

제시는 줄리아의 말을 알아들었는지 천천히 앞으로 갔다. 마리아는 말썽꾸러기 딸을 말리다가 지친 지 오래였다.

문제는 제시의 태도였다. 어려서부터 줄리아와 함께 자랐고 주인으로 인식하다 보니 줄리아의 말이라면 뭐든지 들어줬다. 줄리아는 제시를 타고 거실을 돌아다녔다. 초대형종인 그레이트 피레니즈는 체고가 70㎝나 되는데 제시는 그보다는 약간 작았다.

제시는 아주 영리하고 순했다. 그래서 줄리아의 사랑을 가장 많이 받았다. 반면 꼬마 돼지 도니는 성질이 사나워 예쁨을 받지 못했다. 먹을 것만 밝히고 고집이 세니 줄리아에게도 무시를 많이 받았다. 그럴수록 도니의 성격은 삐뚤어져 갔다.

삼열은 제시를 타고 다니는 줄리아를 보며 헛웃음만 나왔다. 자기가 좋다는데 뭐라고 하겠는가. 제시도 자신의 주인을 태우고 다니는 것을 은근히 좋아했다. 목양견인 제시가 줄리아에게는 말이 되어 줄리아가 가라는 대로 아주 천천히 왔다 갔다 했다.

삼열은 이제 자신이 더 이상 딸을 등에 태워줄 수 없게 된 것을 깨달았다. 시원하면서도 섭섭했다.

"여보, 당신이 좀 말려줘요."

"제시도 싫어하는 것 같지 않은데."

"하여튼 둘이 붙어서 매일 노니 거절을 하지 못하는 거죠."

그래도 줄리아에게 동물을 사랑하라고 가르칠 필요는 있어 보였다.

삼열의 제지를 받은 뒤 줄리아는 거실에서 말타기는 하지 않았지만 자기 방에 있을 때는 여전히 제시를 타고 놀았다. 이 재미있는 것을 왜 못 하게 하는지 아직 어린 줄리아는 이해하지 못했다.

*   *   *

컵스는 확실히 달라졌다. 막강한 화력으로 무장하여 앞으로 나아갔다. 동시에 존 가일, 스테판 웨인과 같은 뛰어난 투수들이 계속 충원되었다.

존스타인 사장은 자신의 방에서 서성거렸다. 그는 올해 승부를 볼 것인가, 아니면 몇 년 더 기다릴 것인가를 고심하고 있었다.

아직은 컵스의 리빌딩 작업이 완전히 이루어지지 않았다. 하지만 욕심을 내볼 만은 했다. 작년에 이어 올해에도 탄력을 받은 컵스는 앞으로 무섭게 돌진하고 있다. 욕심을 부리면 실패할 확률이 높다는 것을 알면서도 모처럼 찾아온 기회를 놓치기가 아까웠다.

'문제는 월드 시리즈에 진출했을 때 승리를 할 자신이 있는

가이다. 컵스에게 필요한 것은 월드 시리즈 진출이 아니라 우 승이니까!'

존스타인은 입술을 깨물며 생각에 잠겼다. 아무리 생각해 봐도 이번 기회가 아깝지만, 그렇다고 무작정 운 하나만 믿고 밀고 나가기는 부담스러웠다. 컵스가 원하는 것은 월드 시리 즈의 우승. 이를 위해서 실력을 더 갈고닦아야 한다. 시간이 더 필요했다.

"100년을 기다렸다. 몇 년을 더 기다리지 못할 이유가 있 나?"

존스타인은 초조해 하는 자신에게 반문해 보았다. 그렇게 하니 바로 답이 나왔다.

컵스는 2003년과 2007년, 2008년에 내셔널 리그 중부 지구 에서 우승했다. 하지만 거기까지였다. 컵스는 거기서 더 나아 가지 못하고 퇴보를 거듭했다.

지금도 컵스의 선수들의 커리어는 올라가고 있지만, 문제는 선수층이 너무 얇다는 것이었다. 후보 선수들과 선발진의 실 력 차가 너무 났다. 이럴 경우 선발진들의 혹사를 피할 수 없 게 된다. 순위를 매기는 경기는 어쩔 수 없이 치열한 경쟁을 해야 하기 때문이다.

'그런데 컵스의 팬들이 더 기다려 줄 수 있을까?'

지금까지 올바르게 왔다면 계속 밀고 나가야 한다. 지금은 확신을 가지고 천천히 나갈 타이밍이지, 승부를 걸 때가 아니었다.

존스타인이 고민을 거듭하고 있을 때 비서로부터 삼열이 면회를 신청했다는 말이 들려왔다.

'뭐지?'

존스타인은 이 악동이 찾아와서 또 무슨 소리를 할지 은근히 부담스러웠다. 깐깐하고 뒤끝이 많다고 소문이 나서 사장인 자신도 대하기도 어려운 선수다. 자기 마음에 들지 않으면 또 언론에 나가 언제 폭로할지도 몰라 여간 조심스럽지 않다.

그리고 또 하나, 그의 장인이 멜로라인 가문의 존 메이어 상원의원이라는 것도 찝찝하고 거북했다.

멜로라인 가문이 어떤 곳인가? 미국에 몇 되지 않는 명문가다. 단순히 부자가 아니라 전통이 있는 부자, 그것도 상상하기 힘든 엄청난 부자다.

존스타인은 이런 삼열의 면담을 거부할 수가 없어 들어오라고 했다.

"안녕하세요, 사장님."

"어서 오게."

존스타인은 생글생글 웃는 삼열을 보며 '이게 또 무슨 수작을 부리려고 이러지?' 하고 속으로 경계를 했다.

"올해 제가 벌써 3승을 했네요."

"아, 나도 그 경기를 봤네. 축하하네."

"고맙습니다. 그런데… 올해 제가 어쩌면 트리플 크라운을 할지도 모르겠습니다."

"허, 나도 바라던 바이네. 자네가 작년에 홈런왕이 되어 컵스의 팬들이 아주 좋아했네."

"아, 그렇군요."

"그래, 오늘은 무슨 일로 왔는가?"

삼열은 존스타인이 궁금해하는 얼굴로 묻자 잠시 뜸을 들였다. 그는 속으로 어떻게 해야 존스타인을 확실하게 벗겨먹을 수 있을까 생각했다.

"제가 아는 속담 중에 '재주는 곰이 부리고 돈은 왕 서방이 번다'는 말이 있습니다."

삼열이 말을 꺼내자 존스타인은 얼굴을 찡그렸다. 머리가 좋은 그는 이미 그 말을 듣자마자 삼열이 하려는 이야기가 돈이라는 것을 알아챘다.

"커험, 연봉 협상은 이미 끝나지 않았는가?"

"아, 그야 그렇죠. 그런데 끝나지 않은 사소한 것이 하나 있습니다."

"그게 뭔가?"

존스타인이 묻자 삼열은 또 딴짓을 했다. 창밖을 바라보기도 하고 비서에게 커피를 리필해 달라고도 했다. 그러고 나서 은근한 투로 이야기를 꺼냈다.

"아시다시피 전 티셔츠를 파는 수익금의 60퍼센트를 아이들을 위해 사용합니다."

"나도 그 이야기는 잘 알고 있네."

존스타인은 귀찮은 표정을 지었다. 보나 마나 아쉬운 소리를 하러 온 것이 틀림없었기 때문이다.

"그런데 계약서에 미처 언급하지 않은 것이 있더군요."

"그래? 그게 뭔가?"

"한국에서 조만간 올해에 컵스의 경기가 아닌, '제가 출전하는 컵스의 경기'를 중계하기 위해서 계약하러 올 것입니다."

존스타인은 삼열의 말에 한 대 맞은 표정을 지었다. 사실 삼열이 말한 것은 굉장히 중요한 문제였다. 오로지 삼열 때문에 한국의 방송사가 컵스의 중계권을 사겠다고 연락을 해온 것이다. 만약 삼열이 없다면 한국의 방송사들은 양키스나 레드삭스 같은 인기 많은 명문구단의 중계권을 사려고 할 것이다.

"하지만 중계권의 수익을 선수와 나누는 법은 아직까지 없네."

"물론 그렇겠죠. 하지만 이번에는 특수한 경우이니까 말씀드리는 것이죠."

존스타인은 삼열이 조금 전 '자신이 출전하는 컵스의 경기'

라는 말에 이어 '특수한 경우'라는 말을 끊어 말해 강조하자 짜증이 났다.

아무리 그렇다고 하더라도 그것은 구단의 수익이지, 일개 선수에게 나눠줄 수 있는 이윤이 아니었다. 중계방송권은 구단의 수익 모델 중에서 제일 비중이 큰 사업이었다.

"아무리 그래도 자네에게 수익을 나눠줄 수는 없네."

"뭐, 안 나눠주셔도 됩니다. 하지만 사장님께 아주 사소한 부탁을 드려도 될는지요?"

"커험, 해보게."

"계약을 가능한 한국의 KBC와 해주십시오."

"그건 곤란하네. 가장 많은 비용을 지불하는 방송사와 하는 것이 원칙이네. 내가 사장이라고 하더라도 그것을 바꿀 수는 없지."

"맞습니다. 다만 얼마를 받으시든 그것은 사장님 능력이고요, 전 KBC와 계약만 해주시면 됩니다."

"그렇게 해서 자네가 얻는 이익은 뭔가?"

"뭐, 별거 없습니다. 홍삼을 몇 뿌리 준다고 하더군요."

삼열은 또 딴 곳을 쳐다보며 말을 끌었다.

"그런데……?"

"KBC에서는 제가 티셔츠를 판 금액으로 아픈 아이를 수술시킬 때 한국 병원을 알아봐 준다고 했습니다. 알다시피 한국의 의료 수준은 세계적이죠. 그리고 상대적으로 수술비가 많이 싸기도 하고요. 그렇게 하면 한 명 수술할 돈으로 세 명도 할 수 있다고 하니, 어지간하면 그 회사랑 하고 싶어지더군요."

"커험. 참, 그 참……."

존스타인은 헛기침을 하고는 얼굴을 붉히었다. 화가 났지만 뭐라고 말하기가 애매했다. 부당한 요구이긴 하지만, 그렇다고 거절하기가 매우 힘들기도 했다.

"내가 그렇게 해주면 자네는 뭘 주겠나?"

"트리플 크라운이 작나요? 작년엔 홈런왕, 올해는 트리플 크라운. 컵스의 팬들이 무척이나 좋아할 것 같은데요."

"커험, 그것은 자네에게만 좋은 일이 아닌가?"

"그렇죠. 하지만 내년부터는 다른 구단도 그런 선수를 보유할 수도 있게 되겠죠."

존스타인은 삼열의 말에 즉시 얼굴을 활짝 펴고 웃으며 말했다.

"하하하, 내 자네의 의견을 적극적으로 수용하겠네. 너무 걱정하지 말게."

"그렇게만 해주신다면 저야 더 바랄 것이 없죠."

"자네는 컵스의 영웅이야. 딴생각하지 말고 한 20년 동안 컵스에서 할 수 있는 것 다 해보게."

"뭐, 돈만 많이 주신다면……."

"컵스는 자네가 아는 것보다 돈이 많네."

"그럼 저야 좋죠."

삼열과 존스타인은 서로 마주 보며 웃었다. 존스타인은 만약 자신이 부탁을 거절하면 눈앞의 이놈은 바로 행동을 취할 것을 알고 있다. 이런 말썽쟁이들은 생각을 진지하게 하는 것이 아니라 일단 저지르고 본다. 그러니 상대하는데 이성적인 판단을 하면 당하게 된다. 왜냐하면 이들의 요구는 본능에 의거하기 때문이다.

존스타인은 삼열이 돌아간 다음에 피식 웃었다. 사실 메이저리그에서 스타가 차지하는 비중은 엄청나게 크다. 슈퍼스타가 있는 구단은 관중이 미어터진다.

삼열은 스타다. 그것도 슈퍼스타. 이전에는 새미 소사 이외에 이처럼 대중적인 사랑을 받은 선수가 없다시피 했다. 삼열이 등판하는 경기는 홈경기든 원정경기든 매진 사례가 매번 일어난다.

메이저리그의 '기록 제조기'가 삼열의 별명이다. 나름 재빠르게 파워 업 티셔츠를 팔아먹고는 있지만 컵스가 삼열이 있음으로 인해 얻는 무형의 이익은 말로 다 하기가 힘들었다.

가장 큰 이득은 이제는 메이저리그에 속한 선수들이 컵스에 오고 싶어 한다는 점이다. 그리고 그 중심에 삼열이 있다.

삼열이 있으면 컵스는 후끈 달아오른다. 시합이면 시합, 훈련이면 훈련… 컵스가 뜨겁게 움직인다.

가장 중요한 점은 팬들이 삼열을 광적으로 좋아한다는 것이다. 그리고 삼열은 그런 팬들을 이용하여 자신의 주머니를 채우지만 어린아이들을 위하는 여러 행사를 한다.

그중 하나가 병든 아이의 수술을 무료로 지원하는 것이다. 한국의 방송사와 미리 그런 이야기가 되어 있다면 컵스는 거기에 숟가락만 얹으면 된다. 어려울 것이 없었다.

'이번엔 구단도 좀 재미를 봐야지. 매번 당할 수야 없지. 후후.'

존스타인은 실무진을 불러 이번에 한국의 방송사와 계약하면 그 효과를 극대화하는 방법을 모색해 보라고 지시를 내렸다.

노련한 행정가인 그는 삼열과의 이야기에서 여러 가지를 얻었다. 그는 미소를 지으며 이번 계약을 통해 구단이 더 많은 이익을 얻을 방법을 계산하기 시작했다.

"아쉬워!"

존스타인은 사실 삼열이 타자였으면 더 좋았을 것이라고 생각했다. 그랬다면 32경기가 아닌 162경기에 나가 관중들을 구름같이 끌어모을 터인데 말이다. 하지만 삼열은 투수가 되기를 원하였고 구단도 특급 투수를 필요로 했다.

사실 컵스에게 절실하게 필요한 것은 투수였다. 월드 시리즈 우승을 위해서는 강력한 투수가 적어도 세 명은 있어야 한다. 그렇지 않다면 아무리 타자가 잘해도 우승과는 거리가 멀어진다.

"저놈 같은 투수나 타자가 한 명만 더 있으면 당장에라도 우승할 수 있을 텐데. 아쉽군!"

존스타인은 창밖으로 보이는 리글리 필드를 바라보았다. 아름답고 고전적인 컵스 구장이다. 이렇게 좋은 팬들과 재원을 가지고도 100년 동안이나 우승을 하지 못했다는 것이 믿어지지 않는다.

어쩌면 밤비노의 저주처럼 염소의 저주가 있는지도 모른다. 그렇다고 해도 자신이 누군가. 밤비노의 저주를 깼을 뿐만 아니라 우승을 두 번이나 하지 않았는가.

승리는 운으로 하는 것이 아니다. 실력을 갖추면 자연 따라오는 것이다. 하지만 메이저리그에는 강한 팀이 너무나 많았다. 그들 모두를 제치고 우승을 하기 위해서는 운도 따라주어야 한다.

그런데 지금 다행스럽게도 운이 가장 좋은 선수가 컵스에 있다. 불치병을 극복하였을 뿐만 아니라 교통사고로 오른손을 못 쓰게 되자 좌완 투수로 변신하였다. 그만큼 자신의 운명을 거스르는 자가 일찍이 컵스에는 없었다. 저 악동과 함께라면 어떤 시련이 온다고 해도 컵스의 선수들은 쉽게 주저앉지 않을 것이다.

존스타인은 메이저리거들이 많은 미신과 징크스를 신봉하고 있는 것을 알고 있다.

과학적이지 않다, 미신이다, 라고 그들에게 말한다 해도 아무런 소용이 없다는 것도 알고 있다. 선수들은 자신의 운명을 거스를 만큼 정신적으로 강하지 않기 때문이다.

그러나 삼열은 그렇게 했다. 루게릭병을 이기고 고장이 난 오른팔을 버리고 왼손으로 공을 던지고 있지 않은가. 컵스의 선수들은 이런 불굴의 투혼을 보고 알게 모르게 영향을 받고 있다.

존스타인은 누구보다 그 사실을 잘 알고 있었다.

한편 삼열은 존스타인이 무엇을 생각하는지도 모른 채 그의 방을 나오면서 콧노래를 흥얼거렸다.

이번 건을 성사시키면서 실제로 얻은 이익은 비록 홍삼 세트밖에 없지만 아이들을 많이 도와주면 기분이 좋고, 그만큼 티셔츠도 많이 팔릴 것이라고 생각했다.

얼마나 더 많은 티셔츠가 팔릴까 기대를 하니 벌써부터 기분이 좋아져 삼열은 그 자리에서 춤을 추었다. 지나가던 사람들이 웃겨서 죽으려고 했다. 그는 정말 춤 하나는 더럽게 못

쳤다.

삼열은 사람들의 눈초리와 쿡쿡거리는 소리를 들으며 서둘러 구단 사무실을 나왔다.

연습장에 가니 로버트가 나와 있었다. 삼열은 몰래 그의 등 뒤로 걸어가 소리를 질렀다.

"와!"

"왔어?"

"안 놀라?"

"너 오는 것 아까 봤어."

"……."

삼열은 쓸데없는 짓을 했다고 생각하며 커피를 마시러 가자고 로버트에게 말했다. 연습광인 로버트도 삼열이 커피를 마시자고 하니 순순히 따라나섰다.

카페테리아에서 커피를 마시며 삼열은 그와 이야기를 나눴다. 아직도 어머니의 죽음에서 헤어나지 못한 그를 위로하며 동생들을 칭찬했다.

"야, 네 동생들은 너와 달리 예쁘고 잘생겼더라."

"무슨 말이야? 잘생긴 거로 보면 나도 빠지지 않는다고."

"퍽이나 그러겠다."

삼열은 로버트와 실없는 이야기를 주고받으며 시시덕거렸다. 이렇게 가슴이 아플 때는 그냥 옆에 있어 주는 친구가 필요한 법이다. 그는 부모님을 잃는 슬픔의 무게가 얼마나 무거운지 알고 있으니까.

로버트도 삼열이 하는 말과 행동이 무엇을 의미하는지 알았다. 지금 그는 사실 연습을 해도 제정신이 아니었다. 지금은 몸과 정신이 꼭 남의 것 같았다.

조금만 시간이 나면 자신도 모르게 멍해지면서 어릴 적 함께 야구를 했던 아버지의 얼굴과 어머니의 다정한 모습이 생각났다. 그럴수록 더욱 몸을 추스르고 연습을 하지만, 그런다고 그리움이 해결되는 것은 아니었다.

가슴이 미어지는 먹먹함은 어떤 위로로도 채워지지 않는다. 하지만 이렇게 힘들 때 옆에서 같이 있어 주는 사람이 있다는 것이 위안이 된다.

이 슬픔이 지나가고 나면 삼열과 같이 월드 시리즈에 나가고 싶었다. 컵스의 선수들이라면, 그리고 컵스의 팬들이라면 소원하는 그것, 월드 시리즈 우승 말이다.

삼열은 로버트의 등을 두드려 줬다. 이 작은 행동 하나로 뭐라 말로 표현할 수 없는 그런 우정이 생기는 듯했다. 삼열과 로버트는 연습장으로 돌아와 연습했다.

메이저리그는 시즌이 시작되면 쉬는 날도 없이 거의 날마다 시합을 한다. 육체적으로, 정신적으로 매우 힘들다. 야구를 사랑하지 않는다면 버티기 힘들 정도로.

이날 경기에서 로버트는 연타석 홈런을 쳤다. 삼열은 더그 아웃에서 컵스의 선수들이 뛰는 모습을 지켜보다가 라커룸으로 내려와 섀도 피칭을 하기 시작했다. 아직은 더 연습이 필요했다.

시간이 갈수록 왼손으로 공을 던지는 것이 오른손처럼 익숙해졌다. 삼열은 이렇게 하면 할수록 자신의 공이 더욱 위력적으로 변할 것임을 알고 있었다.

훈련보다, 노력보다 더 위대한 것은 없다. 그것을 너무나 잘 알고 있는 삼열은 연습 투구를 하면 할수록 행복함을 느꼈다.

'가는 거야. 우승을 향해!'

모니터로 보니 컵스가 승리하여 좋아하는 것이 보였다. 삼열이 생각하기에도 올해는 뭔가 엄청난 일이 터질 것 같았다.

*　　　　*　　　　*

며칠 뒤, 삼열의 집에 헨리가 찾아왔다. 잘생긴 얼굴과 훤칠한 키가 그가 마리아의 친오빠라는 것을 믿게 만들었다.

"하이! 그동안 잘 지냈어? 마리, 그리고 삼열!"

헨리는 유쾌한 표정으로 인사를 건넸다. 마리아가 기쁘게 맞이하며 헨리를 가볍게 껴안았다.

"이쪽은 데이비드 노컴과 존 아머. 우리 회사 자문 변호사야."

삼열은 두 사람과 가볍게 악수했다. 마리아가 차를 내오자 소파에 앉아 본격적으로 이야기를 나눴다.

그때 잠에서 깬 줄리아가 하품하면서 방에서 나왔다. 줄리아의 뒤에는 강아지와 돼지가 자동으로 따라왔다. 이제는 강아지라고 부르기도 힘든, 다 큰 제시가 손님을 보고 고개를 갸웃거렸다.

"아빠!"

줄리아는 냉큼 삼열의 무릎에 가서 앉았다.

"오! 그때 본 아기가 이렇게 컸군. 나의 조카, 줄리아! 난 외삼촌 헨리란다."

헨리가 줄리아를 보며 환한 미소를 지었다. 줄리아는 삼열과 마리아를 번갈아 바라보며 눈만 껌벅거리고 있었다.

"이리 와. 한번 안아보자!"

헨리가 소파에서 일어나더니 덥석 줄리아를 안았다.

"영락없이 마리아를 닮았군. 딸이라 아빠를 닮았으면 어쩌나 하고 걱정했었는데 다행이군, 다행이야!"

삼열은 헨리의 말을 듣고 기분이 나빠졌다. 물론 딸이 자기를 닮으면 곤란하기는 했다. 평범한 자신보다 미인인 엄마를 닮은 것은 딸의 인생을 놓고 보면 천만다행이다.

그렇지만 그것을 직접 남에게 들으니 기분이 가히 좋지는 않았다. 익히 아는 사실이긴 하지만 들으면 자존심이 상하는 말이었다. 거기에 줄리아가 한마디를 보태는 바람에 삼열은 완전히 상처를 받았다.

"와! 외삼촌은 미남이네."

아직 결혼하지 않은 헨리는 줄리아의 말을 듣고 기분 좋게 웃었다. 그 웃음소리가 커서 삼열은 더 기분이 나빴다.

'두고 보자. 이 정도면 남자치고 나름 잘생긴 거지. 쳇, 기생 오라비같이 생겨가지고.'

삼열은 잘생긴 헨리의 얼굴을 보며 속으로 구시렁거렸다.

"줄리, 아빠와 외삼촌은 일 때문에 이야기해야 하니 잠시 방에서 제시와 도니와 놀고 있으렴."

"네."

줄리아는 마리아의 말에 냉큼 대답하고 자신의 방으로 들어갔다. 그러고는 열린 문틈으로 얼굴을 빼꼼 내밀고 거실 쪽을 쳐다보았다. 그러더니 시간마다 뻔질나게 주방으로 가서 물을 먹거나 주스를 마시면서 거실 쪽을 바라보았다.

그러다 엄한 표정으로 바라보는 마리아와 눈이 마주친 줄리아는 자신의 방으로 재빨리 들어갔다. 그러고는 이유 없이 제시와 도니를 괴롭혔다.

삼열은 헨리와 데이비드 노컴의 이야기를 들었다. GN사는 삼열의 저작권을 완전히 사기를 원하고 있었다. 하지만 삼열은 절대로 그렇게 할 의사가 없었다. 마리아의 오빠이기 때문에 기회를 먼저 제공하려는 것이지, 사자의 입에 머리를 그냥 디밀고 싶은 생각은 전혀 없었다.

원래 삼열은 장기 계약을 선호하지 않는다. 만약 자신이 FA가 된다고 하더라도 장기 계약을 할 생각이 별로 없다. 그는 단기 계약만 해서 실력대로 돈을 받을 생각이었다. 나이도 아직 어린데 장기 계약에 목을 맬 이유가 없는 것이다.

그리고 그의 성격에도 그게 더 어울렸다. 성적만큼만 받는다. 자신에게도 구단에게도 부담을 주기 싫었다. 하지만 사실 단기 계약이 자신에게 더 많이 유리하기에 그런 생각을 한 것이기도 했다.

세 시간이나 지났지만 서로 간에 접점을 찾지 못하고 있었다. GN사는 보다 광범위한 계약을 원했다. 삼열은 피식 웃으며 일어났다.

"이제 그만하죠. 더 이야기를 해봐야 진전이 될 것 같지도 않은데요."

"아니, 처남. 좀 앉아봐. 관례상 이런 계약은 장기로 하게 되어 있다니까."

"전 그딴 거 몰라요. 그냥 일반 특허 관리 회사에 위탁하겠습니다. 솔직히 GN사가 특허 회사도 아니고, 굳이 제가 계약을 할 이유가 없지요."

"하하, 그래도 일단 앉아봐."

헨리가 거듭 권하자 삼열은 할 수 없이 앉았다. 삼열은 아까 헨리가 한 말에 기분이 상했다.

절대 갑인 자신에게 그딴 소리나 하고 있다니, 아무리 마리아의 오빠라도 봐줄 수 없다. 헨리는 그런 사실도 모르고 계약 내용이 잘못된 줄 알고 머리를 굴렸다. 거기에 마리아가 한마디를 보탰다.

"오빠, 우리 남편은 장기 계약을 선호하지 않아요. 적게 벌면 적게 쓰자는 주의여서 장기 계약은 안 해요. 이번에 계약하는 특허의 가치를 정확히 산정할 수 없는데 막연하게 계약을 할 수는 없잖아요. 막말로 10년 이상 계약을 했는데 GN이 영업 활동을 소홀히 하면 우리만 손해잖아요. GN이야 어떻게 해도 손해를 볼 수 없는 구조이고요."

헨리는 동생마저 이렇게 나오자 화가 나 얼굴이 붉어졌지만 참는 수밖에 없었다. 이번 계약은 자신이 생각하기로 엄청나게 큰 건이었다.

"하지만 말이야, 안테나를 가지고 사업을 하려면 초기 영업 비용이 많이 들어. 생각보다 아주 많이. 그런데 단기 계약을 맺게 되면 GN이 손해를 볼 수도 있어."

"하지만 우린 장기 계약은 무조건 안 해요."

마리아가 이렇게 말하자 삼열은 자신의 가려운 데를 긁어주는 것처럼 시원하였다. 아무리 그가 얼굴에 철판을 두껍게 깔았어도 마리아의 오빠에게 냉정하게 할 수만은 없다.

"아이쿠!"

헨리는 머리에 손을 얹고 골치 아프다는 제스처를 취했다. 그는 삼열의 특허를 보고 나서 안테나를 테스트하였다. 그리고 안테나의 가치를 단번에 알아차렸다.

처음에는 자신이 좋아하는 막냇동생이 말하는 것이니 한번 살펴보는 것에 지나지 않았다. 사실 '운동선수가 특허는 무슨 특허?' 하고 부정적으로 생각했었다. 하지만 이 특허는 엄청나게 대단한 것이었다. 삼열이 만든 안테나는 그동안 그 어떤 회사도 만들어내지 못한 엄청난 성능을 자랑했다.

통신업계는 끊임없이 시설 투자를 해야 한다. 하지만 삼열이 만든 안테나가 있으면 엄청난 비용 절감을 할 수 있게 되어 통신회사의 진입 장벽이 매우 낮아진다.

그뿐만 아니라 스마트폰을 만들 때도 여러 개의 안테나를 만들지 않아도 되므로 기기를 만들거나 디자인하는 데 한결 여유가 생긴다. 게다가 위성에도 적용된다고 하면 그 가치가 무궁무진하다.

그런데 장기 계약을 하지 않는다고 하니 난감했다. 아무리 동생이 관여하는 일이지만 사업가의 입장에서는 아직 가치가 잘 알려지지 않았을 때 장기 계약을 함으로써 이익을 극대화해야 한다. 그런데 도무지 넘어올 기미가 안 보였다.

'하지만 이 계약은 어떤 일이 있어도 해야 해. 이것은 GN사의 가장 큰 수익 모델이 될 수도 있어.'

GN사에는 멜로라인 가문의 지분이 17.1%가 있다. 1대 주주인 오너 마크 브라운을 빼고는 가장 많은 지분을 가지고 있는 것이다.

"하하, 그러면 그 이야기는 천천히 하고 저녁이나 먹으러 가지. 내가 한턱 쏘겠네."

"아니, 뭐 그렇게 해주신다면 잘 먹겠습니다."

삼열은 공짜로 저녁을 얻어먹을 수 있게 된다고 하니 재빨리 딸의 손을 잡고 먼저 집을 나섰다. 줄리아는 외식한다고 하자 깡충깡충 뛰며 좋아했다.

"와아! 아빠, 그럼 우리 밖에서 먹는 거야?"

"그래. 네 외삼촌이 사주시기로 했단다. 고맙다고 인사를 드리렴."

"와아! 외삼촌, 고마워요!"

줄리아가 신이 나서 헨리의 팔에 매달렸다. 헨리도 줄리아가 귀여운지 연신 웃었다.

오늘은 시합이 없는 날이었다. 한 달에 시합이 없는 날이 며칠 되지 않는데 그날이 마침 오늘이라 삼열은 기분이 좋왔다.

고급 레스토랑에서 저녁을 먹으며 삼열은 가능한 오랫동안 계약을 하지 않겠다고 생각했다. 그렇게 되면 공짜로 얻어먹을 밥도 많아지고 계약 조건도 올라갈 것이었다.

결국 아쉬운 놈이 먼저 엎어지게 마련이다. 상대방은 기업가이고 자신은 야구 선수다. 자신에게는 이 일이 부업이지만 헨리에게는 그렇지가 않다. 그러니 이번 일은 보나 마나 자신이 승리할 것이다.

'가족이 좋다는 게 뭐겠어. 이렇게 밥도 얻어먹고 계약 조건도 유리해야지. 아니면 모르는 남하고 하는 게 낫지.'

삼열은 포도주를 마시며 빙그레 웃었다. 마리아는 삼열이 짓는 미소의 의미를 알아차렸다. 삼열은 공짜를 많이 밝히고 돈도 잘 안 쓴다. 가족을 위해서라면 천금을 아끼지 않는데 다른 데 쓰는 돈은 벌벌 떤다.

'헨리 오빠가 우리 그이 성격을 몰라서 저렇게 나오는 거지. 조언을 좀 해줄까?'

평소에 정신없이 바쁜 헨리가 만사를 제쳐 놓고 이곳으로 달려왔기에 이번 일이 그에게 굉장히 중요하다는 것을 마리아도 금방 알아차렸다.

이런 경우는 헨리가 직접 오면 안 되었다. 머리가 좋은 삼열은 헨리가 직접 온 것을 보고 바로 특허권의 가치를 알아차릴 것이다. 뭐, 그편이 그녀에게도 좋긴 했다. 남편의 돈은 자신과 줄리아의 돈이 될 가능성이 많지만 헨리 오빠의 돈은 그냥 헨리 오빠의 돈이니까.

'그래도 오빠이니 좀 코치를 해줘야겠지.'

마리아는 삼열이 헨리와 계약하기를 원했다. 팔은 안으로 굽는다고, 좋은 일이면 남이 아닌 오빠가 그 덕을 봤으면 싶었다.

삼열은 달짝지근한 포도주를 목구멍으로 넘기며 속으로 좋아 죽으려고 했다. 자신의 생각이 맞았다는 확신이 들었다. 처음에 그는 미카엘이 만든 안테나의 성능을 보고 무척 놀랐었다. 안테나를 보자마자 이건 돈이 되는 일이라고 직감했다. 그리고 그동안 이 안테나 특허를 얻기 위해서 들인 시간과 노력도 적지 않았다.

'후후, 나도 퀄컴사처럼 부자 되는 것 아냐?'

지금은 세계적인 회사가 된 퀄컴사를 부도 직전에 살린 것은 한국의 기업이었다. 아무도 관심을 가지지 않았던 CDMA 기술을 상용화한 것이 한국이었으니까.

그런데 고맙게도 한국은 기술 지원만 받기를 원했고 특허 권리는 모두 퀄컴에 넘겼다. 그것이 얼마나 큰 돈이 되는지 알지 못했던 것이다.

물건을 알아보는 눈이 없으면 눈앞에 보물이 있어도 그냥 지나치는 법이다. 부자는 보통 사람과 다른 안목이 있어야 한다. 안목이 없으면 값비싼 골동품인 백자를 개밥그릇으로 쓰는 우를 범할 수도 있다.

삼열은 안테나의 가치를 알고 있다. 귀찮아서 마리아가 권한 GN사의 헨리에게 의뢰했지만 그 회사가 아니어도 거래할 회사는 많았다.

헨리와 헤어진 후 집으로 돌아와 세 가족이 오랜만에 거실에서 영화를 틀어 놓고 함께 보았다.

줄리아 때문에 애니메이션 영화를 봐야 했지만 가족과 함께한다는 것만큼 좋은 것은 없었다. 정신없이 스크린을 보는 줄리아와 달리 삼열과 마리아는 은근슬쩍 스킨십을 시도하며 내내 딴짓을 했다.

헨리는 회사가 있는 뉴욕으로 돌아갔다가 2주 후에 다시 왔다. 그리고 다시 아무런 성과도 없이 돌아갔다.

결국 그는 다섯 번이나 와서야 계약서에 사인할 수 있었다. 그것도 일방적으로 불리한 조건으로 말이다. 그래도 어쨌든 원래 의도한 대로 10년이나 되는 장기 계약을 했고 다시 10년 연장할 수 있는 옵션까지 받았다. 다만 계약은 매 3년마다 갱신해야 했다.

2. 줄리아, 다치다

삼열은 야구를 하는 내내 평화로운 시간을 보냈다. 그리고 왼손으로 공을 던지면서 틈틈이 오른손을 회복하기 위해 많은 노력을 했다. 오른손으로 공을 던져도 이제는 아프지 않았다. 하지만 한 번 망가진 어깨가 바로 예전의 그 상태로 돌아오지는 않았다.

아직까진 왼손보다 오른손으로 던지는 구속이 더 좋았다. 그래도 삼열은 실망하지 않았다. 어차피 왼손을 훈련하면서 곁다리로 오른손도 단련하는 것이었기 때문이다.

전반기에 컵스는 48승 33패로 중부 지구 1위를 달렸다. 이것은 새롭게 마이너리그에서 올라온 존 가일과 스테판 웨인이 선전해 줬기 때문에 가능했다.

특히 존 가일은 컵스에서 다승 2위로 8승 5패에 3.22의 평균 자책점을 얻었다. 이에 반해 마이너리그에서 제2의 매덕스라는 찬사를 받았던 스테판 웨인은 조금 고생했다.

제구력 투수들이 갖는 단점 가운데 하나는 타자를 압도하지 못하기 때문에 메이저리그에 적응하기 전까지 고생이 심하다는 것이다. 메이저리그는 마이너리그가 아니기 때문이다.

무한 경쟁의 생태계에서 버티는 최고의 선수들이라 한 명 한 명이 녹록지가 않다. 게다가 노련한 타자들은 제구력 좋은 애송이 투수를 어떻게 다뤄야 하는지 잘 알고 있다.

삼열은 좌완으로 재기한 후 주위의 염려를 걷어내고 교통사고 이전과 비슷한 성적을 내었다. 그것은 좌완 투수의 메리트 때문이기도 했다. 동시에 삼열이 더욱 지능적인 투수로 변신했기 때문에 가능한 것이기도 했다.

이제 삼열은 예전처럼 불같은 공을 던지지는 않는다. 철저하게 맞혀 잡는 투수가 된 것이다. 올해 삼열이 전반기에 거둔 성적은 11승 3패에 평균 방어율은 1.99다.

처음에 삼열이 좌완으로 변신을 시도했을 때 비웃던 일부 매스컴과 신문들은 그의 활약에 아무런 말도 하지 못하고 벙어리 냉가슴을 앓아야 했다.

삼열은 은근히 그런 언론과는 인터뷰도 하지 않았고 컵스도 재빨리 삼열의 마음을 눈치채고는 인터뷰할 때 부르지 않았다.

7월 11일이 되어 삼열은 세 번째 올스타전에 출전했다. 2001년에는 박찬호가, 2002년에는 김병현이 올스타전에 참여를 했었다. 삼열은 한국 선수로는 세 번째지만, 참가 횟수는 그가 가장 많았다.

마릴린 먼로의 남편으로도 유명했던 조 디마지오는 13년의 선수 생활을 하는 동안 열세 번 모두 올스타전에 나갔다. 삼열은 그런 그가 부러웠다.

뭔가 기록을 만들고 싶은데 그게 쉽지가 않았다. 다승 1위로는 사이 영이 있다. 무려 511승이다. 현대 야구로는 거의 따라잡기 힘든 기록이다. 올스타전 참가 기록은 조 디마지오에게 있다. 평균 자책점은 가능하기는 한데 요즘 맞혀 잡기를 하면서 자책점이 올라가고 있어 그것도 쉽지가 않을 것 같았다.

'악동으로 이름을 날려볼까?'

그러고 보니 메이저리그에는 악동이 꽤 많았다. 타자로는 베이브 루스, 타이 콥이 있고 반칙 투구왕으로는 게일로드 페리가 있었다. 그렇다고 요기 베라처럼 수다쟁이로 이름을 날리는 것도 내키지 않았다.

그리고 요기 베라가 가지고 있는 월드 시리즈 우승 반지 열 개도 깨기 힘들 것이다. 괴짜들이 너무 많아서 자신은 이름도 내밀지 못한다. 그렇다고 칼 립켄 주니어처럼 철인을 뽐내고 싶지도 않았다.

'젠장, 할 게 없네. 그래도 생각해 보면 뭐가 있을 텐데.'

삼열이 골똘히 생각에 잠겨 있자 그의 옆으로 R디메인이 다가와 말을 걸었다.

"삼열, 무슨 생각을 해?"

"아, 그게 뭔가 기록을 남겨보고 싶은데 할 게 없네요. 괴짜들이 하도 많아서요."

"하하. 흐음, 아! 티셔츠 가장 많이 파는 선수는 아마도 자네가 될 것 같은데."

"베이브 루스나 롤란 라이언이 더 많이 팔지 않았을까요?"

"노, 노. 그들이 정말 유명하기는 하지만 그때는 그런 게 활성화되지 못했지. 그리고 그 당시의 관중과 지금의 관중 수를 비교하면 상대도 안 되고."

"오우, 그러네요. 돈도 벌고 기록도 세우고. 이거야말로 내가 찾던 거네요! 이제부터 티셔츠를 판매하는 회사에 카운트를 반드시 하라고 해야겠군요."

삼열이 회심의 미소를 짓자 엉큼한 젊은 변태 같았다. 하지만 R디메인은 이런 그가 좋았다.

여전히 그의 아들 존은 삼열을 무척이나 좋아했다. 그리고 그도 삼열이 좋았다. 아들은 벌써 삼열의 티셔츠를 두 장이나 샀다. 그동안 키가 커서 이전의 옷을 입지 못하게 된 탓이었다.

삼열은 생각했다. 티셔츠를 더 많이 팔려면 아이들에 대한 투자를 더 해야 한다. 일단 그동안 모은 돈으로 아픈 아이들이나 고쳐 줘야겠는 생각을 했다.

삼열은 작년에 홈런왕 타이틀을 차지한 덕에 올해 올스타전 홈런 더비 1차전에 진출할 수 있는 기회를 받았다. 일종의 팬서비스였다. 삼열의 인기는 내셔널 리그뿐만 아니라 아메리칸 리그에서도 상당하기 때문이었다.

이번 올스타전에 삼열이 선발 출전하는 것은 거의 확정적이었다. 그는 메이저리거 4년 차에 3년 연속 20승이 예상되는, 메이저리그에서 가장 강력한 투수다. 그리고 내셔널 리그 팀의 주전 포수인 베일 포지와도 전에 손을 맞춰봤기에 선발로 던지는 데에는 문제가 없다.

삼열은 오랜만에 배팅 볼을 치며 오후에 있을 홈런 더비전을 준비했다. 기분이 무척 좋았다. 특허권 계약도 원하는 대로 체결되었고 파워 업 티셔츠를 판 금액으로 도와줄 아픈 아이의 수술도 차질 없이 되고 있었다.

"삼열, 오늘 컨디션 좋아 보여."

배팅 볼을 던져준 에밀리가 미소를 지으며 말했다.

"하하, 난 항상 좋았어."

삼열 역시 쾌활하게 대답했다. 에밀리는 이번 올스타전에 배팅 볼을 던질 투수로 자원했다. 손발이 착착 맞았다. 배팅 볼 투수가 잘 던져줘야 홈런이 많이 나온다. 삼열은 양키스 스타디움의 한쪽 구석에서 오늘 몇 개의 홈런을 칠 수 있을까 생각했다.

"헤이, 삼열! 집에서 전화가 왔어."

삼열은 컵스에서 동행한 알버트 코치의 말을 듣고 고개를 갸웃했다. 이 시간에 마리아가 자기에게 전화할 이유가 없었기 때문이다.

'혹시 무슨 일이 생겼나?'

삼열은 방망이를 바닥에 내려놓고 라커룸으로 들어갔다. 가는 도중에 몇몇 아는 선수들을 만나 눈인사를 하기도 했다.

'뭐지?'

삼열은 핸드폰을 가방에서 꺼내 마리아에게 전화했다. 신호가 가는데도 한참이 지나도록 전화를 받지 않자 불안한 마음이 생기기 시작했다.

30분이 지난 후에 다섯 번이나 전화해서야 간신히 통화가 되었다.

"여보, 왜 이렇게 전화를 안 받았어?"

─미안해요. 여기 병원이에요. 그래서 못 받았어요.

"병원? 아니, 왜?"

─줄리아가 다쳤어요.

"뭐라고? 무슨 말이야?"

삼열은 딸이 다쳤다는 말에 가슴이 철렁했다. 마리아의 목소리가 다급하지 않아 다소 안심이 되기는 했지만, 그런데도 불안했다.

"어떻게 된 건데?"

─줄리아가 조금 다쳤어요. 그리고…….

"그리고?"

─제시가 많이 다치고…….

삼열은 마리아가 망설이자 마음이 다급해졌다.

"괜찮아. 빨리 말해 줘."

─도니가 죽었어요.

"……."

전화기를 든 삼열의 손이 떨렸다. 도니가 죽었고 딸과 제시가 다쳤다는 것이 무엇을 의미하는가?

자세한 설명을 듣지 못했기에 의혹만 많아졌다. 잠시 통화를 한 마리아가 의사가 부른다고 급히 전화를 끊었기 때문이다.

줄리아가 많이 다쳤다면 삼열에게 말을 하지 않을 마리아가 아니었다. 그렇다면 딸의 안전에는 이상이 없을 것이다. 하지만 도대체 왜 이런 일이 벌어졌는지 알 수가 없었다.

'젠장! 뭐가 어떻게 된 거지?'

삼열은 딸이 다쳤다는 말에 도저히 웃으며 올스타전에 나갈 수 없을 것 같아 에이전시에 전화를 걸어 뒷일 처리를 부탁했다.

삼열은 내셔널 리그 팀의 감독을 맡은 도치 감독을 잘 알지 못할 뿐만 아니라 그의 전화번호도 알지 못했다.

다행히 시카고로 가는 저녁 비행기 일등석이 비어 있어 삼열은 표를 예매하고 짐을 챙겼다. 자신 때문에 이곳까지 따라와 준 에밀리에게 미안했다. 삼열은 택시를 타면서 전화를 걸어 사정을 설명하고 미안하다고 사과를 했다. 에밀리가 웃으며 괜찮다고 말했다.

─괜찮아, 삼열. 가족이 먼저지. 난 괜찮으니까 전혀 신경 쓰지 마. 빨리 가!

에밀리의 말에서 진심이 느껴져 삼열은 마음이 한결 편했다. 그러면서도 굉장히 미안했다. 그가 올스타전 홈런 더비에 배팅 볼 투수로 나와준다는 것은 쉬운 결정이 아니었다.

에밀리는 비록 선발진에는 합류하지 못했지만 정상급 계투진에 이름을 올릴 수 있는 뛰어난 투수였다. 그런 그가 자신을 위해 뉴욕까지 와준 것은 정말 고마운 일이었다. 그런데 개인 사정으로 먼저 시카고로 돌아가려니 마음이 무거웠다.

삼열은 답답했다. 그동안 줄리아는 늘 건강했기에 이런 걱정은 한 번도 하지 않고 살아왔었다. 그런데 그런 딸이 어떤 이유인지는 모르겠지만 병원에 입원해 있는 것이다. 삼열이 공항에 막 도착하자 마리아에게서 전화가 왔다.

"여보, 우리 줄리는?"

―괜찮아요. 걱정하지 않아도 돼요.

"정말이지?"

―네. 정신적 충격을 많이 받긴 했지만 외상은 없어요.

삼열은 딸이 다쳤다는 말을 듣자 화가 났다. 그렇다고 마리아에게 화를 낼 수는 없다.

딸이 괜찮다는 말을 들었고 마리아도 놀랐을 텐데 어떻게 거기에다가 싫은 소리를 할 수 있겠는가.

하지만 짜증이 나고 화가 났다. 알 수 없는 불안감이 마음 저 깊은 곳에서 싹을 틔우고 있었지만 애써 외면했다. 괜찮다고 해도 딸이 아프다니 마음이 괴롭고 애가 탔다. 부모가 괜히 부모가 아니다.

삼열은 시카고에 도착하자마자 택시를 타고 병원으로 갔다. 그리고 택시에서 내리자마자 뛰었다.

엘리베이터를 타고 11층으로 가는 내내 마음이 초조했다. 병실이 보이자 심장이 두근거려 왔다. 부모는 자식의 일에는 어쩔 수 없이 필요 이상으로 예민해진다.

"어머, 여보!"

병실 문을 열자 침대 옆에서 줄리아를 돌보고 있던 마리아가 삼열을 보고 깜짝 놀라 다가왔다. 삼열이 설마 올스타전을 포기하고 바로 달려올 줄은 예상하지 못했던 것이다.

"여보, 어쩐 일이에요?"

"줄리는?

"자고 있어요."

병실의 침대에 작고 창백한 줄리아가 누워 있었다. 팔에는 붕대가 감겨 있었다. 삼열은 그 모습을 보자 눈물이 났다.

"어떻게 된 일이에요?"

"줄리가 도니와 제시와 함께 정원에서 놀고 있었어요. 그런데 괴한이 담을 넘어와 줄리를 납치해 가려고 했어요. 그러자 제시와 도니가 달려들었고요. 도니는 괴한의 칼에 맞아 죽었고 제시도 크게 다쳤어요."

"하아, 어떻게 이런 일이 일어났지?"

삼열은 말도 안 된다는 표정으로 마리아의 얼굴을 바라보았다. 리글리 빌에 살면서 이런 일은 처음이었다. 리글리 빌에서는 이런 일이 잘 일어나지 않는다. 그래서 안심을 하고 있었는데 강도가 들어온 것이다.

마리아가 삼열의 손을 꼭 잡았다. 그러자 삼열은 마음이 조금 진정되는 것을 느꼈다. 그러고 보니 가장 당황했을 사람은 마리아였다. 그런데도 자신을 위로해 주자 삼열은 미안한 마음이 들었다.

"그 강도는 어떻게 되었어?"

"경찰서에 수감되어 있어요."

웃는 마리아의 눈가에 눈물이 고인 것을 보자 안쓰러웠다.

"고생했어. 많이 놀랐지?"

"아니에요. 줄리가 많이 다치지 않아 다행이긴 한데 도니가 죽고 제시가 다쳐서 걱정이에요."

"그러게."

삼열은 구박만 했던 조그만 돼지가 생각났다. 말은 죽어라 듣지 않던 말썽꾸러기가 자기 주인이 위험에 처하자 그 작은 몸으로 강도에게 덤비다가 죽은 것이다. 마음이 짠해지면서 속에서 울컥 뜨거운 것이 올라왔다. 자기에게 늘 삐딱한 행동을 했던 작은 돼지가 보고 싶었다. 미운 정도 정이라더니 죽어 옆에 없자 슬펐다.

"줄리는 어떤 상태야?"

"의사의 말에 의하면 외상은 별거 아니래요. 다만 너무 어린 나이에 끔찍한 일을 당해 후유증이 있을지도 모른대요."

말을 하면서 걱정이 되는지 마리아의 얼굴이 어두워졌다. 좁은 집에서도 뛰어다니던 활동적인 딸이었다. 그런데 그런 아이가 정서적 장애를 가지고 자랄 수 있다는 것은 상상할 수도 없다. 삼열은 자고 있는 딸의 얼굴을 쓰다듬으며 중얼거렸다.

"힘내, 내 딸 줄리!"

삼열은 침대에서 몸을 뒤척이는 딸을 보며 어떻게 하면 좋을까를 생각했다. 자신도 어린 시절에 어려움을 당했다. 하지만 줄리아는 이제 겨우 세 살이다. 인생을 받아들이기에는 너무 어린 나이인 것이다.

삼열은 천천히 어떻게 된 일인지 마리아의 설명을 들었다.

그날도 평상시와 같이 줄리아는 제시와 도니와 함께 정원에서 뛰어다니며 놀고 있었다고 한다. 그때 갑자기 괴한이 담을 넘어와 데려가려고 하자 줄리아가 소리를 질렀고 제시와 도니가 덤벼들었다.

범인은 커다란 덩치의 제시가 덤비자 품에서 칼을 꺼내 휘둘렀다. 키 190에 가까운 거구인 그는 줄리아를 한 손으로 들고도 가뿐하게 제시를 상대했다.

제시는 야성이 살아 있는 동물이기는 하였지만 그동안 너무 순하게만 자라 괴한을 당해내지 못했다. 만약 도니가 괴한의 발을 물지 않았다면 줄리아는 그대로 납치당했을 것이다.

도니가 괴한의 발을 물자 그 틈을 노리고 제시가 강도의 팔을 물었고 줄리아를 손에서 떨어뜨렸다. 이때 이미 제시는 칼에 상처를 입은 상태였다.

줄리아를 납치하려고 했던 괴한은 옆집에 살던 남자들에 의해 체포되었다고 했다. 그들은 마리아의 아버지가 비밀리에 보낸 경호원이었다.

삼열과 마리아가 워낙 자유로운 성격이라 경호를 조금 느슨하게 한 바람에 사건이 발생하자 한발 늦게 도착한 것이라고 했다.

삼열은 줄리아의 뺨에 입을 맞추었다. 워낙 제시와 도니와 친하게 지냈기에 딸이 받을 충격을 쉽게 예상할 수 없었다.

줄리아는 다음 날 아침에 깨어났고 삼열을 보자 울음을 터뜨렸다. 한 시간도 넘게 우는 딸을 안아서 달래느라 삼열은 고생했다.

마리아는 딸이 울음을 터뜨리는 것을 보며 안도의 한숨을 내쉬었다. 운다는 것은 슬픔을 표현하는 것이기에 그만큼 더 빨리 회복할 가능성이 높다는 소리였다.

줄리아는 다음 날 오후가 되어서 퇴원했다. 외상이 경미하였고 마리아가 심리학을 전공한 박사라 몇 가지 주의사항만 듣고 집으로 올 수 있었다.

활달했던 줄리아는 그 사건 이후에 성격이 침울하게 변했다. 그런 딸을 보며 마리아는 한숨을 내쉬었다. 심리학을 전공했다고 해서 정신과 의사는 아니었기에 치료를 도울 수는 있어도 할 수는 없었다.

그래서 딸이 정서적으로 안정되면 병원에 데리고 갈 생각을 했다. 아무래도 아동심리학을 전공한 정신과 의사가 자신보다 훨씬 나을 것 같았기 때문이다.

일주일 만에 동물병원에 있던 제시가 돌아왔다. 배에 칼을 맞은 제시는 즉각적인 조치 덕에 목숨을 구할 수 있었다. 줄리아와 제시는 서로 껴안고 한동안 울었다. 우는 줄리아의 얼굴을 제시가 혀로 핥았다. 그러고는 낑낑 소리를 내며 슬퍼했다.

말썽쟁이 도니의 빈자리가 어린 녀석들에게도 큰 모양이었다. 이 주일이 다 가도록 둘은 침울하게 지냈다. 그런 딸과 제시를 보며 삼열은 걱정이 많이 되었다.

줄리아와 제시는 이제 집에서 더 이상 뛰어다니지 않았다. 잠을 자는 시간도 많아졌고 밥을 먹는 양도 줄었다. 마리아가 항상 딸의 옆에 있어 안심이 되긴 했지만 삼열은 자신이 딸에게 도움이 될 수 있는 것은 없을까 생각했다.

이날도 평소처럼 거실의 소파에 줄리아와 제시가 엎드려 있었다. 삼열이 다가가 소파에 앉았다.

"아빠! 나 도니 보고 싶어."

"응, 나도 보고 싶어."

삼열은 솔직하게 이야기했다. 말을 하면서 딸을 안았다. 소파에 깊숙이 몸을 묻고 딸의 볼을 비비며 삼열이 말했다.

"마음이 아픈 거 아빠도 알아."

"알아?"

"아빠가 어릴 때 할아버지 할머니가 사고로 돌아가셨어. 아빠도 매일매일 엄마 아빠가 보고 싶어서 울었어."

"아빠도 울었어?"

"응. 너무나 보고 싶었거든. 그런데 볼 수 없어서 슬펐어."

"슬펐어?"

"응. 그래서 누구보다 줄리의 마음을 잘 알아. 도니가 죽은 것은 네 잘못이 아냐. 나쁜 아저씨 잘못이지."

"정말?"

"그럼. 도니가 개구쟁이이긴 했지만 우리 모두 도니를 좋아했잖아."

삼열은 말을 하면서 약간 양심에 찔렸다. 잘 대해주기는커녕 매일 구박만 했다. 하지만 이미 죽어버린 도니를 나쁘게 말할 수는 없다.

삼열은 그냥 딸을 안고 가만히 있었다. 이렇게 있는 것이 아이에게 좋다. 어린 줄리아의 경우는 정서적 안정이 더 중요했다. 자기 잘못이 아니라는 것, 그리고 부모에게 사랑받고 있다는 것을 끊임없이 확인시켜 주어야 한다.

딸의 납치 사건이 벌어진 후 삼열은 이곳에 있는 것을 싫어하는 줄리아를 위해 이사 갈 생각을 했다. 돈이 많은 자신이 불특정 다수의 범죄자들의 표적이 될 수 있다는 것을 깨달은 것이다.

처음 이 집을 산 것은 줄리아가 태어나기 전이었다. 그리고 그때는 자신과 가족이 범죄에 노출될 수 있다는 사실을 몰랐었다.

지금보다 보안이 강화된, 더 크고 넓은 저택이 필요했다. 그리고 본격적으로 보디가드가 필요했다. 다시는 똑같은 위험에 가족들을 노출시킬 수 없다.

삼열은 더 많은 시간을 딸과 보냈다. 애니메이션 영화를 같이 보기도 하며 노래도 불렀다.

시간이 지나면서 줄리아는 점차 예전의 모습을 되찾기 시작했지만 전처럼 천방지축 뛰어다니지는 않았다.

삼열은 그것이 더 마음 아팠다. 아이가 어느 사이 철이 든 것 같았기 때문이다. 부모님이 돌아가셨을 때 철이 들었던 자신의 모습이 딸과 겹쳐 보였다. 하지만 줄리아의 나이는 이제 겨우 세 살이다. 아직은 신나게 뛰어노는 것을 좋아해야 할 나이이다.

그러나 이제 줄리아는 뛰어다니는 것보다는 책 읽는 것을 좋아하기 시작했다. 성격이 변한 것이다. 의사의 말에 의하면 몸의 상처가 다 치료되었다고는 해도 줄리아의 잠재의식 깊은 곳에는 아직 상처가 남은 것 같다고 했다.

마리아가 책을 읽을 때도 거실과 정원에서 뛰어놀던 줄리아가 엄마와 함께 앉아 책을 읽으니 집이 갑자기 조용해졌다. 그리고 제시는 원래 조용한 성격이라 줄리아가 책을 읽을 때는 그 옆에 엎드려 낮잠을 자거나 집 안을 천천히 걸어 다니곤 했다.

삼열은 갑자기 조용해진 집이 어색했다. 아이와 동물들이 뛰어다니던 북적거리는 분위기에 익숙해졌는데 갑자기 조용해지니 이상했다.

"아빠."

줄리아가 삼열의 손을 잡았다. 줄리아는 사고 이후로 더 삼열을 따랐다.

삼열이 집에 있으면 손을 잡고 옆에 가만히 있는 것을 좋아했다. 아빠가 집에 있었다면 그런 위험한 일이 생기지 않았을 것이라 생각하는 것인지 삼열에게 더 집착했다.

그런 딸을 삼열은 안고서 이런저런 이야기를 해주곤 했다. 주로 삼열이 어릴 때의 이야기나 대학 때 이야기였다.

그때마다 마리아가 옆에서 귀를 쫑긋거리고 들었기에 삼열은 말을 할 때마다 조심했다. 잘못하면 어릴 때 사귀었던 수화의 이야기가 흘러나올 수도 있었기 때문이다.

하지만 이미 마리아는 수화의 이야기를 어느 정도 알고 있었다. 애인이 있다는 말을 직접 들었던 그녀였기에 궁금해서 따로 알아봤던 것이다.

큰 사건을 당하게 되자 가족이 하나로 똘똘 뭉치기 시작했다. 삼열에게는 메이저리그에서 전설이 되는 것보다 가족들과 행복하게 사는 것이 더 중요했다.

*   *   *

요즘 존스타인은 바쁜 시간을 보냈다. 생각보다 컵스가 빠르게 발전하고 있었기 때문이다.

특히나 메이저리그에 새로 올라온 벅 쇼와 존 리 말코비치, 그리고 존 가일은 놀라운 성적을 거두고 있었다. 부상에서 돌아온 삼열 역시 올해 20승 이상이 유력했다. 그래서 요즘은 좋아서 소리라도 지르고 싶을 정도였다.

존스타인은 자신의 사무실에서 생각에 생각을 거듭했다. 이제 승부를 걸어야 할 때가 다가온 것이다. 그는 창밖으로 보이는 리글리 필드를 보며 주먹을 꽉 쥐었다.

'이제 승부다. 별다른 일이 발생하지 않는다면 포스트 시즌

은 물론 월드 시리즈에도 도전할 수 있어!'

문제는 그러기 위해서는 새로운 선수들을 영입해야 하는데 마땅한 선수가 없다는 점이다. 지난 몇 년 동안 선수들의 몸값이 폭발적으로 올라가 어지간한 선수를 영입하려면 기본적으로 1천만 달러는 준비해야 했다.

그리고 또 다른 문제는 그런 선수를 영입했다고 해도 마땅히 지금의 선발 라인업에서 뺄 만한 선수가 없다는 점이다. 있다면 마이너리그에서 올라와 헤매고 있는 투수 스테판 웨인과 타자 이안 스튜어트 정도였다.

스테판 웨인은 정교한 제구력을 구사하는 투수인데 아직은 노련함이 부족하여 타자들에게 난타를 당하는 날이 많았고, 이안 스튜어트는 부상이 잦았다.

존스타인은 부슬부슬 비가 내리는 창밖을 바라보았다. 비에 잠긴 리글리 필드는 아름다웠다. 이 아름다운 곳에서 지난 100년 동안 우승을 하지 못했다는 것이 믿어지지 않았다.

'승부를 해야 해. 언제까지 리빌딩만 할 수 없으니.'

스테파니 비서가 들어와 회의 시간이 되었다고 말하자 존스타인은 노트북을 들고 회의실로 들어갔다. 길고 넓은 회의장에는 이미 베일 카르도 감독과 코치진, 스카우터가 모두 모여 있었다. 서로 가볍게 인사를 하고 회의를 시작하였다.

"먼저 올해 우리 컵스의 전략 분석은 어떻게 됩니까?"

존스타인이 말을 꺼내자마자 전략분석팀장인 니콜라스 브루어스가 보고를 시작했다.

"올해 컵스의 승률은 .572입니다. 투타의 조화가 잘 이루어져 있습니다. 하지만 포스트 시즌이나 월드 시리즈는 힘듭니다. 아시다시피 컵스의 문제점은 선수층이 얇다는 것이지요."

"그러면 시즌 종반에 가서 선발 선수들을 적절하게 쉬게 하면 어떻겠소?"

존스타인의 말에 베일 카르도 감독이 잠시 생각을 하더니 천천히 말했다.

"그게 쉽지 않습니다. 저희 중부 지구에는 신시내티 레즈, 세인트루이스 카디널스, 밀워키 브루어즈와 같은 강팀이 있어 막판까지 체력을 유지하는 것이 쉽지 않습니다. 2위 레즈와는 네 게임 차가 나지만 남아 있는 경기 수를 생각한다면 컵스가 그다지 유리한 것은 아닙니다."

"그렇긴 하군요."

존스타인은 스웨인 감독의 말에 고개를 끄덕이며 동의했다. 컵스가 양키스나 레드삭스만큼 선수층이 두꺼웠다면 올해 월드 시리즈 진출을 장담할 수 있을 것이다.

하지만 컵스는 불과 2, 3년 전만 하더라도 중부 지구에서 휴스턴 애스트로스와 함께 꼴찌를 다투던 팀이다. 그것도 단순하게 내셔널 리그 중부 지구가 아니라 메이저리그 전체에서 꼴찌였다.

그것은 어쩔 수 없는 일이었다. 메이저리그에서 뛰는 선수 중에서 트레이드 거부권이 있는 선수들이 컵스로 오는 것을 한사코 거부하다 보니 제대로 된 선수들의 영입이 없었다. 그러니 선수층이 얇을 수밖에.

그래서 존스타인이 선택한 것이 팜을 키우는 것이었다. 그러나 팜을 키우는 것은 정말 많은 시간과 정성이 들어간다. 가장 확실한 정공법이지만 오랜 시간이 걸린다. 그러다 보니 조금의 기회가 오면 무리를 하곤 했다.

이 유혹에서 존스타인도 자유로울 수 없다. 그가 컵스에 온 이유는 팜을 키워 팀을 튼튼하게 만들 목적이 아니다. 월드 시리즈 우승을 위해서였다. 컵스는 단 한 번이라도 우승이 꼭 필요한 팀이었다.

회의는 두 시간이 넘도록 진행되었다. 회의에 임하는 사람들 모두 진지했다. 올해는 컵스가 어떤 선택을 해야 할지를 지금 결정해야 한다. 계속 차분하게 바닥을 다지면서 실력을 키워나가는 정공법으로 가야 할지, 아니면 유력한 선수를 영입하는 승부를 걸어야 할지.

"자, 그러면 트레이드 마감 시한이 얼마 남지 않았습니다. 누구를 트레이드해야 합니까?"

"사장님, 어차피 올해는 힘듭니다. 차라리 마이너리그에서 유망주들을 일찍 올려서 계속 한두 경기씩을 테스트해 보는 것은 어떻습니까? 사실 다른 구단과 트레이드를 한다고 해도 선발진에서 뛸 수 있는 선수들은 힘들 테고, 유망주를 내주고 당장 쓸 수 있는 선수를 데려오는 것보다는 그것이 차라리 나을 것입니다."

"이제 컵스의 이미지도 많이 좋아졌습니다. 차라리 내년에 FA 되는 선수들을 노리는 것은 어떻습니까?"

"그것도 한 방법이 될 수 있겠지요."

다시 회의가 길어졌다. 세 시간이 넘어가도 이야기는 계속 맴돌았다. 문제는 트레이드 마감 시한까지 얼마 남지 않아 실효성 있는 트레이드는 힘들다는 것이다.

존스타인은 이마를 찌푸리며 생각에 잠겼다. 다른 사람들 역시 차를 마시며 잠시 발언을 하지 않았다.

"흐음, 오늘은 이만하지요. 이제 우리는 포스트 시즌과 월드 시리즈를 준비하는 태스크 포스 팀을 꾸릴 것입니다. 그리고 내년에 컵스는 대대적인 투자를 하게 될 것입니다."

존스타인의 말에 사람들은 모두 고개를 끄덕였다. 그의 말대로 이제 한번 해볼 만하다는 생각이 들었던 것이다. 작년에 이어 올해도 중부 지구 우승을 할 확률이 대단히 높았다. 예전과는 다른 즐거운 고민이 시작된 것이다.

시카고 트리뷴을 비롯한 시카고의 매스컴은 컵스의 올해

포스트 진출에 대해 상당히 긍정적인 전망을 했다. 팬들도 성급하게 월드 시리즈 우승을 고대하는 것은 아니지만, 아주 약간 기대를 하고 있기는 했다.

사실 컵스의 성적이 아무리 좋아도 메이저리그에 워낙 뛰어난 구단들이 많아 누구도 성급하게 예측을 할 수는 없다. 100년 동안 이루지 못한 꿈을 성적이 조금 좋아졌다고 당장 이룰 수 있다고 믿기에는 그동안 너무나 많은 실망을 경험했다.

삼열은 줄리아에게 신경을 쓰느라 시합에 몰두하기가 힘들었다.

여전히 승리는 계속되고 있었지만 평균 자책점이 2.35까지 올라갔다. 여전히 내셔널 리그에서는 평균 자책점이 1위지만 이제 2위 빌리브 쇼의 2.58과 큰 차이가 나지 않는다.

그러나 삼열은 그런 기록에 신경 쓰지 않았다. 올해는 재기한 것만으로 충분히 만족스러웠다. 다시는 투수를 하지 못할 줄 알았는데 마운드에서 공을 던질 수 있게 된 것만으로도 감지덕지였다.

삼열이 진짜 좋아하는 이유는 불같은 공을 던지지 않아도 승리 투수가 되는 법을 배워가고 있기 때문이었다. 그러면 된 것이다.

삼열은 아침에는 딸 줄리아와 놀고 점심을 먹은 뒤 연습장에 나오곤 했다. 이런 삼열의 변화에 로버트가 가장 많이 놀랐다. 연습광인 삼열에게는 정말 놀라운 변화였다. 아침부터 일찍 나와 연습을 하고 있던 로버트는 삼열이 연습장으로 들어오는 것을 보며 아는 체를 했다.

"삼열! 어서 와."

"로버트, 오늘도 파워 업!"

삼열과 로버트는 가볍게 손을 마주치고 인사를 했다. 로버트의 어머니 장례식에 삼열이 와준 다음부터 둘은 더욱 친해졌다.

"동생들은 왔어?"

"3일 후에 도착해."

"와우, 축하해!"

"고맙다. 덕분에 많은 위로가 되었어."

삼열은 로버트의 얼굴을 보며 그의 등을 두들겼다. 아파본 사람만이 병든 사람의 심정을 아는 법이다. 부모님을 잃어본 경험이 있는 삼열은 상을 당한다는 것이 무엇을 의미하는지 누구보다 잘 알았다.

사랑하는 사람을 잃는 슬픔이 얼마나 큰지는 당해보기 전에는 절대로 알 수 없다. 그래서 지혜로운 자는 잔칫집보다는 상갓집에 간다고 했다. 삶과 죽음의 교착점인 상갓집에서는 생각할 것도 배울 것도 많다.

"줄리아는 어때?"

"많이 좋아졌어. 고마워."

로버트도 그 사건에 대해 알고 있었다. 지역 신문에 짤막하게 실렸기 때문이다.

줄리아가 언론에 노출되는 것을 꺼린 삼열이 별일 아닌 것처럼 말했기 때문에 실제보다는 사건이 작게 보도되었지만 범인인 존 아머스는 수십 년을 교도소에서 복역해야 했다. 미국은 반사회적인 성향의 범죄에 대해서는 형량이 상상도 하지 못할 정도로 높기 때문이다.

삼열은 로버트와 이야기를 끝내고 공을 던졌다. 공이 원하는 곳으로 제대로 들어갔다. 구속도 빨라졌다.

시합에 집중했다면 더 많은 승수를 쌓았을 것이지만 삼열은 지금이 좋았다. 올해만 던지고 야구를 그만둘 것도 아니고, 지금도 예상한 것보다는 훨씬 더 잘하고 있었다.

이제는 왼손으로 공을 던지는 것이 아주 자연스러웠다. 왼손으로도 가끔 100마일에 가까운 공을 뿌릴 때도 있어 이미 예전의 명성을 되찾은 지 오래였다. 연습을 통해 끊임없이 제구력과 투구폼을 고쳐 이제는 더 이상 고칠 것이 없을 정도가 되었다.

삼열의 인기는 날이 갈수록 더욱 상승했다.

루게릭병을 극복한 것도 모자라 교통사고를 당한 후 왼손 투수로 변신한 그 엄청난 노력에 팬들은 경이로움을 느끼며 지지했다.

삼열의 인기가 올라가자 예전에 광고 계약을 하기로 했던 나이키 사가 다시 접촉을 시도해 왔다. 아직 확정적인 것은 아니지만 지난번에 계약하려고 했던 조건보다 더 좋다는 샘슨 사의 말에 삼열은 무척이나 좋아했다. 돈이 들어오니 싫어할 이유가 없었다.

특히 나이키와 계약을 하게 되면 다른 대형 광고를 많이 할 수 있게 된다. 물론 타이거 우즈처럼 광고 수익이 한해 7천만 달러까지 되지는 않겠지만 장기 계약을 하게 되면 상당히 유리하다.

미국에서 광고 계약으로 돈을 벌 수 있는 스포츠는 골프, 미식축구, 농구, 야구 등이지만 야구 선수들은 유독 적은 광고 계약금을 받곤 했다.

아침에 내리던 비가 그쳤다. 여름 날씨가 한 걸음 뒤로 물러서고 있었다.

3. 삼열, 우승을 원하다

리글리 필드는 함성으로 가득 찼다. 오늘도 컵스가 이기고 있기 때문이다.

삼열은 더그아웃에서 상대 투수가 공을 던지는 것을 보았다. 벌써 네 번째 투수였다. 점수 차이는 크지 않지만 컵스가 이긴다는 데에는 이견이 없었다. 그것은 상대 팀의 감독 빅터 콜린스도 알고 있었다.

선발 투수인 존 칸타나가 3회 만에 강판을 당한 탓이 컸다. 올해 그는 이름값을 하지 못하고 있었다. 6승 9패에 4.85의 평균 자책점으로 매우 부진하였다.

"파워 업!"

삼열은 짧게 구호를 외쳤다. 그리고 스티브 칼스버그가 외야 플라이 아웃되는 것을 보며 벤치에서 일어났다.

현재 점수는 5 : 3. 3점이나 내줬지만 던진 공의 개수는 85개에 지나지 않았다. 요령껏 던지고, 줄 점수는 주고, 속 편하게 던졌다. 이런 경향은 줄리아가 다친 이후에 더 심해졌다. 속된 말로 해탈의 경지에 이른 것이다.

삼열은 생각했다. 메이저리그가 경쟁이 심하지만 그에게는 직장이다. 그는 월급쟁이 직원들처럼 이제는 마음을 비우고 일했다. 열심히 타자들을 연구하고 효율적으로 상대를 다루는 법을 배웠다. 가능한 무리하지 않았다.

그는 직장 생활을 오래 할 생각이다. 메이저리그만큼 돈을 많이 주는 직장도 흔치 않으니까. 아주아주 오랫동안 선수 생활을 할 생각이다.

삼열은 마운드에서 서서 상대 타자가 들어서기를 기다렸다. 이곳에서 그는 사랑을 받았고 지나친 액션을 하기도 했다. 다행히 상대 투수가 빈볼 시비를 하지 않았다. 원래 그런 놈이려니 생각해서인 듯했다.

악동의 이미지는 활동하기에 여러 모로 편리했다. 그러나 지금은 악동의 이미지가 많이 퇴색하고 있었다. 삼열은 그것이 마음에 들지 않았지만, 그렇다고 일부러 말썽을 부릴 이유는 없었다.

안드리안 토레스가 타석에 들어섰다. 177㎝의 다소 왜소한 체구를 가진 그가 배트를 흔들다가 멈췄다. 삼열은 그의 인상적인 턱수염을 한 번 보고는 칼스버그의 사인을 보았다.

삼열은 고개를 끄덕였다. 사실 안드리안는 1번 타자치고는 상대하기 쉬운 타자였다. 그는 정교한 교타자가 아니었다.

삼열은 공을 던졌다. 유려한 투구폼이 마치 물 흐르듯 부드러웠다.

펑.

공이 그대로 포수의 미트에 날아와 박혔다. 안드리안는 꼼짝도 못하고 스트라이크를 당했다. 무릎 위를 아주 살짝 걸친 바깥쪽 공이었다.

안드리안는 한숨을 내쉬었다. 쉬운 듯하면서도 어려웠다. 삼열의 공은 예전보다 강력하지는 않지만 왼손이라는 특수성이 있었다. 게다가 예전보다 제구력이 더 나아진 것 같기도 했다.

어떻게 인간이 1년 사이에 이렇게 완벽하게 좌완 투수로 변신할 수 있는지 존경스럽기까지 했다. 하지만 지금은 팀이 지고 있다. 안타를 쳐야 한다.

하지만 상대 투수는 조금의 힘도 들이지 않고 슬쩍슬쩍 공을 던졌다. 이 상태라면 100개의 공이라도 더 던질 기세였다.

'하아, 미치겠네. 존경스러운 놈이긴 하지만 난 반드시 안타를 쳐야 해!'

안드리안는 배트를 세우고 공을 기다렸다. 공이 날아왔다. 그는 힘껏 배트를 휘둘렀다.

툭.

공이 데굴데굴 굴러 투수 앞으로 떨어졌다. 힘껏 휘두른 것치고는 어이없는 타구였다. 삼열은 침착하게 공을 잡아 1루에 던져 타자를 아웃시켰다.

리글리 필드에서 환호와 박수가 터져 나왔다. 관중들은 기분이 좋았다.

결혼한 후부터 조금 진중한 모습을 보이기 시작한 삼열이 좌완으로 변신했을 때에는 무척이나 놀랐었다. 그들은 삼열이 올해 이렇게 뛰어난 성적을 보일 것이라고는 상상하지도 못했다.

자니 메카인은 삼열의 공을 보며 감탄을 거듭했다. 그가 보기에도 믿을 수 없을 정도로 깔끔한 투구였다. 비록 3회와 5회에 점수를 내줬지만 투구폼 하나만큼은 완벽했다.

─어떻습니까? 삼열 강 선수가 오늘 완투를 할 것 같습니다.

─시청자 여러분들도 느끼시겠지만 삼열 강 선수는 인간이

라고는 믿어지지 않습니다. 1년 사이에 어떻게 이렇게 변할 수 있는지 모르겠군요. 굉장히 쉽게 공을 던지고 있어요. 게다가 가끔 들어오는 강속구는 정말 놀랍죠. 거의 치기 힘든 공을 던지고 있습니다. 97마일의 공인데 제구력도 아주 좋아요.

─저도 그렇게 생각합니다. 그런데 궁금한 점이 있습니다. 이렇게 깔끔한 투구폼인데 평균 자책점이 조금 아쉽지 않나요?

─하하, 전혀 그렇지 않습니다. 투수가 하나의 투구폼을 만들면 그것을 자기 것으로 만드는 데 굉장한 시간이 걸립니다. 삼열 선수의 경우는 교통사고 후에 재활 훈련기간 중에도 왼손으로 훈련했다고 하던데요, 그렇다고 해도 왼손으로 공을 던진 것은 얼마 되지 않습니다. 그러니 익숙해지는 데에는 시간이 필요합니다. 삼열 강 선수는 갈수록 더 좋아질 것입니다.

─그렇겠죠. 저도 그럴 것이라고 믿습니다.

에드워드 찰리신이 자니 메카인 해설 위원의 말을 받아 멘트를 했다. 자니 메카인은 마치 광신도처럼 말하는 찰리신을 보며 미소를 지었다.

─하하, 삼열 선수의 평균 자책점이 예전에 비하면 터무니없이 높지만 점수를 내주는 과정을 보시면 쉽게 이해가 될 것입니다. 대부분의 경기에서 점수를 먼저 내주는 경우가 극히 드

묻니다. 이것은 무슨 말이냐 하면 경기를 조율하기 시작했다는 것입니다. 이 정도면 괜찮을 것이다, 하는 점수 안에서 공을 던진다는 것이죠.

─그런 것입니까?

─네. 그래서 승률이 굉장히 높지 않습니까? 게다가 완투하는 비율도 시즌 초반에 비해 굉장히 높습니다.

찰리신은 메카인 해설 위원의 말에 고개를 끄덕였다. 이제 2이닝만 던지면 삼열이 완투승할 것이다. 15승 4패. 올해 삼열의 성적이다. 이런 추세로 가면 앞으로 10승도 더 가능하다.

찰리신은 마운드에서 두 번째 타자를 상대하는 삼열을 바라보았다. 그의 뒤에서 후광이 나오는 것처럼 눈부시게 빛이 나고 있었다.

메츠의 2번 타자 쟌 머피는 3회에 솔로홈런을 쳤지만, 그렇다고 자신감이 생기진 않았다. 왠지 모르게 상대 투수를 대할 때면 기분이 나빠지고 주눅이 들었다.

그는 올해 121개의 안타를 쳤으며 0.293의 타율을 기록하고 있다. 이 정도면 2번 타자로서 제 역할을 제대로 하고 있는 것이다. 장타율도 0.406으로 2번 타자치고는 나쁘지 않았다.

쟌 머피는 타석에서 삼열을 노려보았다. 키가 큰 삼열의 얼굴은 마치 자신은 이 경기의 승부와는 상관이 없다는 듯 초연했다.

그도 삼열이 루게릭병을 이기고 우완에서 좌완으로 바꾼 이야기를 들어 알고 있었다. 분명 존경할 만한 선수다. 하지만 시합에서 마주치면 이상하게 기분을 엉망으로 만드는 투수였다.

타석에 들어서면 자신의 뇌가 상대 투수에 의해 해부당하는 느낌이 들 정도로 허점을 날카롭게 찔러오곤 했다. 사실 3회에 친 홈런도 상대 투수의 실투에 기인한 것이었다.

쟌 머피는 날아오는 공을 바라보며 배트를 힘껏 휘둘렀다.

펑.

"스트라이크."

'젠장! 빌어먹을!'

분명히 공을 보고 쳤다. 공이 너무나 선명하게 보여 안타를 칠 수 있을 것이라는 확신이 들었다. 하지만 공이 앞에서 빠르게 변했다.

상대는 직구와 커터, 그리고 투심을 적절히 섞어서 공을 던졌다. 그런데 이 세 종류의 구속 차이가 별로 나지 않아 타이밍 맞추기가 무척이나 힘들었다. 게다가 가끔 들어오는 체인지업과 커브는 무척이나 현란했다. 도대체 다음 공을 무엇을 던질지 예측이 안 되었다.

쟌 머피는 초조했다. 빠른 공을 가진 투수가 제구력까지 갖추고 있으니 적응하기가 힘들었다. 게다가 스트라이크와 볼의 차이도 크지가 않았다.

"젠장할!"

쟌 머피는 자기도 모르게 중얼거렸다. 그는 리글리 필드에 가득한 컵스의 팬들을 바라보았다. 거의 광신도에 가까울 정도로 일방적으로 상대 투수를 응원하고 있었다.

경기에서 홈런을 두 방이나 맞아놓고도 전혀 위축되지 않는 투수는 많지 않다. 그런데 삼열은 마치 '그까짓 게 뭐 어때서?' 하는 표정이었다. 정신력에서는 완전 갑인 투수였다.

공이 다시 날아왔다. 머피는 본능적으로 배트를 휘둘렀다.

딱.

공이 그대로 2루수의 글러브로 빨려 들어가는 직선타였다. 로버트가 머리 위로 살짝 넘어가는 공을 펄쩍 뛰어 가볍게 잡아냈다. 아주 빠른 직선타라서 어지간하면 안타가 될 공이었는데 아까웠다. 쟌 머피는 타석에서 물러나면서 고개를 흔들었다.

삼열은 가볍게 한숨을 내쉬었다. 상대 타자는 뛰어난 교타자였다. 맞혀 잡으려고 해도 쉽지가 않았다. 강속구를 던져 상대하면 쉽지만, 그렇게 되면 다시 예전으로 돌아가기 때문에 이런 교타자가 타석에 들어설 때마다 조심스러웠다.

이번 타자는 다비드 루이스, 메츠 공격의 핵이었다. 2008년에 메이저리그 실버슬러거상을 받기도 했던 그는 통산 타율이 0.301로 언제든지 100타점에 20개 이상의 홈런을 칠 수 있는 타자였다.

삼열은 이번 타석에서 이닝을 끝내야 하는 것을 알았다. 다음 타자는 반 아이크, 올해 벌써 30개의 홈런을 치고 있는 강타자가 바로 뒤에서 기다리고 있기 때문이다.

삼열은 신중하게 공을 던졌다. 공이 타자의 앞에서 휘어져 나갔다. 좌타자인 다비드 루이스의 입장에서 볼 때 바깥쪽으로 빠지는 커터는 대처 불가였다. 게다가 삼열은 릴리스 포인트를 끝까지 가지고 가는 투수라 스트라이크 존으로 들어오는 공이 마치 등 뒤에서 날아오는 것처럼 느껴지곤 했다.

펑.

"스트라이크."

다비드 루이스는 배트도 휘둘러보지 못하고 다만 몸을 한 번 움찔했을 뿐이었다.

'힘들군. 너무 공이 날카로워.'

일반적으로 좌타자는 좌투수에게 약하다. 좌타석에 서면 투수가 던진 공이 마치 등 뒤에서 날아오는 것 같기 때문이다. 그런데 상대 투수는 공을 가지고 노는 수준이라 대처하기가 여간 힘든 것이 아니었다. 다비드 루이스는 그럴 수밖에 없다고 생각했다.

상대는 메이저리그 최고의 투수. 저 재수 없는 녀석은 오른손일 때도 최고였는데 좌완으로 바꾼 후에도 최고다. 게다가 작년에는 최고의 타자였다. 부럽고 또 부러웠다.

다비드 루이스는 이를 악물고 반드시 안타를 치겠다는 결심을 했다. 공이 스트라이크 존 가운데로 정직하게 들어왔다.

따악.

공이 멀리 뻗었다. 레리 핀처가 오른쪽으로 조금 옮기더니 가볍게 공을 잡아냈다. 다비드 루이스는 아쉬웠다. 펜스를 넘어갈 줄 알았는데 마지막에 가서 공이 뻗지를 못했다.

깊게 수비를 한 레리 핀처의 수훈이었다. 다비드 루이스의 장타율이 0.495나 되어 깊게 수비를 한 덕을 보았다.

투수뿐만 아니라 타자들도 상대 팀과 시합을 하기 전에 회의를 한다. 거기서 감독과 벤치 코치는 전략분석 팀과 함께 상대 타자들을 분석한다. 수비에 테드 윌리엄스 시프트가 있는 것처럼 밀어치기에 능한 타자와 당겨치는 것을 좋아하는 타자가 타석에 설 때 수비의 위치가 바뀌곤 한다.

삼열은 아웃 카운트를 잡고 안도의 한숨을 내쉬었다. 이번 투구 역시 실투였다. 왼손으로 던질 때 나쁜 것은 오른손으로 던질 때보다 실투가 많아졌다는 점이다.

훈련 부족이라고 말하기에는 미묘한 무엇이 있었는데 아직은 그것이 뭔지 감이 오지 않았다. 다만 이런 실투를 줄이기 위해서는 다시 뼈를 깎는 훈련을 해야 한다.

레리 핀처가 다가와 어깨를 치자 삼열은 고맙다는 말을 했다.

"이번 공은 실투였지?"

"네. 그게 보여요?"

"물론 안 보이지."

"그럼……?"

"내가 알고 있는 것이 있는데 말이지, 너의 공은 실투가 아니면 타자들이 치기 힘들어. 하하!"

레리 핀처가 개구쟁이처럼 웃었다. 이제 그는 몇 년 안에 은퇴할 것이다. 그의 소망은 컵스가 우승하는 것을 보는 것이다.

삼열은 우승에 대한 간절한 소망을 갖고 있는 선수들을 아직 잘 이해하지 못했다.

하지만 미루어 짐작은 할 수 있었다. 왜냐하면 우승을 간절히 바라는 사람들 대부분은 메이저리그에서 오래 뛴 선수들이기 때문이다.

물론 우승을 원하지 않는 선수는 없다. 메이저리그에 갓 올라온 선수라 하더라도 우승을 원한다.

"요즘 몸은 어때?"

"괜찮아요."

"하하, 넌 괴물이야. 내가 우승을 꿈꿀 수 있게 된 것도 다

네 덕분이야. 고마워!"

진지한 얼굴의 레리 핀처를 보며 삼열은 말하기 힘든 감동을 받았다. 그리고 미안함, 부끄러움, 당황이 동시에 밀려들었다.

삼열도 세간의 평가를 들어 알고 있었다. 컵스가 변하게 된 원인 중 하나가 바로 자신이라는 것 말이다. 패배감에 젖어 있던 컵스가 변하기 시작한 것은 삼열의 지독한 훈련을 기존의 선수들이 보고 나서부터였다.

게다가 악동으로 좌충우돌하니 가라앉았던 팀의 분위기가 살아났다. 하지만 그것은 그냥 그렇게 보인 것뿐이다. 삼열은 그저 자기 욕심을 챙기기 위해 그랬을 뿐이었는데 우연히 그게 들어맞아 시너지 효과를 낸 것뿐이다.

레리 핀처가 다시 삼열의 어깨를 두드리고 뒷머리를 살짝 쳤다. 삼열은 아픔을 느끼며 손으로 머리를 어루만졌다.

'나도 우승을 갈망하게 되는 날이 올까? 나는 단지 야구가 좋아서 할 뿐이야. 우승하면 좋고 아니면 말고. 야구를 할 수 있다는 것 자체가 내겐 축복이기 때문에 큰 욕심을 부리지 않았지. 내가 열망하는 것은 도대체 무엇일까?'

삼열이 우승에 대해 무관심한 것은 처음부터 컵스를 좋아하지 않아서였다. 그리고 아직 메이저리그에 올라온 지 얼마 되지 않아서이기도 했다.

지금은 많이 나아졌지만 처음에는 컵스라면 학을 뗄 정도로 싫어했다. 팔려온 느낌, 축 처진 팀 분위기. 그나마 선수들이 좋아 버틸 수 있었다.

컵스에서 데뷔하여 메이저리그 최고의 투수로 대우를 받고 있기는 하지만 얼마 전까지만 해도 승리 투수가 되기 위해선 자신이 안타를 치거나 홈런을 쳐야 했을 정도로 팀 타격이 빈약했다.

삼열은 더그아웃에서 로버트가 안타를 치고 나가는 모습을 보며 다시 생각에 잠겼다.

'나는 왜 우승을 갈망하지 않을까?'

아무리 생각해도 알 수 없었다. 어쩌면 아직 우승을 갈망할 정도로 메이저리그 경험이 많지 않아서일지도 모른다. 그렉 매덕스가 양키스를 거부하고 애틀랜타 브레이브스를 선택한 이유는 단 하나였다. 월드 시리즈 우승.

'우승이 뭘까?'

삼열은 그동안 메이저리그에 적응하기 위해 많은 노력을 했다. 이제 메이저리그 4년 차이지만 초기 2년은 얼떨결에 던지다 보니 성적이 좋았다. 사고 후 타자로 1년을 뛰었고 올해는 좌완 투수로 뛰었기에 이런저런 생각을 할 여유가 없었다.

삼열은 로버트가 후속 타자의 안타로 3루까지 가는 것을 보며 과연 컵스가 이번 시즌 우승을 할 수 있을까 생각해 보앗다. 어쩌면 그는 자신과 비슷했던 마크 프라이어가 망가진 것을 알고 컵스를 경멸했는지도 모른다.

그는 루게릭병으로 청소년기를 보냈기에 언제나 병과 부상에 대해서는 과민하게 반응하곤 했다. 지금도 강속구를 포기하고 맞혀 잡는 투구를 하는 이유가 부상을 줄이기 위해서, 그리고 더 오래 투수 생활을 하기 위해서였다. 다른 이유는 하나도 없었다.

삼열은 벤치에서 망연하게 있었다. 그는 나이 먹은 노장의 이글거리는 눈을 보고 감동과 함께 갈등을 느꼈다. 어쩌면 마크 프라이어도 누구보다 우승을 갈망했을지도 모른다. 하지만 염소의 저주처럼 다 이긴 경기에서 마크 프라이어는 주저앉았다.

2003년 챔피언 시리즈 때 플로리다 말린스와의 6차전에서 3 : 0으로 앞서가던 컵스는 8회 평범한 외야 플라이볼을 관중이 건드려 이기고 있던 경기를 망쳤다. 그리고 마크 프라이어는 부상으로 이전과 같은 공을 던지지 못했다.

삼열은 알 수 없었다. 우승을 위해 자신의 몸을 그렇게 혹사하는 것이 과연 가치가 있는 것인가 하는 점이? 더스티 베인 감독이 어린 투수들을 혹사시켰지만 오히려 설친 것은 마크 프라이어였다. 그는 부상에서 제대로 회복도 하지 않고 마운드에 오르곤 했다. 너무 가슴이 뜨거웠던 것이다.

삼열은 문득 아직도 자신의 잠재의식 저 밑바닥에 컵스를 꺼리는 마음이 있는 것은 아닐까 하고 생각했다. 하지만 어쨌든 컵스의 선수들, 관중과 팬들은 더할 나위 없이 삼열에게 친절했다.

동양에서 온 투수를 인종차별하지 않고 실력 그대로, 아니 그 이상으로 격려해 줬다.

'만약 월드 시리즈에 진출하게 된다면 열심히 해야겠구나.'

삼열은 새삼 자신을 좋아해 주는 팬들이 그토록 원하는 우승이라면 자신도 이제는 생각해 보기로 했다.

이닝이 바뀌고 마무리 투수가 공을 던졌다. 삼열은 라커룸으로 들어와 쉬면서 모니터를 보았다. 더그아웃에 있으면 자꾸 카메라가 그를 찍어서 들어왔지만 과연 마무리 투수인 스테판 웨인이 자신의 승리를 지키는지가 매우 궁금했다.

오늘 승리를 하면 16승으로 내셔널리그 다승 투수가 된다. 지금 다승 공동 1위는 네오 곤잘레스였다. 평균 자책점이 2.89인 그가 15승이나 올릴 수 있던 이유는 워싱턴 내셔널스의 막강 화력 덕분이었다.

삼열은 승수와 기록에 초연해지려고 했지만 언론과 주위에서 떠드니 관심이 저절로 갔다. 모니터를 통해 스테판 웨인이 마운드에서 두 손을 번쩍 드는 것을 보고 삼열은 회심의 미소를 지었다.

이겼다.

삼열은 기분이 좋았다. 승리는 정말 달콤한 마약 같았다. 누구라도 그 맛에 쉽게 취해 버린다. 그 어떤 술보다 더 빨리 취하고 또 쉽게 깨지도 않는다.

"헤이, 삼열. 축하해!"

벤자민 오클 벤치 코치가 누구보다 일찍 라커룸에 들어와 축하해 주었다. 작년에 새로 벤치 코치에 부임한 그는 누구보다 삼열을 좋아했다.

한 번은 왜 자신에게 친절하냐고 삼열이 물었더니 자신의 아내가 한국인이라고 대답했다. 삼열은 그의 말을 듣고 크게 소리 내어 웃었었다.

잠시 후에 선수들이 들어오면서 삼열에게 축하 인사를 건넸다. 이전에는 느끼지 못했던 끈끈한 팀워크와 동료애가 작년부터 강하게 느껴져 삼열은 좋았다.

컵스가 좋아지고 있었다. 모두 승리가 가져다준 결과였다. 이런 것 때문에 사람들이 그렇게 승리를 하고 싶어 하는 것인지도 몰랐다.

삼열은 오늘 인터뷰를 하라는 감독의 말을 듣고 오랜만에 기자들 앞에 섰다. 번쩍이는 카메라 플래시와 많은 마이크를 보며 삼열은 자기의 순서를 기다렸다.

이긴 경기에는 인터뷰 시간이 길어진다. 팬 서비스 차원이다. 지면 감독이 짧게 그날의 소감을 밝히고 끝내 버리니 인터뷰 자체가 나쁜 것은 아니었다. 10분 만에 삼열의 차례가 왔다.

─삼열 선수에게 질문하겠습니다. 오늘 승리 소감을 짧게 말씀해 주시고, 며칠 뒤에 후원하는 소녀가 한국으로 치료하기 위해 떠난다는데 그에 대한 이야기도 해주십시오.

시카고 트리뷴의 찰스 에거 기자였다. 원래 트리뷴은 시카고 지역 신문이라 컵스에 호의적인 내용을 많이 다루지만, 그중에서도 에거 기자는 특히 삼열에게 호의적이었다. 그의 딸과 아들 모두 삼열의 열성적인 팬이었기 때문이다.

─승리는 항상 기분 좋습니다. 그리고 이런 기쁨을 컵스의 팬들과 함께 나눌 수 있는 것은 선수들에게 매우 즐거운 일입니다. 이번에 파워 업 티셔츠를 팬들께서 많이 사주셔서 연말까지 3~5명의 아이를 도울 수 있을 것 같습니다. 알다시피 치료를 받을 수 있는 환자의 조건은 제 팬이거나 저를 존경하는 어린이면 됩니다. 그리고 그 환자들은 저를 만나기 하루 전에 좋아해도 되니 어려운 조건은 절대로 아니죠.

몇몇 기자들이 작게 웃었다.

─이번에 제 열렬한 팬인 아만다가 수술을 받게 되는 곳은 제 모국인 한국입니다. 한국의 의료 기술은 매우 뛰어납니다. 한국의 외과 기술은 세계적이고요. 게다가 수술비는 상대

적으로 미국보다 훨씬 저렴합니다. 의료보험이 안 되는 아이들을 치료하는 것이라 치료비가 얼마인가도 중요하죠. 이번에 심장 수술을 받게 되는 아만다 스튜어트 양은 매우 아름다운 소녀입니다. 가수가 되는 것이 꿈이고, 물론 부모님을 제외하고 저를 세상에서 제일 존경한답니다. 멋지죠? 부러우면 여러분들도 좋은 일들을 하시면 됩니다.

　─오른손은 영영 사용하지 못하는 것입니까?

　─아니요. 여전히 잘 사용하고 있습니다. 하지만 아직 오른손으로 공을 던질 수 있다고는 말씀드릴 수가 없습니다. 왼손도 나름 만족합니다. 하지만 오른손으로 던지지 못하게 된 것은 매우 유감이라고 생각합니다.

　삼열의 말에 사람들은 고개를 끄덕였다. 삼열의 기록은 우완일 때가 더 좋았다. 그래서 그런 줄 알고 고개를 끄덕였다. 우완으로는 자책점이 1점대 전후라면 좌완은 2.45나 된다.

　─재미있는 공을 하나 익히고 있었거든요. 시합 중에도 간간이 던져서 홈런을 맞기도 했지만 점점 익숙해지던 참이었죠. 만약 사고가 나지 않았다면 올해 마구를 던질 수 있었을 것입니다.

　삼열의 말에 기자들은 놀라 그를 바라보았다. 그리고 자기들끼리 이야기를 주고받느라고 소란스러워졌다.

　─마구라 하면 스크루볼을 말씀하시는 것입니까?

원더풀 스카이의 리포터 엠마 존슨이 물었다.

마구라 칭할 수 있는 공은 세 가지밖에 존재하지 않는다. 너클볼, 스크루볼, 자이로볼. 강속구 투수인 삼열이 너클볼을 배울 리는 없고, 자이로볼은 이론으로만 가능한 볼이고, 그렇다면 스크루볼 하나만 남게 된다.

—네, 스크루볼이었죠. 만약 낮게 된다면 팬들을 위해서 몇 개 던져 보겠습니다.

삼열의 말에 기자들이 기분 좋게 웃었다. 기자들이 삼열을 좋아하는 이유는 팬들이 좋아해서이기도 하지만 항상 다른 선수들과는 다르게 이야깃거리를 많이 내놓기 때문이다.

인터뷰하는데 선수가 단답식으로 말해 버리면 기사를 쓰기가 힘들어진다. 이에 반해 삼열은 항상 이야깃거리가 풍부했다.

오늘도 지나간 이야기처럼 3대 마구 중의 하나인 스크루볼에 대해서 이야기하지 않았는가. 오른손을 다쳤으니 믿거나말거나 식의 이야기지만 기사 내용을 뽑기에는 굉장히 좋은 소재였다.

—올해 컵스가 포스트 시즌을 통과해 월드 시리즈에 갈 수 있다고 생각하십니까?

삼열은 왜 이 이야기가 안 나오나 했다. 요즘 컵스의 팬들이 모이면 은근히 월드 시리즈 이야기를 많이 하는 것을 그도 알고 있었다.

　─그건 베일 카르도 감독님에게 물으셔야죠. 제가 대답을
잘못하면 월드 시리즈에 나간다고 해도 등판을 안 시켜줄지
도 모르잖아요.

　삼열의 말에 기자들이 다시 웃었다. 베일 카르도 감독이 절
대 그런 일은 없을 것이라고 말하자 분위기는 더 좋아졌다.

　　　　　　＊　　　　＊　　　　＊

　삼열은 인터뷰를 마치고 집으로 돌아왔다. 줄리아가 잠을
자지도 않고 기다리고 있다가 품에 안겨왔다. 제시도 삼열을
보고 좋다고 껑충껑충 뛰었다.

　돼지 도니가 죽은 후 삼열이 친절하게 대해 주어서인지 제
시는 그를 무척이나 잘 따랐다.

　마리아가 웃으며 삼열을 맞이했다. 그러고는 힐끔거리며 삼
열의 눈치를 살폈다.

　"무슨 할 말 있어요?"

　"네. 근데 그게… 애덤스 씨가 도니 이야기를 듣고 안타까
워하시면서 돼지 두 마리를 주시겠다는데 어떻게 할까요?"

　"뭘?"

　"여보, 돼지를 받을까요?"

"그거야 줄리에게 물어야지. 내가 키울 것도 아닌데."

마리아는 삼열의 말에 환하게 웃었다. 삼열이 개는 그런대로 예뻐하지만 돼지는 질색했었기 때문에 이야기를 꺼내기가 조심스러웠다. 줄리아가 삼열의 말을 듣고 만세를 부르자 제시도 덩달아 깡충깡충 뛰었다.

삼열은 잠자리에 들어 마리아를 은근히 안았다.

아이를 낳은 마리아의 몸은 처녀 때보다 더 탱탱했다. 30대를 바라보는 마리아의 나이를 생각하면 이제는 피부의 노화가 시작될 때였다. 하지만 그녀의 피부는 소녀처럼 싱그러웠다. 삼열은 마리아를 안으며 부드러운 피부를 쓰다듬었다.

삼열에게 오늘은 정말 기분 좋은 날이었다. 16승으로 내셔널 리그 다승 1위가 되었다. 평균 자책점은 오른손으로 던질 때와는 비교할 수 없이 높아졌지만, 그것은 맞혀 잡기 시작했기 때문이다.

그렇게 한 결과는 아주 달콤했다. 다음 날 일어나도 예전처럼 몸이 무겁지 않았던 것이다. 전력투구하지 않고 설렁설렁 맞혀 잡으니 체력의 소모가 훨씬 적었다.

아침이 되었다. 삼열은 일어나자마자 샤워를 한 후 러닝을 시작했다. 창밖으로 보이는 정원수들의 나뭇잎이 바람에 나풀거렸다.

오늘따라 몸의 상태가 매우 좋았다. 어제 시합도 치르고 아내와 사랑도 진하게 나눴다. 그런데도 몸이 상쾌했다.

'몸이 점점 좋아지는 것인가?'

확신할 수는 없었다. 신성석이 없으니 육체의 회복은 느릴 수밖에 없다. 그런데 오늘은 너무 몸이 상쾌했다. 시합을 하지 않은 날도 이렇게까지 몸의 상태가 좋진 않았다. 러닝을 마치고 역기와 철봉을 하는데 오른쪽 어깨에 다른 날과는 다른 느낌이 들었다.

'혹시?'

삼열은 멈추고 수건으로 새도 피칭을 해보았다. 그런데 믿을 수 없는 일이 일어났다. 오른쪽 어깨가 사고 이전으로 돌아온 것이다.

'어떻게 이것이 가능하지?'

삼열은 자신의 심장에 손을 대었다. 미카엘이 심장에 넣어준 불꽃이 피고 열매가 열린 것이다. 육체의 개조가 완전히 된 것인지는 확신이 없었지만 더 이상 발전이 없는 것을 보니 그런 것 같았다.

삼열은 기분이 좋아 자리에서 펄쩍 뛰었다. 그리고 미친 듯이 웃었다. 너무너무 좋았다. 말할 수 없이 기분이 좋아 웃다가 울고 뛰었다. 모르는 사람이 보면 미친 사람이라고 했을 것이다.

삼열은 기분을 가라앉히고 생각에 잠겼다. 오른손이 완전히 나았다. 그러나 그렇다고 다시 우완 투수로 돌아갈 생각은 없었다. 오른손을 못 쓰게 되어 왼손 투수가 된 지 얼마 안되었는데 다시 오른손 투수가 된다면 남 말하기 좋아하는 사람들이 이래저래 떠들어댈 것이다. 그렇지만 기분이 좋은 것은 어쩔 수 없었다.

삼열은 운동을 하는 둥 마는 둥 하고 다시 거실로 돌아와 피식피식 웃었다.

"자기, 무슨 좋은 일이라도 있어요?"

마리아가 혼자 웃는 삼열을 보고 궁금한지 물었다. 삼열은 사실대로 말할까 하다가 지금은 하지 않기로 했다. 나중에 깜짝 쇼를 해주고 싶어졌기 때문이다.

아침을 먹고 온 가족이 막스 애덤스의 집으로 갔다. 삼열로서는 애덤스 부부를 오랜만에 만나는 것이었다.

"어서 오게, 삼열! 내 손자의 은인이며 컵스의 영웅!"

애덤스의 말에 삼열은 거만하게 고개를 빳빳이 들었다. 삼열은 애덤스의 손자 존을 티셔츠 판 돈으로 수술시켜 주었다. 그 건방진 꼬마는 아쉽게도 자신의 팬이 아니었다. 수술받기 위해 하루 전에 자신을 존경하기 시작했을 뿐이다. 지금도 존경하는지는 알 수가 없다.

"어머나, 어서들 와요."

엘레나 애덤스 부인이 삼열과 마리아, 그리고 줄리아를 환영했다.

"줄리아도 왔구나. 아이스크림 줄까?"

"네. 많이 주세요."

"호호, 그러자꾸나."

줄리아는 아이스크림을 좋아하지만 마리아가 잘 사주지 않았다. 그녀는 인스턴트 식품이나 아이스크림 같은 것을 절대 사주는 법이 없었다. 먹고 싶으면 삼열을 조르는 수밖에 없었다. 그러면 삼열이 마리아의 눈치를 살피다가 한두 개 사다 주곤 했다.

삼열로서는 그런 마리아가 불만이었다. 아이들이 자라면서 불량식품도 좀 먹고 그래야 하는데, 마리아는 너무 건강식품만 딸에게 먹이는 경향이 있었다.

그래도 마리아는 애덤스 부부가 주는 아이스크림은 막지 않았다. 그래서 가끔 줄리아는 아이스크림이 먹고 싶으면 놀러 오곤 했다. 집이 바로 옆에 붙어 있으니 가능한 일이었다.

"이놈들이네."

애덤스가 돼지 두 마리를 품에 안고 왔다. 돼지들은 아주 귀엽게 생겼다. 돼지를 보고 줄리아가 두 눈을 동그랗게 뜨고 감탄했다.

"와! 진짜 돼지같이 생겼구나!"

줄리아의 말에 삼열과 마리아가 서로 얼굴을 마주 보고 웃었다. 돼지가 돼지같이 생기지, 개와 비슷할까? 하지만 마리아는 돼지같이 생겼다는 말의 의미를 금방 깨달았다. 죽은 도니를 닮았다는 뜻이다.

삼열은 죽은 도니를 생각해서 돼지를 키우는 것을 허락했지만, 그렇다고 좋아하지는 않았다. 삼겹살을 좋아하는 그로서는 돼지를 보고 있으면 자동으로 삼겹살이 생각났다.

마리아와 삼열은 차를 마시며 애덤스 부부와 잠시 이야기를 나눈 뒤 돼지를 안고 집으로 돌아왔다. 집에 온 돼지의 이름은 한나와 안나였다. 이번 돼지들은 순해서 줄리아가 좋아했다. 그러나 상대적으로 얌전할 뿐이지, 삼열이 보기에는 만만치 않았다.

한나는 귀가 무척이나 크고 잘 웃었다. 작은 미니 돼지지만 마치 강아지처럼 돌아다녔다. 두 마리의 돼지는 돌아다녀도 도니처럼 어지럽히지는 않았다. 도니는 온 집을 뒤집어 놓았는데 한나와 안나는 돌아다녀도 물건을 쓰러뜨리거나 하지는 않았다. 그러나 삼열의 눈에는 그게 그거였다.

안나는 입이 조금 크고 눈이 유독 작았다. 멀리서 보면 눈이 있는지 없는지 모를 정도로 작았다.

"아빠, 안나는 눈 수술을 해줘야 해?"

눈이 너무 작으니 어린 마음에 하는 소리였다. 삼열은 그 말을 듣고 웃었다. 이번에 아만다 스튜어트가 수술을 받기 위해 한국을 가는 것을 줄리아도 알고 있었다. 그래서 이런저런 이야기를 하다가 성형수술에 관해서도 이야기를 해주었었다.

이번에는 삼열이 한국에 가지 못해서 마리아가 같이 가주기로 했다. 처음 한국에서 하는 수술이라 삼열이 원래는 가야 했는데 시즌이 끝나지 않아서 어쩔 수 없었다.

아만다가 수술하는 병원은 삼송 병원이었다. 삼열은 처음에 듣고 놀랐다. 대기업에서 운영하는 병원이라 굳이 홍보할 필요가 없었다. 그래서 전화로 이상하다고 홍성대 국장에게 말을 하자 그가 웃으며 말했다.

─비싼 병원이니 가능한 것입니다. 평소에 많이 남겨 먹으니 그만큼 여유가 있는 것이지요. 호텔이라고 불리는 귀족적인 이미지가 평소에 부담스러웠던 것 같고요. 그리고 삼송의 큰 회장이 삼열 씨 팬이라는 것도 작용했습니다. 그런 게 복합적으로 작용해서 저희가 병원을 섭외할 때 가장 적극적으로 나왔었습니다.

삼열은 왜 삼송의 그 양반이 자기를 좋아할까 생각했다. 어쨌든 재벌이 자기에게 호의적이라고 하니 싫지는 않았다. 알고 지내봐야 이익은 하나도 없겠지만 껄끄러운 관계보다는 나았다.

"안나, 멈춰!"

줄리아가 소리를 지르자 돼지 한 마리가 제시의 사료를 훔쳐 먹다가 들키고는 움찔 멈췄다. 줄리아의 앙칼진 소리에 놀란 안나는 줄리아의 앞에서 딴짓을 했다. 그것이 줄리아의 마음을 상하게 만들었다.

줄리아가 안나에게 잔소리를 해대었다. 마치 마리아가 줄리아가 말을 안 들었을 때 하는 잔소리와 무척이나 비슷했다. 하여튼 안나는 사료를 먹지도 못하고 잔소리만 내내 들어야 했다. 제시는 그런 줄리아의 옆에서 머리를 부비며 놀고 있었다.

"봐, 제시는 착해. 말 잘 들어! 이 돼지, 다음에 또 그러면 혼나!"

줄리아가 하도 소리를 질러대자 안나는 겁에 질려 연신 고개를 끄덕였다. 마리아는 줄리아의 행동이 기가 막혔는지 입을 벌리고 멍하게 바라만 보고 있었다.

점심을 먹기 전에 줄리아가 돼지들의 사료를 주었다. 다 먹고도 계속 사료를 달라고 꿀꿀거렸다. 그리고 보니 돼지들은 먹성이 좋았다. 물론 모든 돼지가 먹성이 좋겠지만 이 두 녀석은 더 심한 듯했다. 배가 불쑥 나온 것이 비만 돼지가 틀림없었다.

그러거나 말거나 줄리아는 냉정하게 돌아서서 고기를 양

볼 가득 튀어나오도록 씹었다. 줄리아는 유독 고기를 좋아했다. 마리아가 채소와 같이 먹으라고 아무리 잔소리를 해도 고기만 쏙쏙 빼먹곤 했다.

"여보, 내일 한국 가는 거지?"

"네. 가면 2, 3일은 있어야 할 것 같아요. 변호사가 알아서 하겠지만 제가 해야 할 일도 있고요. 또 아만다를 혼자 내버려 둘 수 없잖아요."

"아만다는 부모님이 없어?"

"계시긴 하는데 엄마만 직장에서 휴가를 얻었다고 해요. 아빠는 어디 있는지 모른대요."

삼열은 마리아의 말을 듣고 한숨을 내쉬었다. 자세히는 몰라도 얼핏 듣기로 아만다의 아버지는 도박 중독에 빠져 집을 나간 지 오래라고 했다.

삼열은 아만다의 귀엽고 사랑스러운 얼굴을 떠올렸다. 어떻게 그렇게 예쁜 딸을 놔두고 도박에 빠질 수 있을까? 아무리 생각해도 이해가 되지 않았다.

아만다는 인형같이 예뻤다. 아파서 창백한 표정이 안쓰럽게 보이기는 했지만, 그것이 그녀의 예쁘고 사랑스러운 외모를 감추지는 못했다.

가정에 가장 큰 가치를 두고 있는 삼열로서는 자식을 버려두고 도박이나 알콜에 빠지는 아버지들을 이해할 수 없었다.

아니, 증오했다.

*   *   *

다음 날 삼열은 아침 일찍 일어나 딸과 마리아를 공항까지 바래다주었다. 줄리아가 삼열의 바짓가랑이를 붙잡고 안 떨어지려고 하다가 마리아에게 혼이 난 후에야 기내에 탑승하러 들어갔다.

삼열은 집에 돌아오니 할 일이 없었다. 딸과 아내가 없으니 뭔가 허전해서 일이 손에 잡히지 않았다. 마음이 텅 빈 것 같았다. 남들은 아내가 친정을 가거나 하면 자유를 느낀다고 하는데 삼열은 아니었다.

삼열이 소파에 맥없이 앉아 있으니 제시가 그 옆에 앉아 힐끔힐끔 그의 눈치를 살폈다. 그러나 두 마리 돼지는 줄리아가 보이지 않자 제 세상을 만난 듯 집 안을 헤집고 돌아다녔다.

"야! 너희들!"

삼열이 벌떡 일어나 소리를 지르자 돼지 두 마리가 움찔하며 행동을 멈췄다.

"이놈의 새끼들이. 조용히 하지 못해!"

삼열이 눈에 힘을 주자 돼지 두 마리가 파르르 떨었다. 항상 옆에 있던 마리아가 삼열의 폭력성을 제어해 왔었는데 지금은 아니었다.

딸도 아내도 없는 상태에서 평소에 좋아하지도 않는 돼지가 집 안을 쏘다니니 기분이 좋지 않아졌다.

삼열은 역시 돼지는 기르는 것이 아니라고 생각했다. 이것들이 생긴 것과는 달리 얼마나 눈치가 빠르고 영악한지, 아주 사람의 속을 뒤집어놓을 때가 한두 번이 아니었다. 제시가 삼열의 얼굴을 보며 다시 눈치를 살폈다.

"야, 저리로 들어가."

삼열이 손짓하자 두 마리 돼지는 재빨리 자기들의 집으로 들어갔다.

"제시, 밥 먹자."

왈왈!

제시가 짖자 삼열은 그런 제시의 머리를 쓰다듬어 주었다. 제시는 자신의 주인은 줄리아이지만 이 집에서 가장 우두머리는 삼열이라는 것을 예전에 알아차렸다.

그녀가 볼 때 삼열은 위험한 야수였다. 어떤 이유에서 그렇게 두 마리 암컷 인간에게 잘 대해주는지 알 수 없지만 남자 인간이 가장 위험한 냄새를 풍기곤 했다. 그래서 제시는 삼열의 말은 아주 잘 들었다.

그날 벌로 돼지 두 마리는 굶어야 했다. 삼열은 동물을 키운다는 것이 이렇게 힘든 것인지 몰랐다. 조그만 것들이 시시

때때로 말썽을 일으켰다. 삼열은 찢어진 사료 봉지를 들고 돼지들을 노려보며 주먹을 쥐었다. 한 대 치고 싶은데 돼지들이 너무 작았다.

오후가 되자 삼열은 할 수 없이 제시와 돼지 두 마리를 차에 태우고 연습장으로 갔다. 제시에게는 가볍게 목줄을 채우고 돼지 두 마리는 애견 캐리어에 실었다.

연습장에 돼지와 개를 데리고 들어오자 동료 선수들이 모여들었다.

"뭐야?"

"응, 아내와 딸이 한국 가서 이 녀석들만 집에 두고 올 수 없어서 데리고 왔어."

"어? 세 마리면 그냥 지들끼리 놀게 해도 될 텐데."

"그런가?"

"그래. 그런데 이 돼지들은 왜 이렇게 불쌍해 보이는 거야?"

"까불어서 벌로 점심을 안 줬거든."

"헐~ 돼지를 굶기다니 너무한 거 아니야?"

로버트를 비롯해서 존리와 벅 쇼까지 그러자 삼열은 챙겨온 사료를 슬그머니 돼지들에게 주었다. 돼지 두 마리가 서로 먹겠다고 싸우는 바람에 캐리어가 기우뚱 넘어졌다.

"얘들은 왜 이래? 풀어놔야지."

"줄이 없어. 이 넓은데 이놈들이 뛰어다니면 언제 잡으러

다녀."

선수들은 삼열의 말에 고개를 끄덕였다. 공감해서가 아니라 그러면 그렇지, 그러니 네가 악동이지, 하는 표시였다. 제시만이 삼열의 옆에 얌전하게 앉아 있었다.

마리아는 기내에서 딸의 칭얼거림을 들었다.

제시 보고 싶다, 돼지도 보고 싶다, 하더니 '아빠!' 하고 울먹였다. 어쩔 도리 없이 딸을 가볍게 안아주며 마리아는 나직하게 한숨을 내쉬었다.

줄리아는 도니가 죽은 후 유아 퇴행이 진행되는지 감정적 변화가 심했다. 집에 있을 때는 아무런 내색을 안 하다가 아빠와 떨어지게 되니 불안을 느낀 모양이다.

"아만다 언니 아야 하는 거 나아야지."

"아만다……?"

"아만다 언니는 심장이 아파. 빨리 한국 가서 수술받아야 해."

"응, 수술받아야 해."

줄리아는 조금 떨어진 자리에 있는 아만다를 바라보았다. 잠시 후에 기내 서비스가 나오자 줄리아는 스튜어디스로부터 아이스크림과 과자를 받고는 싱글벙글했다.

마리아는 두 번째 방문하는 한국에 대해 생각했다. 남편이 태어난 나라, 그리고 곧잘 남편에게 광고 계약을 의뢰한 기업이 있는 나라.

미국은 보험이 없는 환자에게는 견디기 힘든 나라다. 작은 수술 하나 하는 데도 비용이 많이 들어간다. 왜 그렇게 많은 돈을 받아야 하는지 이해할 수가 없을 정도로 많이 받는다. 그래서 아만다를 살리기 위해 한국으로 가는 동안 그녀는 마음이 좋지 않았다.

줄리아는 간식을 많이 먹고 나서는 잠이 오는지 의자에 깊숙이 몸을 눕히고 칭얼거렸다. 마리아는 스튜어디스에게 딸이 덮을 모포를 가져다 달라고 부탁하고는 자신도 눈을 감았다.

어둠에 잠긴 기내는 조용했다.

긴 시간을 비행해야 해서 1등석을 예약했다. 딸의 말처럼 마리아도 남편이 보고 싶었다. 눈을 감고 잠이 들어도 중간중간에 줄리아가 깨어나 보채는 바람에 깊이 잘 수도 없었다.

선한 일을 한다는 것도 쉬운 일이 아니다. 그리고 그런 사회적 책임을 이행하는 데 수고를 해야 하는 것은 어쩌면 당연한 일이다.

그래야 우리가 살아가는 사회가 조금은 밝아질 수 있으니까. 마리아는 그렇게 생각하며 잠들어 있는 아만다의 창백하고 예쁜 얼굴을 바라보았다.

마침내 비행기가 한국에 도착했다. 마리아는 공항 밖으로 나오자 엄청나게 많은 취재진이 몰려온 것을 보며 고개를 갸웃거렸다.

남편과 자신이 하는 이번 일이 이렇게 많은 기자가 몰려올 만큼의 취잿거리일까 싶었다.

하지만 오늘 기자들이 공항에 온 것은 삼열의 선행을 취재하려는 것이 아니라 한국이 배출한 천재 메이저리거의 부인과 딸을 취재하기 위해서였다.

삼열은 인터넷으로 한국에서 벌어지는 뉴스를 실시간으로 시청했다. TV에서는 공항 입구에서 기자들에게 미소로 답하는 마리아의 아름다운 모습이 보였다. 그 옆에는 줄리아가 얌전하게 서 있었다.

삼열은 마리아와 결혼한 것을 행운이라고 생각하고 있었다. 그녀를 만났을 때 자신은 지금처럼 유명하지 않았다. 다른 유망주와 별반 다를 것 없는 마이너리거에 불과했다.

아직도 왜 그녀가 자신에게 호감을 갖게 되었는지 모른다. 어쩌면 그것은 동정일 수도 있었고, 아니면 동양인을 좋아하는 독특한 취향일 수도 있었다. 그러나 그녀가 사람의 본성을 꿰뚫어보는 능력이 탁월했기 때문이 아닐까 생각해 보곤 한다.

그리고 마리아의 그런 능력은 어린 시절부터 꾸준히 공부해 온 인문학에 기초하고 있다는 것만 어렴풋하게 느낄 뿐이었다.

하루밖에 지나지 않았는데 삼열은 벌써부터 애완동물 때문에 마음고생이 심했다. 아내와 딸이 있을 때는 신경 쓰지 않아도 되었던 동물들을 돌보아야 하니 피곤해졌다. 제시는 그런대로 통제가 되는데 역시나 돼지가 말썽이었다. 너무 작고 너무 어렸다.

'이것들을 돼지우리를 만들어 거기에 넣어버릴까?'

미니 돼지도 돼지이니 마땅히 돼지우리에 있어야 한다는 생각이 들었다.

'좋았어!'

삼열은 마당 한쪽에 돼지우리를 만들었다. 창고에 있는 나무들과 재료를 이용해 작은 우리를 만들고 거기에 한나와 안나를 넣어놓았다. 그리고 꿀꿀거리는 돼지들을 본 척도 안 하고 들어와 거실의 소파에 앉으니 제시가 꼬리를 살랑살랑 흔들며 옆에 와서 앉았다.

"이제야 조용하네. 그치?"

제시가 삼열의 말에 멍 하고 짖었다. 하지만 소리가 아주 작았다. 제시는 삼열이 돼지우리를 만들고 거기에 새로 온 돼지 두 마리를 넣는 모습을 모두 지켜보았다.

그러고는 들어와 시원한 표정을 지었다. 역시나 위험한 인간이었다. 자기의 어린 주인이 얼마나 착한지 이 남자 인간을 보면 알 수 있다.

4. 마이애미 말린스전

홍성대는 바빴다. 그는 컵스와의 계약에 성공하자 국장에서 이사로 승진했다. 그가 컵스를 방문하기 전에 삼열을 만나는 모험을 한 것은 그 어떤 전략보다 효과적이었다.

이는 메이저리그에서 방송을 하는 송재진과 장영필을 통해 컵스의 내부 사정을 잘 알았기 때문에 가능한 것이었다.

홍성대는 컵스가 삼열에게 빚이 있다고 보았다. 삼열은 메이저리그 초짜여서 말도 안 되는 연봉을 받고 있었고 컵스는 삼열에게 의존하는 바도 컸다.

특히 삼열이 투타에서 이룬 성적도 성적이지만 팀 분위기를 쇄신하는 데 아주 큰 역할을 했다. 삼열이 컵스에서 공을 던진 이후로 구단의 지명도가 엄청나게 높아진 것도 홍성대는 알아차렸다.

구단의 관계자들은 이런 모든 것들을 분석하여 경영자에게 보고할 것이다. 그래서 홍성대는 컵스 구단이 삼열의 부탁을 거절하지 못할 것으로 생각했다. 특히 삼열이 악동이기에 이런 전략이 가능했다.

악동이기에, 어디로 튈지 모르기에 구단이 삼열의 말을 무시할 수 없는 것이다.

그리고 막말로 삼열이 한국 선수가 아니었다면 KBC ESPN이 중계료를 지불하고 방송할 이유도 없다. 그래서 삼열의 말이 컵스 구단에 통할 것으로 생각했는데 역시나 그의 생각이 옳았다.

이제는 삼열에게 약속한 것들을 지켜야 했다. 삼열이 악동이기에 약속한 것을 지키지 않을 수 없었다. 지키지 않는다면 또 삼열이 언론에 떠들 것이기 때문이다. 이번 중계권 계약으로 KBC ESPN이 얻는 이익은 엄청났다. 병원 섭외를 하는 것이 전혀 귀찮지 않았다.

홍성대는 한국의 유명한 병원에 KBC 이름으로 공문을 보내고 협조를 요청했다. 간접 광고와 병원의 노출 빈도를 최대한 보장해 주겠다고 하자 당장 몇몇 병원에서 연락이 왔다. 그런데 삼송 병원에서 연락이 올 줄은 정말 예상하지 못했다.

삼송 전자의 이도희 회장은 삼열의 팬을 자처했다. 그러고 보니 삼송은 매년 삼열이 나온 광고를 하지 않은 해가 없었다. 심지어 삼열이 부상을 당해 시즌 아웃일 때도 그랬다.

홍성대는 공항에 도착해 삼열의 부인인 마리아와 딸인 줄리아를 맞이했다. 국내외 수많은 기자가 모였는데 홍성대가 직접 나서서 교통정리를 했다.

공항에서는 간단한 인사만 하고 기자회견은 삼송 병원에서 하기로 했다.

홍성대는 금발의 마리아를 보고 삼열이 부러웠다. 미국에 가서 봤을 때도 아름답다고 생각했는데 지금 보니 더 예뻤다. 볼을 내밀고 엄마의 손을 잡고 있는 줄리아의 모습도 무척 귀여웠다.

"먼저 호텔로 모시겠습니다."

"고마워요."

홍성대는 한국어로 이야기하는 백인 여자를 보며 말조심을 해야겠다고 생각했다.

사실 여자가 예쁘면 다 용서된다는 남자들의 우스갯소리도 있지만, 홍성대가 삼열을 부러워하는 것은 마리아의 여성적 아름다움뿐 아니라 남편을 사랑하는 마음과 배려 때문이다.

백인 여자가, 그것도 미국에서 사는 미국 여자가 한국어를

익힐 이유는 없다. 그러나 마리아는 남편을 사랑한다는 이유 하나로 한국어를 배웠다.

그는 오랜 사회생활을 통해 마리아와 같은 여자가 매우 드물다는 것을 매우 잘 알고 있었다. 그래서 그는 삼열이 더욱 부러워졌다.

마리아는 호텔에 도착한 후 잠시 쉬고 삼송 병원으로 가서 병원장과 계약서를 작성했다. 1년에 열 명까지 삼송 병원이 실비로 수술해 준다는 내용이었다. 마리아는 병원 시설에 만족해했다. 미국의 그 어떤 병원과 비교를 해도 꿀리지 않을 정도로 시설이 좋았다.

그녀는 마음 한편에 있던 일말의 불안감이 말끔히 사라지는 것을 느꼈다. 이제 아만다가 최고의 실력을 갖춘 의사들에 의해 수술을 받게 될 것이다.

*　　　　*　　　　*

장미화는 집에 한가하게 있다가 무료함을 달래려고 TV를 켰다. 그리고 흘러나오는 뉴스의 내용을 보고 매우 놀랐다. 한때 자신의 딸이 사귀었던 남자의 부인이 방송에 나왔기 때문이다.

금발에 늘씬한 키, 그리고 미국 최고의 가문에서 태어나 하버드 대학 출신의 박사인 그녀가 공항에 도착해 취재진과 잠깐 인사하는 모습이 방송되었다.

"휴우, 내가 그때는 미쳤었지."

장미화는 자신이 그때 거짓으로 아픈 척만 하지 않았어도 삼열이 자신의 사위가 되었을 것이라고 생각했다. 그때는 야구 선수가 무엇인지조차 잘 몰랐었다. 수화와 말다툼을 하다가 홧김에 삼열에게 신발을 집어던지기도 했었다.

이제는 안다. 메이저리그 선수들의 연봉이 얼마인지. 올해 삼열의 연봉이 1,200만 달러이고 사이드 옵션까지 있다는 말에 그녀는 기겁했다. 모를 수가 없었다. 뉴스를 틀면 거의 매일 삼열에 관한 이야기가 나오니 이제는 귀에 딱지가 앉을 정도였다.

올해 한국 기업이 삼열에게 광고 촬영비로 갖다 바친 돈도 100억이 넘는다고 하니 그야말로 놀랄 노 자였다.

딩동.

"아참, 수화가 온다고 했지?"

장미화는 서둘러 TV를 끄고 현관문을 열었다. 재벌 3세에게 시집을 가 가끔 집에 올 때마다 보는 딸의 얼굴은 말이 아니었다.

사랑하지 않는 남자와 사는 딸은 전혀 행복해 보이지 않았다.

'내가 복에 겨워 그 좋은 아이를 박대한 벌을 지금에서야 받는가 보다.'

수화가 들어와 거실의 소파에 앉았다.

"고 서방은 어떻게 하고 왔어?"

"그 인간 지금 뭐 하고 있는지 나도 몰라."

체념에 가까운 표정을 짓는 수화의 얼굴을 보자니 장미화는 안쓰러운 마음과 미안함이 교차했다.

사위 고동식은 수화를 죽자 사자 따라다녔다. 그래서 안심하고 결혼을 시켰더니 그놈이 제 버릇을 못 고치고 이 여자 저 여자 만나고 돌아다니는 모양이었다.

딸은 삼열이 결혼했다는 말을 듣고 난 다음 해에 바로 결혼했다.

"너희 부부는 아기 안 갖니?"

장미화는 조금 전에 본 삼열의 예쁜 딸이 생각나 조심스럽게 이야기를 꺼냈다.

"엄마, 하늘을 봐야 별을 따지. 그 인간 얼굴 보기도 힘들어."

"내 아기, 이렇게 고생할 줄 알았으면 그때 말리지 말았어야 했는데."

울 듯한 얼굴로 말하는 장미화를 보고 수화가 소리 내어 웃었다.

"엄마, 다 지나간 일이야. 그리고 그때 그 사람이 나를 사랑했으면, 내가 헤어지자고 했어도 기다려 줬겠지. 그러니 그런 생각하지 마."

수화는 그 말을 끝으로 내내 말없이 차를 마셨다. 그녀도 삼열의 부인이 한국에 온 것을 알고 있었다. 운전하고 오는 동안 차에서 뉴스를 들었다.

삼열에 관한 소식을 들을 때마다 아련했던 꿈이 하늘 사이에서 뭉실뭉실 떠올라 구름 속에서 기웃거린다. 되돌릴 수 없는 추억이라 유독 지난 시절이 아름다웠고 또 그립기도 했다.

*   *   *

삼열은 연습장에서 마이너리그에서 올라온 몇 명의 선수들을 보았다.

"어, 오늘 무슨 일 있어?"

삼열이 중얼거리자 옆에 있던 레리 핀처가 피식 웃으며 대답해 줬다.

"존스타인 사장이 내린 지시야."

"사장이 왜?"

"내가 어떻게 알아."

삼열은 뒷머리를 툭 치는 레리 핀처의 손을 막으며 주위를 둘러보았다. 그런데 어디선가 본 듯한 얼굴이 눈에 들어왔다.

"너냐?"

하재영이었다. 2008년 컵스와 마이너리그 계약을 하고 지금까지 더블A 팀에서 뛰다가 이번에 올라온 것이다. 중견수라 레리 핀처와 위치가 겹쳤는데, 아마도 노장인 레리 핀처가 시즌 막판에 체력이 떨어질 것을 대비한 모양이었다.

"와우, 삼열이! 반가워!"

둘은 동갑이었다. 그래서 만나자마자 반갑게 서로 인사를 했다. 삼열은 하재영과 인사를 한 후 훈련을 하고 같이 식당으로 밥을 먹으러 갔다.

"이제 완전히 올라온 거야?"

"잘 모르겠어. 아마도 감독님이 몇 경기 지켜볼 모양이던데."

"그래? 무슨 생각인지 모르겠네. 하여튼 진짜로 올라왔으면 좋겠다."

"나도 그래. 정말로……."

하재영은 약간 감상적인 표정으로 말끝을 흐렸다. 메이저리그에 올라오는 것은 너무나 힘든 일이다.

동양인이 타자로 성공하기에는 메이저리그의 문이 너무 높았다. 두 사람이 이야기하는 동안 구단 식당에 도착하여 음식을 접시에 가득 담아 왔다.

"와, 역시 메이저리그라 식단이 다르구나."

"그렇지……?"

삼열도 더블A 팀에서 햄버거를 질리도록 먹어 보았기에 하재영의 말이 의미하는 바를 이해했다. 물론 삼열은 레드삭스와 계약을 할 때 계약금이 좀 되어서 궁상을 떨지는 않았지만 돈이 있어도 쓰지 못할 때도 제법 많았다.

시합이 더블헤더로 치러지거나 동료들과 함께 식사할 때에는 같이 햄버거를 먹어야 했다. 햄버거도 처음에는 맛있었지만 주식이 되어버리자 햄버거만 봐도 넘어오려고 했다.

몇 달 안 먹은 삼열도 지금 햄버거를 안 좋아하는데 수년 동안을 그렇게 해온 하재영이 정상적인 식단을 보고 감개무량해 하는 것은 당연한 일이었다.

"야, 같은 한국인으로서 정보 좀 내놔봐."

하재영이 웃으며 삼열에게 이야기했다.

"정보? 메이저리그에서 버틸 수 있는 팁?"

"그래. 너의 노하우 말이야."

"뭐, 열심히 하는 수밖에 없지. 저기 저 녀석 보이지?"

"응."

삼열이 손가락으로 로버트를 가리키자 로버트가 그것을 보고 삼열을 향해 손을 흔들었다. 삼열이 못 본 척 무시를 하자 로버트는 무안한지 손을 재빨리 내렸다. 삼열은 밥 먹으면서 손을 흔드는 것은 딸과 아내 외에는 하면 쪽팔릴 짓이라는 주의였다.

"저 녀석이 제일 열심히 하는데 하루에 평균적으로 일곱 시간 가까이 연습해."

"정말? 그러면 시합은?"

"아침부터 나와서 하다가 시합에 나가."

"와우! 정말 엄청나다."

하재영도 로버트의 활약에 대해 잘 알고 있었다. 메이저리그에서 가장 뛰어난 2루수 중의 한 명이 그였으니까.

"그리고 훈련과 함께 타자는 투수들의 버릇을 알아내야지."

"그게 쉽지 않잖아……."

"그렇긴 해. 하지만 투수들은 각자 독특한 습관이 있어. 이건 메이저리그에 올라오기 이전부터 축적된 버릇이라 쉽게 안고쳐져. 랜디 존슨조차 구질이 노출되면 바로 홈런을 맞곤 했어. 자, 잘 봐."

삼열은 공을 손에 잡고 포심, 투심, 커브, 슬라이더, 커터, 체인지업의 그립을 보여줬다. 하재영은 그게 뭔데, 하는 표정을 지었다.

"모르겠어?"

"어, 모르겠는데."

"숀 그린이 책을 냈는데 사서 봐. 자, 이게 포심, 이건 체인지업. 그립이 다르지? 포심은 검지와 중지로 이렇게 실밥에 걸쳐. 그리고 이건 서클 체인지업 그립이고. 뭔가 느껴지는 것 없어?"

"......?"

"이걸 그대로 글러브로 옮겨가면 포심보다는 서클 체인지업을 잡은 손이 더 커져서 글러브가 더 활짝 펼쳐지게 돼. 이런 식으로 상대 투수의 버릇을 재빨리 파악할 줄 알아야 해. 반대로 투수도 타자의 버릇을 연구해야 하고 말이지. 구질이 노출된 투수의 공은 비록 그가 A급이라 해도 홈런을 칠 수 있어. 다음 공이 뭐가 올지 아는데 못 치는 것이 더 이상하지."

"삼열아, 너 존경스럽다."

"하하, 난 남자가 존경하는 건 별로 바라지 않는데."

삼열은 자신의 말대로 메이저리그 타자들의 특징을 데이터화해 가지고 있었다. 아직은 데이터가 많지 않으나 적어도 내셔널 리그 타자들의 반 정도가 컴퓨터에 저장되어 있었다.

하재영은 곧 삼열에게 동갑내기 친구라고 하면서 빈대 붙기 시작했다.

특히 마리아가 한국에 간 것을 알고는 집까지 찾아와 식량을 축냈다. 그래서 마리아가 삼열을 위해 준비해 준 음식들이 하루 만에 동났다.

마이너리그에서 햄버거를 너무 많이 먹어 이제는 보기만 해도 신물이 난다고 말하는 그의 부탁을 삼열은 차마 거절할 수 없었다.

"와우~ 이 돼지들 무지 귀여운데."

"퍽이나!"

삼열은 하재영이 집으로 찾아온 것은 싫지 않았지만 자신이 귀찮아하는 돼지를 귀엽다고 하는 것은 마음에 들지 않았다.

물론 돼지가 귀엽기는 했다. 잠깐 보기에는 하는 짓이나 생긴 것이 무척이나 귀엽다. 하지만 주인의 입장에서는 매일 뒤치다꺼리를 해야 하기에 그의 말에 절대로 동의할 수 없었다.

삼열의 성격상 사람도 아닌 돼지 새끼의 뒤까지 봐줘야 한다는 것은 절대로 받아들일 수 없는 일이었다.

하재영은 워낙 붙임성이 좋아 성질이 삐딱한 삼열을 단번에 사로잡았다. 물론 아내와 딸이 한국으로 가서 허전함을 느끼는 그 빈자리를 파고든 탓도 있었다.

삼열은 고등학교 이후 이렇게 자기에게 친절하고 변죽 좋게 접근한 친구가 없다 보니 하재영이 싫지 않았다. 특히나 한국인 메이저리거가 별로 없으니 도움을 주고 싶은 마음도 있었다.

하재영은 2008년에 컵스와 마이너리그 계약을 체결한 후 항상 가능성만 크게 인정받았을 뿐 정작 메이저리그로 올라오지 못했다. 이번이 그에게 주어진 마지막 기회이기도 했다.

이번에 활약을 제대로 하지 못한다면 그의 선수 생명은 올해를 기점으로 끝이 난다고 봐도 된다.

더블A에서 뛰는 것은 가능성을 인정받았다는 것이지, 막상 메이저리그에 올라오지 못하면 아무것도 아니다. 지명도나 연봉, 모든 면에서 마이너리그는 메이저리그의 상대가 되지 않는다.

하재영은 삼열의 충고를 새겨듣고 자신이 나갈 경기의 투수들을 연구하기 시작했다. 비디오를 구해 계속 돌려보면서 특징을 찾아보았다.

예전에는 그저 메이저리그 투수들의 공이 굉장히 좋구나, 하는 점만 느꼈었는데 지금은 다르게 보였다. 던지는 투수의 투구폼이 직구이거나 체인지업이거나 하는 것을 판단하는 데 도움이 되었다.

비디오를 분석하자 하재영은 은근히 자신감이 붙었다. 그동안 마이너리그에서 너무 오랫동안 있다 보니 자신감이 사라졌었다.

처음에는 당장 메이저리그에 올라갈 줄 알았다. 하지만 메이저리그에는 야구를 잘하는 괴물 같은 선수들이 너무나 많았다. 시간이 흐르면서 자신감은 점점 줄어들었다.

더욱 불행한 것은 실력이 있다고 다 메이저리그에 올라가는 것도 아니라는 것이었다. 자신보다 못하는 선수가 먼저 올라가 인기 선수가 된 경우도 많이 봤다. 그것이 가능한 것은 포지션 때문이었다.

객관적으로 잘하지만 메이저리그에 같은 포지션에 있는 선수들이 더 잘하면 마냥 기다려야 한다. 트레이드라도 해주면 좋겠는데 그런 일도 잘 일어나지 않았다.

그런데 기다리고 기다렸던 일이 마침내 일어났다. 하재영은 주먹을 불끈 쥐고 시합이 다가오기만을 기다렸다. 컵스는 단호했다. 여전히 2위 레즈와 다섯 경기 차의 여유 덕분에 후보 선수들에게 기회를 줬다.

삼열은 더그아웃에서 컵스 선수들의 경기를 지켜보았다. 오늘은 베일 카르도 감독이 하재영의 선발 출장을 예고했다.

컵스는 하반기 포스트 시즌 진출을 위해 트레이드를 하려고 해도 메이저리그 선수들의 몸값이 너무 올라 엄두를 내지 못했다.

예전과 비교하면 컵스의 이미지가 좋아지긴 했지만 특A급 선수들은 여전히 기피했고 A급에 속하는 선수들은 몸값이 아주 비쌌다. 그리고 그 선수들이 막상 트레이드해서 컵스로 온다고 해도 기존의 선수들보다 더 잘한다는 보장이 없었다.

그래서 이번에 마이너리그에 있는 유망주들을 대거 올린 것이다. 컵스로서는 대단한 모험이었다.

"하재영아, 날려 버려. 넌 반드시 홈런을 칠 거야!"

하재영은 삼열의 말에 기분이 좋았다. 하지만 삼열이 한마디 더 하자 그 좋았던 기분이 순식간에 사라졌다.

"넌 뻔뻔하니까!"

이게 무슨 소리인가, 하고 재영은 생각했다.

"뭐?"

"타자는 뻔뻔해야 홈런을 칠 수 있어."

하재영은 삼열의 말이 의미하는 바가 무엇인지 알 수 없었다.

삼열의 입장에서는 사실 홈런이나 안타를 치는 것이 어렵지 않았다. 그는 다른 타자들보다 월등히 좋은 시력을 가졌기에 매우 특별한 선구안을 가졌기 때문이다.

그러다 보니 안타를 치기 위해서는 투수들이 공을 더 많이 던지게 유도해야 했는데, 투수인 자신이 볼 때 그렇게 하는 것은 치사해 보였다. 그래서 그는 어지간한 경기에서는 커트하지 않고 빠르게 승부를 했다.

삼열은 자신이 만약 루크 애플링처럼 커트를 했다면 자신의 타율이 최소한 4할은 나올 것으로 생각했다. 지금 그의 타율은 0.267이었다.

하재영은 상대 투수가 던지는 공을 1회부터 뚫어져라 하고 바라보았다. 그리고 마이애미 말린스의 투수 크리스 벌리의 투구 동작을 보며 생각에 잠겼다.

올해 마이애미 말린스는 동부 지구 꼴찌를 하고 있었다. 승률은 0.423으로 승리보다 패배가 당연히 더 많았다. 1위와는 25경기 차가 나며 4위와는 다섯 게임 차가 나 사실상 올 시즌은 끝났다고 봐야 했다. 오히려 신인 선수 드래프트 우선권을 얻기 위해 이제는 마음을 접어야 하는 팀이기도 했다.

하재영이 처음으로 상대하는 팀이 이러하니 운이 좋다고 볼 수 있는데 문제는 상대 투수였다. 크리스 벌리. 올해 11승 11패에 3.74의 평균 자책점을 기록하고 있는 좋은 투수였다.

올해로 크리스 벌리는 12년 연속 10승 이상을 한 투수가 되었다. 그는 메이저리그에서 통산 174승을 거둔 아주 노련한 투수이기도 했다.

그의 공은 정직하게 그냥 들어가지 않고 현란하게 휘어져 들어갔다. 볼 끝의 움직임도 좋았다. 수비도 잘해 투수 앞 땅볼을 아주 가볍게 잡아 1루에 던지곤 한다.

삼열은 투수인지라 말린스 팀의 투수가 공을 던지는 데에는 관심이 없었다.

타자들을 보는 것은 도움이 되긴 했지만 더그아웃에서는 관찰을 잘할 수도 없어 포기하고 옆에 있는 선수들과 이야기하다가 라커룸으로 들어갈 생각을 했다.

어차피 삼열이 어떻게 행동하든 컵스에서 간섭하는 사람은 없다.

삼열의 성질이 더럽다는 것이 모두에게 알려진 지 오래였고, 또한 그 자신의 존재가치를 실력으로 증명했기에 시비를 거는 사람이 없는 것이다. 그리고 중간에 어디로 사라지든 연습을 하고 있다는 것을 동료 선수들이 잘 알고 있었기 때문이기도 했다.

삼열은 3회가 끝나면 자리를 뜨려고 엉덩이를 조금 들고 있었다. 그때 딱 하는 소리와 함께 모두가 자리에서 일어났다.

"워, 애송이가 일을 벌였군!"

레리 핀처가 반기면서도 불안한 눈으로 1루로 달려가는 하재영을 보았다. 그는 2루 중간쯤에서야 자신이 홈런을 친 것을 알았다. 3회까지 무실점으로 호투하고 있던 크리스 벌리가 얼굴을 붉히고 고개를 숙였다. 그는 올해 27개의 홈런을 맞았는데 이제 하재영이 홈런을 쳐서 28개의 피홈런을 기록하게 된다.

"와우, 대단한데. 확실하게 감독에게 눈도장을 찍었군."

컵스의 타자들이 더그아웃에서 웃으며 이야기했다. 프로 선수는 자신의 실력으로 증명해야 그에 맞는 대우를 받을 수 있다.

메이저리그에 올라와 친 첫 안타가 홈런이면 그만큼 감독과 관중에게 크게 각인을 남길 수 있으니 메이저리그에 머물

수 있을 기회가 그만큼 커진 것이라 할 수 있다.

삼열도 기분이 좋았다. 같은 한국 사람이 잘되는 모습을 그 역시 보고 싶었다. 하재영이 잘된다면 그것보다 좋은 일은 없다.

한국인 투수로서 성공한 사람들은 제법 많다. 하지만 타자는 그동안 추신수가 유일했다.

홈 플레이트에 있는 베이스를 찍고 더그아웃으로 들어오는 하재영에게 축하의 몸부림이 가해졌다. 일부는 하이파이브를 했고 일부는 그 기회를 이용해 구타를 감행했다.

하지만 하재영은 전혀 아프다고 느끼지 않았다. 메이저리그 첫 타석에서 홈런을 칠 것이라고는 자신도 전혀 예상하지 못했다. 지금도 뭐가 뭔지 제대로 느낌이 오지 않았다. 정신이 몽롱할 뿐이었다.

하지만 기분이 마냥 좋았다.

"축하해!"

삼열이 하이파이브하며 축하해 주었다.

"고마워. 다 네 덕이야."

"응?"

의아한 눈길을 던지는 삼열에게 하재영이 작은 소리로 말했다.

"벌리는 빠른 직구를 던질 때 어깨가 벌어지는 것이 조금 달랐어."

"헐~ 그래?"

삼열은 자신이 가르쳐 주기는 했지만 그가 이렇게 빨리 적응할 줄은 몰랐다.

'이런 놈이 왜 아직까지 마이너리그에 있었지?'

삼열은 잠시 의아했지만 저만치에서 동료들과 이야기를 하고 있는 레리 핀처의 얼굴을 보고서야 이해가 되었다. 같은 중견수이니 마이너리그에서 잘해도 올라오기 힘들었을 것이다. 그렇다고 트레이드가 되는 것도 아니고.

삼열은 하재영에게 축하를 해주고 라커룸으로 갔다. 사실 모든 선발 투수들이 경기하는 날에 더그아웃에 앉아 있는 것은 아니다. 같이 왔어도 봐서 살짝 빠져 있기도 하고 불펜에 가서 몸을 풀기도 한다. 물론 출전하려는 것이 아니라 힘을 빼고 몇 개 공을 던지거나 섀도 피칭을 하는 정도다.

그렇다고 라커룸에 오는 경우는 많지 않다. 텅 빈 라커룸에 혼자 있을 생각이면 차라리 경기장에 오지 않는 것이 낫기 때문이다.

삼열은 연습을 시작했다. 섀도 피칭을 하며 어떻게 하면 더 효율적으로 공을 던질 수 있을까를 생각했다.

'올해 컵스는 월드 시리즈에 나갈 수 있을까?'

얼마 뒤 삼열은 투구 연습을 멈추고 의자에 앉아 경기를 관람했다.

얼마 전 KBC ESPN에서 중계방송을 도맡아 해오던 송재진과 장영필은 이른 아침에 반가운 소식을 들었다. 오늘 경기에 한국 출신의 타자 하재영이 선발 출장한다는 내용이었다.

처음 그 이야기를 들었을 때는 고개를 갸웃했다. 컵스에는 아직 노장 레리 핀처가 건재하고 있었기 때문이다.

2006년 40-40클럽에도 가입했던 레리 핀처는 나이가 들어도 실력이 녹슬지 않았다. 체력적인 부담감은 확실히 있어 시즌 막판이 되면 타율이 내려가긴 하지만, 그렇다고 다른 선수에게 밀릴 정도는 아니었다.

"송 선배님, 이게 무슨 의미죠?"

"글쎄. 아마도 컵스가 뭔가를 시도하는 것 같은데. 작년에 컵스가 중부 지구 1위를 하였음에도 더비전에서 맥없이 주저앉은 것은 선수들의 피로가 누적되었기 때문이야. 컵스는 알다시피 선수층이 얇잖아."

"아, 그렇군요."

두 사람은 경기가 시작되기 전에 이런 내용을 주고받았다. 오늘 두 사람은 많은 기대를 하고 있었다. 외국에 나오면 다 애국자가 된다는 말이 있듯이 단지 같은 동포라는 이유 때문에 진심으로 한국 선수를 응원하게 된다.

하재영이 8번 타자라 별 기대는 하지 않았었다. 오늘은 삼열이 선발 출전하는 것도 아니라서 생중계가 없어 느긋했다. 경기를 중계하기는 하지만 스포츠 뉴스에 나갈 분량만 하면 되었다.

다만 하재영이 눈부시게 활약을 하면 이야기가 달라지므로 녹화 중계를 하기로 결정했다. 만약 그렇게 되면 스포츠 특집으로 방송될 예정이어서 중계를 평소와 다름없이 하고는 있었다.

8번 타자로 하재영이 나왔다. 그 모습을 보며 장영진 아나운서가 반가운지 그에 대한 소개를 짤막하게 했다.

—아, 이제 드디어 우리의 하재영 선수가 타석에 들어서는군요. 오늘 경기 어떻게 보십니까?

—하재영 선수는 레리 핀처가 아니었다면 벌써 메이저리그에 올라왔을 선수입니다. 사실 컵스가 하재영 선수를 트레이드 불가 선수로 지명한 것은 레리 핀처 선수의 나이 때문에 그 자리가 곧 빌 것으로 예상했기 때문이죠. 그러나 시간이 지나갈수록 레리 핀처 선수의 경기력에 물이 올랐어요. 그렇다고 언제까지 레리 핀처가 이런 활약을 해줄 수 있다고 믿지는 못하는 것이죠. 그런 의미에서 컵스는 중견수 자리를 조금 빠르게 보강하려는 것 같습니다. 레리 핀처 선수가 올해 역시 뛰어난 활약을 하고 있지만 나이가 서른아홉이나 되거든요.

—그렇군요. 그나저나 레리 핀처 선수 대단합니다. 39세인데도 현역으로 뛰니 말이지요.

—그렇습니다. 대단하죠. 2006년 148경기 만에 40−40클럽에 가입했는데 이는 역대 최소 경기였습니다. 30−30클럽의 가입자는 상당히 많지만 40−40클럽은 지금까지 단 네 명만이 달성했습니다. 호타준족의 대명사인 40−40클럽은 100년이 넘는 메이저리그 역사 중에서 호세 칸세코, 배리 본즈, 알렉스 로드리게스, 그리고 컵스의 레리 핀처, 이렇게 네 명이지요.

—하하, 대단하네요. 그런데 그게 왜 그렇죠?

—상식적으로 홈런 타자가 되기 위해서는 근력이 강해야 합니다. 그래서 대부분의 홈런 타자들은 덩치가 좋습니다. 따라서 홈런을 잘 치는 선수들은 도루에는 취약하게 마련이지요. 생각해 보면 너무 당연한 이야기입니다.

—아, 그렇군요. 레리 핀처가 대단한 선수였군요.

—하하, 그렇지요. 물론 우리의 영웅 강삼열 선수는 더 대단하긴 하지만요. 데뷔 첫해부터 믿을 수 없는 기록들을 양산하지 않았습니까? 그리고 올해는 우완 투수였던 그가 좌완 투수로 변신해서 다승 1위입니다. 제가 방송 해설을 오랫동안 해왔지만 이런 선수는 처음입니다. 인간승리의 표본이고, 어떻게 보면 인간 같지도 않습니다. 너무 엄청나서요.

—네, 그게 무슨 말씀이죠? 인간 같지가 않다니, 그럼……?

—우완 투수에서 좌완으로 변신하는 것은 시청자 여러분들이 생각하시는 것보다 훨씬 어렵습니다. 투수가 공 하나를 온전히 던지기 위해서는 수천 번, 수만 번을 던져야 비로소 가능하지요. 그런데 삼열 선수는 2년 만에 그것을 가능하게 만들었습니다. 저도 과거에 야구를 했었지만 이는 있을 수 없는 일입니다.

—아, 그렇군요. 삼열 선수 지독한 연습광이라고 하더니 정말 그런가 봅니다. 앗! 말씀드린 순간 하재영 선수 쳤습니다. 홈런입니다. 호오오오오오오오오옴런!

—와우, 하재영 선수 축하합니다. 메이저리그 첫 타석에서 홈런을 쳤으니 오늘 확실히 베일 카르도 감독에게 눈도장을 찍었네요.

—하하, 하재영 선수 더그아웃으로 들어가자 동료선수들에게 아주 격한 축하를 받는군요.

—아마 정신이 없을 것입니다. 저렇게 동료들이 해줘야 자신이 홈런을 친 것을 인식하게 되죠. 지금은 뭐가 뭔지 정신이 하나도 없을 것입니다.

—아, 이렇게 되면 하재영 선수가 메이저리그에 머물 확률이 대폭 높아지겠죠?

—그렇습니다. 마이너리그 선수들에게는 메이저리그에 올

라갈 수 있는 기회는 많이 주어지지 않습니다. 따라서 이렇게 감독이 의도를 가지고 불렀을 경우에 확실히 눈도장을 찍어야 하지요. 대체로 메이저리그에 속한 구단은 일곱 개 이상의 마이너리그 팀을 가지고 있습니다. 즉, 구단 산하 팜에는 유망주가 최소 280명 이상 된다는 거죠. 그리고 매년 드래프트로 올라오는 유망주까지 감안하면 메이저리그에 진출할 수 있는 기회는 정말 낙타가 바늘구멍으로 통과할 정도라고 할 수 있습니다. 그런 의미에서 오늘 하재영 선수 멋지네요, 멋져요.

송재진 해설 위원이 하재영을 거듭 칭찬했다. 사실 마이너리그 선수를 이렇게 시즌 중간에 불러올리는 경우는 극히 예외적이다.

부상 선수도 없는데 유망주들을 메이저리그에 불러 올리려면 올라온 선수의 수만큼 다시 마이너리그로 내려보내야 하기에 쉽지 않은 결정이다.

베일 카르도 감독은 하재영이 홈런을 치고 나가자 자리에서 벌떡 일어나 그라운드를 돌고 있는 하재영을 바라보았다.

어느 정도의 활약을 기대하기는 했지만 첫 타석에서 설마 홈런을 칠 줄은 생각하지도 못했다. 크리스 벌리는 3회 첫 타자까지 삼자 범퇴를 시켰는데 오늘 처음으로 맞은 안타가 홈런이었다.

'됐어! 이렇게만 해주면 올해 월드 시리즈도 갈 수 있겠어.'

사실 선수와 구단과의 계약 조건이 선수마다 달라 아무리 감독의 권한이 커도 이렇게 시즌 중간에 유망주들을 불러오기는 쉽지 않은 일이다.

하지만 베일 카르도 감독은 이렇게 하지 않으면 월드 시리즈는 고사하고 디비전에서 작년처럼 고배를 마실 것이 틀림없다고 생각했다. 그만큼 시즌 막판으로 가면 컵스 선수들의 체력이 많이 떨어졌기 때문이다.

"감독님, 이거 물건이네요."

옆에 앉아 있던 벤치 코치가 그에게 이야기했다. 그의 말에 베일 카르도 감독도 고개를 끄덕였다.

*　　　*　　　*

2015년 정규 시즌이 끝났다. 컵스는 간발의 차이로 중부 지구 1위로 포스트 시즌에 진출하게 되었다. 때문에 컵스 구단의 분위기는 매우 좋았다.

2년 연속 가을 축제에 참여할 수 있게 되었다는 것은 컵스로서는 굉장히 뜻깊은 일이었다.

그리고 디비전 시리즈에서 동부 지구 우승 팀인 애틀랜타 브레이브스를 상대로 4차전까지 가서 컵스가 먼저 3승을 거

뒤 대망의 챔피언십 리그에 진출하게 되었는데, 사고가 발생하고 말았다.

벅 쇼가 연습하던 중에 부상을 당한 것이다. 처음에는 사소한 부상인 줄 알았는데 어깨 인대가 늘어나 더 이상 공을 던지지 못하게 되었다.

수술해야 할 정도는 아니었지만 그는 더 이상의 시합에 나가는 것은 불가능하게 되었다.

컵스로서는 야단이 났다. 벅 쇼는 제2 선발로 컵스가 치르는 경기의 한 축을 맡았던 선수였다. 그런 그가 아웃되고 나니 어지간한 일에는 관심을 두지 않던 삼열조차 걱정하게 되었다.

4차전에서 디비전 시리즈를 끝냈기에 챔피언십 리그까지 이틀의 여유가 있지만 이미 승리가 저만치 도망간 느낌이었다. 삼열은 나직하게 한숨을 내쉬었다.

'어쩌지?'

문제는 투수진에만 있는 것이 아니었다. 설상가상으로 칼스버그가 무릎 십자인대 부상으로 경기에 나오지 못한다는 소식이 전해졌다.

나쁜 일은 몰려온다더니 좋지 못한 일들이 연속으로 일어났다.

그 소식을 들은 삼열은 올해 컵스의 행보는 여기까지라는 생각이 들었다. 단기전에서 가장 중요한 투수와 포수가 부상으로 아웃된 상황에서 어떻게 더 해볼 여지가 없어 보였다.

하재영이 삼열에게 다가와 약간 침울한 표정으로 말했다.

"팀 분위기가 점점 구려지고 있네."

"후후, 차 떼고 포 떼고 하는 시합에서 이길 수 없지. 특히나 이런 단기전에서는."

"벅 쇼가 그만큼이나 중요한 인물이야?"

"투수는 존 가일도 있으니 어떻게 되겠지만 칼스버그가 더 문제야. 우리 팀은 포수가 매우 약하거든. 이런 큰 경기에서 경험이 없는 포수가 투수를 리드한다? 게임 끝이지."

메이저리그 첫해에 챔피언십 리그에 나가게 된 것을 굉장한 행운으로 여기던 하재영의 어깨도 축 처졌다.

그는 데뷔전에서 홈런을 친 후 다시 홈런을 치지는 못했지만 마이너리그로 내려가지는 않았다. 시즌 막판 레리 핀처의 체력이 많이 떨어져 간간이 그의 대타로 경기해야 했다.

삼열은 그를 보며 피식 웃었다. 존스타인 사장과 베일 카르도 감독의 고민이 무엇인지 알 것 같았다. 하재영은 외야수와 2루수를 할 수 있는데 해당 포지션 중에서 하재영보다 실력이 떨어지는 선수가 없었다.

1번 타자 역할을 하는 우익수 빅토르 영은 팀에 꼭 필요한 선수다. 그가 공격의 물꼬를 터야 경기가 제대로 돌아간다. 좌익수 헨리 아더스는 스트롱 케인과 함께 컵스에서 가장 타율이 좋은 선수다. 로버트는 메이저리그 부동의 2루수고.

하재영뿐만 아니라 그 누가 온다고 해도 이들과 경쟁하여 쉽게 자리를 뺏을 만한 선수가 없다. 그게 문제다.

주전 선수들도 정규 경기 162경기를 모두 뛸 수 있는 체력을 가진 사람은 그다지 많지 않다.

칼 립켄 주니어가 사람들에게 존경받는 것은 2,632경기 연속 출장을 했기 때문이다. 그것은 그가 단순히 체력만 좋았다는 것을 의미하는 것이 결코 아니다. 꾸준한 성적을 내지 않았다면 감독이 그를 중간에서 교체했을 것이니까.

연속 출장을 위해서는 탁월한 실력, 성실성, 헌신 등이 필요로 한다.

컵스는? 그런 선수가 있을 리 없다. 1군 선수들이 모두 칼 립켄 주니어처럼 강철 인간이었다면 아무 문제가 없겠지만 현실은 그렇지 못하다. 그러니 중간에 다른 선수들과 교대하면서 틈틈이 쉬어주어야 한다.

컵스는 그것이 힘들었다. 주전들을 대체할 만한 후보 선수가 없었다. 그것은 작년부터 대두되었던 문제였고 지금도 여전히 해결하지 못한 문제였다.

삼열과 하재영은 따뜻한 햇볕이 쏟아지는 거리에서 게토레이를 마시며 한숨을 내쉬었다. 양키스나 레드삭스가 강한 팀인 이유는 주전 선수도 잘하지만 후보 선수들도 주전 못지않게 잘하기 때문이다.

"이 개미들은 우리의 고민을 알까?"

하재영이 지나가는 개미를 손으로 괴롭히면서 풀 죽은 얼굴로 말했다.

"개미는 무시하고 너만 잘하면 돼."

"그렇지? 큭, 그러나 너무 아픈 말이다."

삼열은 자신의 말에 과도하게 오버하는 하재영을 보며 피식 웃었다.

사실 그가 고민하는 것이 우스웠다. 하재영에게는 챔피언십 리그가 문제가 아니라 메이저리그에 붙어 있는 것이 더 중요했다. 그리고 감독은 단기전에서는 하재영보다 레리 핀처를 쓸 것이다. 어찌 보면 그와 관련이 없는 이야기였다.

오지랖이 넓은 하재영을 보며 삼열은 그게 그답다고 생각했다.

"넌 긴장 안 되냐?"

"조금 되기는 해."

삼열은 1차전 선발 투수로 확정된 것을 감독에게 들어 알고 있었다. 디비전에서 삼열은 2승을 거두어 챔피언십 리그 진출에 큰 공헌을 했다.

'오른손으로 던져봐?'

삼열은 씁쓸하게 고개를 흔들었다. 그렇게 해서 월드 시리즈에 올라간다고 하더라도 상대 팀을 이길 수가 없다. 주전 포수가 부상이라서 삼열도 힘들기는 마찬가지였다. 그렇다고 마음을 비우자니 모처럼 찾아온 기회가 무척이나 아까웠다.

'뭐, 난 내게 주어진 기회만 제대로 활용하면 되겠지.'

삼열은 일어나 연습장으로 들어갔다. 걱정한다고 해결될 일은 없었다. 그의 뒤를 따라 하재영이 어기적어기적 연습장으로 갔다.

*   *   *

서부 지구 1위 LA 다저스와 와일드카드로 올라온 워싱턴 내셔널스와의 디비전 시리즈는 5차전까지 가서 워싱턴 내셔널스의 승리로 끝이 났다. 컵스는 워싱턴 내셔널스의 강타선과 막강 불펜을 다시 마주해야 했다.

시합 전날 삼열은 일찍 자기로 마음먹었다. 호텔에 마리아와 줄리아가 함께 있었다. 제시와 돼지들은 모두 옆집 애덤스 부부에게 맡겨놓고 가족이 함께 워싱턴으로 온 것이다.

초조해 하는 삼열을 보며 마리아가 부드러운 목소리로 말했다.

"여보, 긴장돼요?"

"응, 좀 되네. 바뀐 포수와 잘할 수 있을지 모르겠어. 시즌 중에 단 한 번도 맞춰본 적이 없었거든."

"잘될 거예요."

마리아의 위로에 삼열은 말없이 한숨만 내쉬었다.

"아빠, 아빠."

"응, 왜?"

"왜 한숨 쉬어?"

"생각할 게 좀 있어서."

줄리아가 삼열의 말을 듣고 고개를 끄덕이더니 한숨을 내쉬었다.

"넌 또 왜 그러는데."

삼열이 줄리아의 얼굴을 부비며 말하자 줄리아는 입을 삐죽 내밀고 한마디 했다.

"생각했어. 난 언제 크나 하고."

"뭐어……?"

요즘 줄리아의 꿈은 하루 빨리 커서 어른이 되어 폼 잡고 사는 것이었다. 빨리 어른이 되고 싶어 하는 줄리아의 모습을 보며 삼열과 마리아는 동시에 웃음을 터뜨렸다.

어른이 되면 삶이 재미없어지는데 이 맹랑한 꼬맹이는 도무지 그것을 믿으려고 하지 않는다.

"이번 경기는 힘들다는 이야기가 많아요."

"컵스는 아직 준비가 안 되어 있어. 선수들이 양키스에 가려는 이유는 그 구단이 돈을 많이 주기도 하지만, 양키스가 선수들에게 자부심을 주기 때문이기도 해. 하지만 컵스는 돈도 자부심도 선수들에게 원하는 만큼 줄 수 없고, 그러니 이것이 정상적이라고 생각해."

마리아는 삼열의 자학적인 말에 쓴웃음을 지었다. 비록 그 말이 맞다고 하더라도 컵스는 많이 변했다. 불과 몇 년 전이라면 절대로 상상하지도 못할 일들이 벌어졌다. 하지만 기적은 계속되지 않았다.

"뭐, 어떻게 되겠지."

삼열의 이 말에 줄리아가 따라서 중얼거렸다.

"뭐, 어떻게 되겠지. 어떻게 될 거야."

"줄리아, 너어……."

마리아가 눈을 크게 뜨자 줄리아는 자기 방으로 쏙 들어가 문을 닫고는 잠시 후에 다시 얼굴만 내밀고 중얼거렸다.

"어떻게 될 거야. 나도 알아."

삼열은 줄리아가 뭘 안다는 것인지는 몰랐지만 자신의 말이 딸에게 좋은 영향을 끼치지 못한다는 것을 알고 말조심해야 한다는 것을 깨달았다.

좋은 점만 딸이 배우기를 바라는데, 좋지 않은 것을 먼저 배워 버리곤 해서 걱정이었다.

"저 녀석이 누굴 닮아서 저런지 모르겠네."

"누구긴요."

"나라고?"

"호호, 몰라요. 당신 아니면 나겠죠."

삼열은 마리아를 뒤에서 껴안고 제이슨 므라즈의 'Love For A Child'를 흥얼거렸다. 삼열이 노래를 부르자 마리아가 쿡쿡 거리며 웃기 시작했다. 노래를 너무나 못 불렀기 때문이다. 하지만 가사는 정말 좋았다.

이제 불평을 터뜨리는 것이 얼마나 바보 같은 것인지
빈 컵을 가져다가 채우는 것은 어때?
조금은 더 순수함을 가지고 말이지.

삼열은 자신이 감정을 잡으며 노래를 부르는데 마리아가 웃자 토라져 방으로 들어가 침대에 누웠다.

마리아는 삼열이 아무 말도 없이 방으로 들어가자 자신이 실수한 것을 깨달았다. 하지만 정말 남편의 노래는 원곡 가수의 그 감미로운 운율을 모두 망쳐 버려서 참고 들어주기가 곤란했다.

모든 것에 천재적인 재능을 가진 삼열은 노래와 그림은 정말 엉망이었다.

마리아가 와서 사과해도 삼열의 마음은 쉽게 풀어지지 않았다. 왜 그 노래를 불렀는지, 그리고 왜 화가 났는지 자신조차 이해가 안 되었다.

너무 긴장해서인지, 아니면 닥쳐올 불운을 예상해서인지 삼열은 마음이 좋지 못했다.

결국 그는 다음 날 선발 등판해서 5실점을 하고 마운드에서 물러났다. 이날 컵스는 7 : 2로 워싱턴 내셔널스에 패하고 말았다.

자책점은 2점이지만 그것도 자책점이라고 말하기 애매한 것이었다. 삼열이 메이저리그에 등판하고 나서 가장 충격적인 패배였다.

포수 하나가 빠졌을 뿐인데 자신의 공이 마치 아마추어가 던지는 것 같았다.

새로 바뀐 포수 제프 로건이 공을 받는 것이 불안해 제대로 던지지 못했다. 삼열은 포수의 미트가 왜 그렇게 좁게 보였는지 시합이 끝난 다음에도 이해할 수 없었다.

시합에서 지고 멍하게 마운드에 서 있는데 샘 잭슨 투수코치가 그의 어깨를 두드리며 말했다.

"믿어지지 않지?"

"…네."

"투수만 잘 던진다고 되는 것은 아니야. 투수와 포수는 부부보다 더 친밀해야 해. 눈빛만 보고도 무엇을 던지고 싶어 하는지 포수가 알아차리지 못하면 투수는 마음 놓고 공을 던질 수가 없어. 칼스버그는 훌륭한 포수야. 그는 투수들이 무엇을 원하는지 잘 알고 있지."

"네. 그는 그랬죠."

삼열은 그동안 포수의 중요성을 잊고 있었다. 어지간한 타자는 자신이 알아서 대부분 해결했기에 포수가 중요할 거라고는 생각하지 못했었다.

그러고 보니 그가 컵스에서 활동한 5년 동안 칼스버그는 한 번도 자리를 비우지 않았다. 물론 중간에 후보 포수와 교체를 하긴 했지만 삼열이 등판하는 경기는 아니었다.

팀의 에이스에 대한 배려였는지는 모르지만, 어쨌든 칼스버그 외에 그의 공을 받아준 포수는 없었다.

그러고 보니 칼스버그 역시 체력이 굉장히 좋은 선수였다. 어지간한 포수는 그렇게 하지 못한다. 무거운 장비를 착용하고 무더운 여름을 보내야 하는 포수의 체력은 생각보다 쉽게 고갈된다.

그런데 칼스버그는 해냈다. 하지만 그동안 무리를 했는지 큰 경기를 앞두고 덜컥 부상을 당하고 말았다.

삼열은 세상만사가 자기 혼자 잘나서 되는 일은 없다고 생각했다. 야구는 투수놀음이라고 해도 당장 공을 받아주는 포수와 호흡이 맞지 않으면 견디기가 쉽지 않은 것이다.

2차전에 나온 존 가일도 타자들에게 난타를 당하고 물러났다. 2차전도 1차전과 마찬가지로 컵스는 큰 점수 차로 패배하고 말았다.

베일 카르도 감독은 자신의 방에서 닥치는 대로 물건을 집어 던졌다. 하지만 책상 위에는 깨질 만한 것이나 값나가는 물건은 없었다.

금방 호텔 바닥은 어질러졌고 베일 카르도의 화는 좀처럼 풀리지 않았다. 그것은 불가항력적인 일에 대한 분노라 해결될 가능성이 조금도 없었다.

'왜? 왜 이러는가?'

이제 겨우 무엇을 해보려고 하는데 선수들이 부상을 당하고 팀은 치욕적인 점수 차로 연거푸 패배하고 말았다. 그가 할 수 있는 일은 없었다. 선수들을 닦달한다고 좋아지거나 할 수 있는 사안도 아니었다.

그것이 더 화가 났다. 어떻게 할 수 없다는 것이.

올해는 정말 해볼 만하다고 생각했다. 위험을 무릅쓰고 노장들의 체력을 비축해 주기 위해 마이너리그에서 선수를 콜업하는 모험도 마다하지 않았다.

그 덕분에 컵스는 정규시즌에 2위인 신시내티 레즈에 한 게임 차로 따라잡히기도 했다. 그렇게 하였는데도 이런 결과가 나온 것이다.

"젠장, 안 되는 놈은 안 되는군. 컵스는 더 준비해야 한다는 말이야."

베일 카르도 감독은 위스키를 잔에 가득 따라 마시며 혼잣말을 했다. 너무 아까웠다. 하지만 더 이상 주저앉지 않으리라 결심하며 다시 술을 마셨다.

도수 높은 알콜이 목구멍을 넘어가자 순간적으로 정신이 번쩍 들었다. 그러나 시간이 지나면서 정신이 점점 혼미해지기 시작했다. 술에 취한 베일 카르도는 침대에 뻗어 잠들고 말았다.

*   *   *

3차전에 삼열이 다시 선발 투수로 나섰지만 승패와 무관하게 물러났는데, 후속 계투진이 점수를 내줘 3차전마저 지고 말았다. 결국 2015년 컵스는 챔피언십 리그에서 1승 4패로 가을 잔치에서 쫓겨나고 말았다.

삼열은 더 열심히 훈련해야 하는 것을 깨달았다. 어쨌든 컵스는 월드 시리즈에 진출하지 못하고 미끄러졌지만 삼열은 화려한 시즌을 보냈다. 25승 5패로 내셔널 리그 다승왕을 거머 쥐면서 사이영상을 받았으며 인터뷰와 광고 촬영 의뢰가 물밀 듯 몰려왔다.

그러나 삼열은 그 모두를 거부하고 체력 훈련을 시작했다. 새로운 야망이 생겼기 때문이다.

바로 우승이라는!

5. 필라델피아 필리스전

하재영은 어이가 없었다. 챔피언십 리그에서 완패를 당한 것이야 투수와 포수가 부상을 당했으니 어쩔 수 없는 일이었다. 무척 아쉽다고만 생각했는데 삼열이 그날부터 연습장으로 달려가 훈련에 돌입한 것이다.

"아니, 저 녀석이 왜 저러지?"

하재영이 생각하기로는 삼열이 못 먹을 것을 먹어 정신이 나간 것처럼 보였다.

시즌이 끝났으니 휴식을 취하다가 연봉 협상을 해야 할 텐데 삼열은 시즌이 끝나자마자 쉬지도 않고 바로 다음 시즌을 위한 훈련을 시작한 것이다.

"저 녀석은 원래 저래. 제대로 미친놈이지."

로버트가 하재영의 어깨를 툭툭 치며 몸을 풀고는 연습을 하기 시작했다. 얼마 지나자 존리가 두 사람을 보며 인상을 쓰더니 쌍욕을 하고는 자신도 운동하기 시작했다.

하재영이 보기에는 모두 똑같이 믿을 수 없는 이상한 놈들이었다.

하재영은 미친놈들 옆에 있으면 자신도 정신이 이상해질 것 같아 며칠을 집에서 그냥 쉬었다.

다른 이유는 없었다. 같이 있으면 자신도 쉬지 못할 것 같아서였다. 그리고 며칠 뒤 연습장에 나가 보니 컵스에 소속된 대부분의 선수가 나와서 연습을 하고 있었다. 하재영은 벌어진 입을 다물지 못했다.

"이거는 뭐야? 애송이 주제에 연습장에 이렇게 늦게 나타나다니, 빠졌구만."

로버트가 하재영을 보며 비웃었다.

'젠장, 이것들이 단체로 미쳤나? 시즌이 끝났으면 가족들하고 오순도순 함께 쉬어야지, 이게 무슨 짓이야?'

하재영은 메이저리그가 매우 자유롭다는 것을 잘 알고 있었다.

선수들은 휴가 가서 놀더라도 기본적인 훈련은 알아서 한다. 즉, 선수들이 훈련을 등한시한다고 구단이 뭐라고 하지는 않는다. 다만 코치진이 보기에 해당 선수가 기준치 미달이면 그냥 마이너리그로 내려보내고 다른 선수에게 기회를 주면 된다.

그런데 여기는 이런 메이저리그의 암묵적인 룰이 무시되고 있었다. 단지 며칠 쉬고 왔는데 나사 풀린 놈 대접을 받고 있었다.

하재영이 존리 옆에 서서 몸을 푸는데 거만한 존리가 가만히 있을 리 없었다.

"헤이, 애송이 주제에 이렇게 연습에 늦게 나오다니 간이 배 밖으로 나왔군!"

하재영은 화가 났지만 도대체 뭐가 뭔지 몰라 그에게 이게 뭐냐고 물었다.

"뭐긴 뭐야, 저기 미친 새끼가 지랄을 하니 지지 않으려고 몇 놈이 옆에 붙은 거고, 그 미친놈 중에 나도 속한 거지. 우린 남에게 지기 싫거든."

"하지만 대부분의 선수가 왔는데……."

"당연하지. 경쟁에서 지면 집에 가서 손가락이나 빨아야 하는데 집에서 편하게 쉴 수가 있겠냐? 내 다시는 컵스랑 계약 하나 봐라. 이 미친 새끼들이 없는 아메리칸 리그에 가고 만다."

"FA 되면?"

"그래, 애송아. 넌 지옥에 왔다고 생각하고 훈련하지 않으면 다시 마이너리그로 내려갈 거야. 저 미친놈이 어떻게 불과 2년 만에 좌완 투수로 변신했는지 이제는 이해가 되겠지?"

하재영은 존리 말코비치의 말에 아무 말도 하지 못하고 고개를 힘차게 끄덕였다.

이 재수 없는 놈과는 몇 번 마이너리그에서 마주치기는 했다. 그때도 재수 없는 놈이라 별로 말도 하지 않고 지냈었다.

'컵스의 변화는 저절로 일어난 것이 아니었구나!'

하재영은 몇 년 전부터 컵스가 급격하게 변하기 시작한 것을 알고 있었다. 그런데 그 뒤에 이런 비밀이 숨어 있었던 것이다.

아니, 비밀 따위가 아니었다. 그도 더블A 리그에 있을 때 듣기는 들었지만 믿지를 못했다. 메이저리거들의 자존심이 얼마나 강한지를 아는데, 스토브 리그가 시작되자마자 연습을 하러 나올 것이라고는 상상도 하지 못했다.

하재영은 존리의 옆에서 몸을 풀고 배트를 천천히 휘두르기 시작했다. 한참을 하고 잠시 쉬면서 주위를 둘러보는데 틈틈이 코치진이 보이기도 했다.

그래 봐야 연습 트레이너이거나 단기 계약직 코치들이었지만 간혹 유명한 코치도 있었다. 하재영은 연습장으로 들어오는 사람을 보고 너무 놀라서 옆에 있는 존리를 불렀다.

"왜에? 어? 와우! 죽이네."

새미 소사가 연습장으로 들어오고 있었다.

그는 컵스에서 대부분을 보냈던 레전드급의 타자였다. 그러나 한때 코르크 방망이를 써서 망신을 당하기도 했고 약물 의혹을 받기도 했었지만 컵스의 레전드 중의 한 명이었다. 또 2000년부터 2004년까지 주장을 역임하기도 했다.

그는 텍사스 레인저스에서 데뷔해 대부분의 선수 기간을 컵스에서 보냈다. 역사상 세 번이나 60홈런 기록을 가진, 몇 안 되는 레전드급 홈런 타자다.

"헤이. 잠시 주목!"

벤치 코치인 벨렌 워렛이 연습을 하는 선수들을 중지시키고 말했다.

"이분은 다들 알고 있겠지만 새미 소사다. 우리 컵스에서는 1992년부터 2004년까지 선수로 뛰었다. 개인적인 이유로 이곳을 방문해서 잠시 여러분의 타격코치로서 도와줄 생각이다. 시간은 일주일에 불과하니 알아서들 배우도록!"

벨렌 워렛이 말을 끝내자 새미 소사가 웃으며 말을 이었다.

"하이, 영 맨. 반가워! 잘해보자."

새미 소사가 짧게 말을 하자 선수들이 그에게 몰려들었다. 하재영도 그동안 더블A에서 새미 소사에 대한 이야기를 들어서 잘 알고 있었다.

"새미 소사, 반갑습니다. 한 수 지도 좀……."

"존 리, 이게 왜 이래? 저부터 좀 부탁드립니다!"

타자들이 앞다퉈 지도를 부탁했다. 사실 이렇게 유명한 타자가 단기간에 구단 소속 선수들을 지도하는 것이 특이한 일은 아니었다. 그동안 컵스에 이례적으로 그런 일이 별로 없었을 뿐이다.

메이저리그 출신의 저명한 사람들은 스토브 리그의 강사가 되거나 아니면 시즌 중이라도 짧은 기간 동안 구단과 계약을 맺고 선수들을 지도하기도 한다. 이때 그들은 메이저리그의 경험과 노하우를 들려주거나 직접 타격의 메커니즘에 대해 설명하면서 지도해 준다.

"하이, 삼열 강!"

"안녕하세요."

삼열은 새미 소사가 왜 다른 선수를 제쳐놓고 자기를 찾는지 의아해했다. 그러나 소사가 자신이 작년에 홈런왕이 된 것이 매우 인상 깊었다고 하자 그제야 이해가 되었다.

삼열은 그에게 타자로 전향하는 것이 어떠냐는 권유를 받기도 했다.

"삼열 강의 타격폼은 아주 이상적이야. 타자로 전향하면 최고의 선수가 될 것이 틀림없어."

"전 이미 메이저리그 최고의 투수인데요?"

삼열의 말에 새미 소사는 입을 다물었다. 이미 최고인 영역을 버리고 새로운 영역을 개척해 보라는 이야기는 차마 할 수가 없었다.

올해 내셔널 리그 사이영상을 받은 투수를 상대로 타자로 전향하라는 것은 그가 생각해도 말이 안 되었다.

새미 소사는 정확히 5일 동안 컵스에 머물면서 타자들을 지도했다. 비록 약물과 부정 배트 사용으로 인기가 급락한 것은 사실이지만, 한 시대를 풍미한 홈런 타자였던 그와의 시간은 컵스 타자들에게 고무적이었다.

이후에도 간혹 유명한 선수 출신의 단기 코치들이 다녀갔다. 선수들이 열심히 하는 만큼 구단도 배려하기 시작한 것이다.

그러나 여전히 연습에는 일절 간섭이 없었다. 나오든 나오지 않든지 전적으로 선수들의 자유였다. 구단이 관여할 사항이 아니었던 것이다.

삼열은 연습장에서 기초체력을 다지면서 한 해 긴장했던 근육들을 풀어주었다.

사람의 근육은 계속 긴장만 하고 있으면 안 된다. 적절한 휴식을 취해줘야 다음에 다시 사용할 수 있다. 그래서 메이저리그 구단들도 시즌이 끝나면 각자의 개별 생활을 존중해 주는 것이었다. 가족과 편하게 쉬는 시간도 선수들에게 필요하기 때문이다.

삼열은 집에서는 오른손을 훈련했다. 내년에는 전력질주를 한번 해볼 생각이었다. 오른손이 다시 예전으로 돌아왔으니 무서운 것이 없어진 것이다.

"아빠!"

줄리아가 멀리서 삼열을 보고 달려와 그에게 안겼다. 삼열은 미소를 지었다. 딸바보라는 말이 있는데 그도 마찬가지였다. 딸을 보고만 있어도 행복했다. 자식이 이런 것인 줄 예전에는 미처 몰랐다.

"왜 나랑 안 놀아줘! 아빠는 줄리가 미워?"

칭얼대는 줄리아를 보며 삼열은 싱긋 웃었다. 아빠하고 놀고 싶다고 말하는 딸이 마냥 좋았다. 마리아도 은근히 줄리아와 놀아주기를 원해서 아침에는 집에서 연습하기로 했다.

오후에 연습장에 가니 하재영이 다가와 고민이 있다고 상담을 부탁했다.

"뭐가 문제인데?"

삼열의 말에 하재영이 낮은 목소리로 말했다.

"나 컵스에 적응이 잘 안 돼. 여기는 마이너리그보다 더 훈련이 빡세."

"그게 문제야?"

"아니, 그건 아니고 다들 너무 열심히 하니까 내가 어지간히 노력해도 티가 안 날 것 같아서. 나는 메이저리그에 계속 머물고 싶은데 말이지."

하재영의 말은 좀 더 효율적으로 훈련해서 메이저리그에 머물고 싶다는 이야기였다. 사실 이런 이야기에 삼열이 아는 것은 없었다. 천재인 그도 병을 고치기 위해 죽으라 연습한 것 외에는 따로 한 것이 없기 때문이다.

"재영아."

"말해."

"요령은 없어. 있다면 보다 섬세하게 연습을 해서 부상의 위험을 덜어내는 것이지. 너는 생각했겠지, 이 정도 하면 메이저리그에서 통할 거라고. 하지만 마이너리거들이 착각하는 게 있어. 그 정도로 연습해서는 메이저리그에서 못 버텨. 하지만 연습을 하다 보면 자기만의 훈련법이 보일 거야. 그때까지는 우직하게 한길을 가는 수밖에 없어."

"넌 도대체 왜 그렇게 연습을 열심히 하는데?"

이미 삼열은 메이저리그 최고 투수다. 이렇게 훈련을 하지 않아도 여전히 그는 최고의 선수로 대우를 받을 것이라는 말이었다.

"풋, 네가 그렇게 말하는 것도 당연하지. 건강한 사람들은 자신들이 하는 평범한 일을 정말 뜨겁게 원하는 사람이 있다는 사실을 잊어버리곤 해. 연봉이 적다, 대우가 부족하다, 등등의 불평을 할 때조차도 묵묵히 달릴 수밖에 없는 사람들이 있어. 죽어라 노력하고 나서 또 그렇게 할 수밖에 없는. 그렇게 하다 보면 언제가 남보다 더 앞서 있는 자신의 모습을 보게 돼. 난 돈 때문에 야구를 하는 게 아니야. 야구가 좋아서 하는 거지. 내가 아팠을 때 나는 소원을 빌었어. 야구를 원 없이 해보았으면 좋겠다고. 뜨거운 여름날 운동장에서 뛰는 선수들을 무척이나 부러워했지."

삼열은 말을 끊고 잠시 있다가 한마디 더 했다.

"난 이제 우승이 하고 싶어졌어. 예전에는 컵스가 정말 싫었어. 원하지 않던 팀이었으니까. 애인에게 차이고 나서 잠시 헤매자 레드삭스는 바로 나를 이곳에 팔아먹었지. 그러니까 정이 쉽게 안 들더라고. 컵스는 패배감에 강하게 물들어 있었고, 염소의 저주라고 하면서 빌빌대는 것도 보기 싫었어. 하지만 이제 난 우승을 하고 싶어졌어. 그게 다야. 난 우승을 위해 뛰고 또 뛸 거야."

삼열과의 대화에서 하재영은 느낀 바가 있는지 그다음부터는 누구보다 열심히 훈련하기 시작했다.

한동안은 근육을 풀어주는 운동만 했던 삼열을 비롯해 몇몇 선수들도 연습을 제대로 하기 시작했다. 그렇게 시간이 흘러갔다. 연습, 연습, 또 연습하며 겨울을 보냈다.

컵스는 올해 삼열에게 또다시 장기 계약을 요구했지만 삼열은 거부했다.

이제 FA까지는 2년밖에 남지 않았다. 컵스는 다급해지기 시작했다. 2년 안에 우승을 거두는 것, 그리고 우승을 한다고 하더라도 티켓 마케팅이나 관중 동원 능력이 탁월한 삼열을 다른 구단에 보내줄 수는 없었다.

메이저리그 5년 차가 되자 연봉이 대폭 올랐다. 작년에 1,200만 달러였고 옵션으로 500만 달러를 받았는데 올해는 1,500만 달러의 연봉에 700만 달러의 옵션에 도장을 찍었다.

컵스로서는 가장 비싼 선수가 되었지만 확실한 선수이니 돈을 아낄 도리가 없었다. 사이영상 2회에 풀타임 메이저리그 3년, 메이저리그 데뷔 5년 차에 72승을 거두었다.

삼열은 정말 팬들의 사랑을 많이 받는 캐릭터였다. 적당히 악랄하고, 때로는 어린아이들에게 한없이 따스한 모습을 보이며 병든 아이들의 수술을 지원해 준다. 그리고 지나치게 솔직하였지만 조금도 밉지 않았다. 이 모든 것들이 모여 그의 인기가 계속 올라갔다.

삼열은 작년에 나이키와 광고 계약을 했기에 여타의 광고에 관심이 없어졌다. 나이키와의 장기 계약은 말 그대로 횡재를 잡은 것이었다. 나이키 한 회사와 맺은 광고 금액이 나머지 회사를 합한 것보다 컸다.

나이키는 원래 야구 선수와는 이런 대형 계약을 하지 않는데 삼열의 가정적인 이미지와 상품성이 커서 계약을 했다. 더구나 삼열이 사고를 당했던 그날도 나이키와 계약하러 오던 길이었기에 회사도 도의적으로 미안해하고 있었다. 물론 그렇다고 하더라도 삼열에게 상품성이 없었다면 계약은 하지 않았을 것이다.

삼열은 기다렸다. 시범 경기를 하면서 개막전이 다가오기를 손꼽아 기다렸다.

시카고 컵스에는 스토브 리그 동안 쓸 만한 타자와 투수가 트레이드되어 왔다. 이 모두가 컵스가 올해 단단히 벼르고 있다는 증표였다.

작년과 재작년에는 뒷심 부족으로 무너졌다. 그렇지만 않았다면 월드 시리즈 무대를 밟았을 것이다. 그리고 이런 판단은 사실에 부합한 것이기도 했다.

　　　　*　　　　　*　　　　　*

"아빠!"

"여보! 힘내요!"

삼열은 구장을 찾아온 마리아와 딸을 보며 환하게 미소를 짓고는 마운드로 걸어갔다. 드디어 새로운 시즌이 시작되었다.

삼열은 마운드에 서서 관중들을 바라보았다. 순간 발끝에서부터 정수리까지 뜨거운 기운이 확 하고 지나갔다. 이 생경한 기운에 삼열은 흠칫 놀랐다.

이전에는 겪어보지 못한 느낌이었다. 처음 메이저리그 마운드에 섰을 때의 긴장감이 이에 비견될 정도였다.

관중들이 하나둘 들어오는 것을 보며 삼열은 주먹을 꽉 쥐었다. 오늘 컨디션은 더할 나위 없이 좋았다.

'The Star—Spangled Banner'가 리글리 필드에 울려 퍼졌다. 미국 국가에 대해서는 건조한 편인 삼열은 가만히 있었다.

미국인이 아니어서인지 국가가 울려 퍼져도 그다지 감흥은 없었다. 팀에 가장 많은 외국인인 도미니카 공화국 선수들도 비슷한 눈치였다.

다행스럽게 작년에 이어 올해도 리그리 필드에서 개막전이 벌어졌다. 그래서 딸과 아내가 시합을 보러 올 수 있었다.

아직은 서늘한 공기가 리글리 필드에 두루 퍼졌기에 일부 관중들은 몸을 움츠렸고 많은 사람이 긴 소매 옷을 입고 있었다.

삼열은 마운드에 올라 관중들을 둘러보았다. 박수가 터져 나왔다. 그를 응원하는 소리가, 유치한 응원가가 리글리 필드에 울려 퍼졌다. 아까 국가를 불렀던 가수의 성량보다 더 컸다.

'가자, 시합이다. 오늘도 나는 최선을 다할 것이고 그리고 이길 것이다.'

삼열은 마운드에 떨어진 송진 가루를 손에 바르고 공을 잡았다. 공의 실밥이 손에 감기듯이 걸렸다. 와인드업하고 공을 던졌다.

펑!

공이 총알처럼 날아가 포수의 미트에 꽂혔다. 한가운데 직구였다. 관중석에서 소란이 일어나 뒤를 돌아보니 전광판에 조금 전의 구속이 적혀 있었다. 101마일.

타자는 전광판과 삼열의 얼굴을 번갈아 보았다. 100마일의 공이 그냥 얌전하게 들어온 것이 아니었다. 마치 벌의 날갯짓처럼 왱왱거리며 들어왔다.

아롤디스 채프먼의 103마일 이후 최고의 공이었다. 그것도 왼손으로 던진 구속이었다. 같은 좌투수로서 삼열의 가치가 더 높은 것은 말할 필요도 없다. 1이닝 마무리 투수와 매년 20승 이상을 거두는 선수와는 비교 자체가 안 된다.

제2구도 가운데로 그대로 던졌다. 볼의 끝이 좋아 타자가 노리고 쳤어도 빗맞은 타구가 되어 삼열의 앞에서 바운드되어 뒤로 흘렀다. 로버트가 앞으로 뛰어나와 바운드된 공을 쉽게 잡아서 1루로 던졌다.

필라델피아 필리스의 짐 벌린스는 1루로 뛰다가 말았다. 자신이 친 공의 타구가 워낙 빨라 2루수가 잡았을 때는 1루 방향으로 몇 발걸음을 못 떼었었다. 그는 2012년에 2천 안타와 400도루를 달성한 호타준족의 선수였다. 그런 그가 뛰기를 포기한 것이다.

삼열은 자신감이 넘쳤다. 그 누구도 두렵지 않았다. 하지만 그는 이런 날 특히 조심해야 하는 것을 잘 알고 있었다. 그래도 오늘은 왠지 모르게 슈퍼맨이라도 된 듯 온몸에 힘이 넘쳤다.

메이저리그에서 구속은 문제가 되지 않는다. 볼 끝이 단조로우면 그대로 두들겨 맞는 것이 메이저리그다. 삼열은 자신의 공이 벌처럼 왱왱거리는 것을 알았다. 이런 날은 가운데로 던져도 안타가 나오기 힘들다.

'그래도 모험을 할 필요는 없지.'

삼열은 고개를 끄덕였다. 제구가 되지 않는 것도 아니니 굳이 가운데로 던질 필요는 없었다. 아까는 그냥 한번 연거푸 던져본 것이었다. 칠 수 있나 없나를 보기 위해서였다.

2번 타자는 스테판 쿼드였다. 작년 필리스에서 162개의 안타와 0.275의 타율을 기록한 그는 홈런도 11개나 있다. 다음 타자인 체이먼 어슬리보다는 타율이나 타점에서 낮지만 그의 존재 자체가 중요한 변수였다. 게다가 발까지 빨라 진루하면 투수에게 매번 어려움을 주는 타자였다.

'뭐, 그래 봐야 내겐 안 통해!'

삼열은 웃으며 공을 던질 준비를 했다. 타석에서는 스테판 쿼드가 바싹 긴장한 채 공을 기다리고 있었다.

공이 타자 앞에서 현란하게 변하자 스테판 쿼드는 공을 쳐야 할지 말아야 할지 몰랐다. 아주 잠깐의 망설임이 판단력을 흐리게 만들었고 공은 그대로 포수의 미트에 빨려 들어갔다.

펑.

"스트라이크."

쿼드는 삼열이 유인구를 잘 안 던진다는 것을 몰랐다. 삼열은 차라리 안타를 맞더라도 투구 수가 늘어날 투구는 하지 않는다.

쿼드는 삼열의 공이 지저분해서 도무지 히팅 포인트를 맞히기가 힘들었다. 참으로 변화무쌍한 공이었다.

'젠장, 달리 사이영상을 받은 게 아니었군.'

그는 몸을 좌우로 한 번 흔들고는 다음 공을 기다렸다. 이번에는 공이 빠르게 날아왔다. 변화가 상대적으로 적다는 느낌에 힘껏 배트를 휘둘렀다.

딱.

공이 배트의 정중앙에 맞았다. 쿼드는 배트에 맞은 느낌이

좋아 힘껏 1루로 뛰었다. 그런데 고개를 들어 흘깃 보니 우익
수 빅토르 영이 여유 있게 공을 잡고서는 동료들을 보며 웃고
있었다.

"젠장, 빌어먹을!"

맞긴 제대로 맞았는데 구위에 눌려 공이 제대로 뻗지 못한
것이다. 쿼드는 뻘쭘해졌다. 관중들도 자신의 지나친 전력질
주에 대해 박수 치면서도 웃었기 때문이다.

사실 관중이 웃은 이유는 공을 잡은 빅토르 영의 익살스런
행동 때문이었다. 그가 공을 잡자마자 레리 핀처에게 자랑했
던 것이다. 형은 이거 없지? 하는 표정으로.

삼열은 쿼드의 타격 감각에 조금 놀랐다. 비록 자신의 구위
에 눌려 타구가 멀리 뻗지 못했지만 배트의 스피드가 굉장히
날카로웠던 것이다.

메이저리그에서 뛰는 타자들은 모두 한 방이 있어 어떤 상
황에서도 안심할 수가 없다.

"자, 그럼 이제는 어슬리를 맞이할 준비를 할까?"

역대 최고의 2루수를 노리는 체이먼 어슬리는 2000년 드래
프트에서 1라운드 14픽으로 필라델피아의 지명을 받았다. 전
통적으로 내셔널 리그의 2루수들은 공격력이 약한데 어슬리
는 밀어치기와 당겨치기에 능하고 장타율도 높았다.

그는 2006년부터 5년 연속 올스타에 선정되기도 했다. 그

러나 2010년부터 잦은 부상에 시달렸다. 그런데 그는 부상에서 복귀할 때마다 홈런을 쳐서 팬들을 즐겁게 해주곤 했다. 수비와 타격에서 모두 좋은 선수였다.

삼열은 제프 로건 포수가 자신의 공을 조금 어려워하는 것을 알고 있었다. 하지만 이제는 믿고 가는 수밖에 없었다. 모 아니면 도였다.

로건은 작년에 자신이 칼스버그를 대신해 챔피언십 시리즈에 나갔다가 충격적인 패배를 당한 후 와신상담을 했다. 스토브 리그가 시작되자마자 연습장에서 다른 컵스의 선수들과 함께 체력 훈련을 하면서 틈틈이 투수들의 공을 받아줬다. 하지만 여전히 볼 끝의 무브먼트가 좋은 선수의 공은 받기가 쉽지 않았다.

특급 투수들의 공은 대부분 타자의 바로 앞에서 변하기 때문에 타자와 마찬가지로 포수도 예측하기 힘들다. 그래서 타자와 포수의 사인이 있는 것이다. 타자가 노리고 있는 허점을 공략하기 위해 사인을 내기도 하지만 원칙적으로는 공을 제대로 잘 받기 위해서다.

훌륭한 포수는 타자의 그날 컨디션이나 심리 상태를 정확하게 파악하고 있어야 한다. 그리고 투수의 눈빛만 보고도, 그리고 투구 동작을 보고 어떤 공이 올 것을 짐작할 수 있어야 한다.

무릎십자인대 파열로 수술한 칼스버그 대신 한동안은 자신이 컵스의 안방을 책임져야 하기에 로건은 입이 바싹 말랐다.

오늘은 특히 개막전이고, 또 작년에 사이영상을 받은 삼열이 던지는 경기라 신경이 더 쓰였다.

많은 시간 스토브 리그에서 그의 공을 받았지만 여전히 익숙하지 않아 조심스러웠다. 연습에서 공을 받는 것과 시합에서 받는 것은 전혀 다른 이야기였다.

주심은 포수가 공을 잡은 위치를 속이면 경고를 주지만 시합 내내 공이 들어오는 위치와 궤적을 모두 파악하는 것은 아니다. 그래서 포수가 공을 잡는 미트질이 중요하다. 즉, 미트를 옮기지 않으면서도 볼도 스트라이크처럼 보이게 하는 미트질을 해야 한다.

그게 가능한 것은, 포수의 미트는 생각보다 커서 어떤 부위로 공을 잡느냐에 따라 볼도 스트라이크로 보이기도 한다. 포수가 가끔 공을 떨어뜨리는 이유가 여기에 있다. 포수는 공을 항상 가운데로 잡지 않는다.

포수는 여타 다른 수비보다 굉장히 어렵고 힘들다.

워싱턴 내셔널스의 간판타자인 J.하퍼는 원래 포지션이 포수였다. 고등학교와 대학교 때 모두 포수를 했다. 하지만 워싱턴 내셔널스는 그의 선수 생활을 길게 해주기 위해 외야수로 전향시켰다.

그만큼 포수의 선수 생명은 짧다. 고질적인 무릎 부상이 잦기 때문이다. 작년에 칼스버그가 무릎 부상으로 빠진 것도 이와 같은 이유였다.

로건은 포수 후보이긴 하였지만 경기 중반 이후 외야수가 부상을 당하거나 컨디션이 좋지 않을 때 대타를 하기도 해서 포수의 역할이 그동안 높지 않았었다.

물론 시즌 중에 칼스버그를 대신하여 포수 마스크를 가끔 쓰기도 했지만 거의 대부분 제4, 5선발을 대상으로 공을 받았었다. 한마디로 삼열의 공은 그 투수들과 차원이 달랐다.

'잘될 거야. 겨우내 그와 벽 쇼의 공을 받아줬잖아. 물론 전력투구가 아니라 다르겠지만 난 할 수 있어.'

로건은 입을 앙다물고 삼열의 공을 받을 준비를 했다.

어슬리가 타석에 들어섰다. 그는 필리스의 대표적인 프랜차이즈 스타다.

폭발적인 장타력을 자랑하지만, 그것도 이제는 점점 옛말로 변하고 있다. 잦은 부상이 그의 타격감을 잡아먹고 있었다. 시간은 영웅을 평범하게 만들었다.

삼열은 미소를 지으며 로건을 안심시켰다. 가능한 포수의 사인이 나오면 거기에 맞춰주려고 했다. 특히 체인지업과 투심, 커터, 포심은 투구폼이 같아 사인과 다른 공을 던지면 조금 당황하는 것 같았다. 삼열은 그가 경험이 많지 않아서 그런 것으로 생각했다.

삼열은 간혹 사인과 다른 공을 던지기도 했다. 상대 타자에 대한 느낌이 이상하면 공을 던지기 바로 전에 그립을 바꿔서 간혹 던지곤 했던 것이다.

칼스버그야 삼열의 스타일을 아니 어려움이 없었지만 로건은 아니었다. 그래도 작년과 달리 올해는 조금 성숙한 면을 보여줘서 잘만 하면 경기를 마치는 데 문제없을 것 같았다.

'자, 그럼 간다.'

삼열은 로건이 몸쪽 공을 요구하자 그의 의도대로 몸쪽에 꽉 찬 공을 던졌다. 빠른 직구가 높게 들어오자 어슬리는 무의식적으로 배트를 휘둘렀다. 공의 높이가 타자의 눈높이와 비슷해지면 타자들은 그만큼 편안함을 느껴 배트를 휘두르는 성향이 강했다.

펑.

"스트라이크."

라이징 패스트볼이었다. 타자의 입장에서는 공의 속도가 끝까지 떨어지지 않으면 공이 솟아오르는 것으로 착각하게 된다. 일종의 착시 현상이다.

대부분의 공은 타자 앞에서 급하게 떨어지거나 휘어진다. 타자는 수없이 많은 시간 동안 그런 경험을 해왔다. 그런데 공의 속도가 줄어들지 않으면 몸은 당연히 공이 떨어질 것이라고 예상하고 타격을 준비하기에 공이 갑자기 솟아오르는 것처럼 느끼게 되는 것이다. 이런 공은 알면서도 몸이 저절로 움직여 배트를 휘두르게 된다.

반대로 바깥쪽 낮은 스트라이크는 알아도 몸이 잘 나가지 않는다. 왜냐하면 눈과 멀어져 보이기 때문에 몸의 반응이 느려지기 때문이다.

'던질 공은 많아. 걱정하지 말라고.'

삼열은 로건이 이제는 바깥쪽으로 공을 요구하자 그의 요구대로 커터를 던졌다. 공이 휘어져 바깥쪽으로 나가자 어슬리는 배트를 휘두를까 말까 고민하다가 어정쩡하게 휘두르고 말았다.

툭.

공이 데굴데굴 굴러 삼열의 앞으로 왔다. 삼열은 천천히 공을 잡아 1루에 던졌다. 어슬리는 1루 쪽으로 몇 발자국 뛰지도 않고 멈췄다. 발이 무척 빠른 그였지만 뛰어봐야 소용이 없다는 것을 안 것이다.

삼열은 3번 타자마저 잡고 피식 웃으며 마운드를 내려갔다. 로건이 고무된 얼굴로 무척이나 좋아하고 있었다. 삼열은 그의 어깨를 두들겨 주며 수고했다고 말했다. 이제 3년 차 메이저리거인 그는 여전히 풋내기에 속했다.

공이 좋은 선수, 그것도 공격적인 투수가 좋은 점이 있는데, 그것은 공을 적게 던진다는 것이다.

타자들로서는 기다려 봐야 삼진이기에 배트가 일찍 나올 수밖에 없다. 그래서 구위가 좋은 투수들은 공격적인 피칭을 할 필요가 있다. 그리고 이렇게 공격적인 피칭을 하는 투수라고 인식이 되면 타자들은 유인구에도 아주 잘 속는다.

오늘 필라델피아 필리스의 투수는 로이 빌리진이다.

빌리진은 95마일의 강속구를 던지지만 주로 땅볼을 유도하면서 맞혀 잡는 투구를 한다. 그래서 그는 많은 이닝을 소화하는 이닝 이터다. 싱킹 패스트볼과 투심이 주력구지만 나머지 커터, 슬라이더, 체인지업, 커브 등의 구질도 모두 리그 정상급이다.

그는 2010년에 20번째 퍼펙트게임을 이뤘고, 그해에 사이영상을 받기도 했다. 모든 부분에서 삼열과 비슷한 선수였다.

삼열 역시 100마일의 강속구를 던지지만 맞혀 잡는 투수로 변신한 것, 사이영상, 퍼펙트게임 등을 했다는 점에서 그랬다.

올해 빌리진의 구위가 회복되었기에 오늘 경기에서 컵스 선수들이 고전이 예상되었다. 그는 2013년 오른쪽 어깨 회전근개 부상을 당한 후 한동안 어려움을 겪기도 했다.

삼열은 마운드에서 연습구를 던지는 빌리진을 보며 자신의 어깨를 매만졌다. 그가 입었던 회전근개 부상은 어깨를 많이 사용해서 나타나는 병이다. 이닝 이터가 마냥 좋기만 한 것이 아니라는 말이다.

하여튼 메이저리그에서 부상 없이 보내는 선수는 별로 없다고 봐도 좋다. 엄청난 돈을 벌지만 고달픈 직업이기도 했다.

삼열은 포수의 미트에 박히는 빌리진의 공 소리를 들으며 손을 어깨 위로 올렸다. 역시 빌리진의 공은 생각만큼이나 좋았다.

1번 타자 빅토르 영이 타석에서 빌리진의 공을 기다렸다. 빌리진은 올해 37세이다. 여전히 강속구를 뿌리지만 그런 상태가 길게 유지될 것이라고는 생각하지 않았다. 빅토르 영은 차분하게 공을 기다리기로 했다.

공은 빠르고 예리하게 바깥쪽 스트라이크 존에 걸쳐졌다.

펑.

"스트라이크."

빅토르 영은 몸을 움찔했다. 생각보다 공이 더 좋았기 때문이다. 전광판을 보니 94마일이라고 적혀 있었다.

'썩어도 준치라는 건가. 하지만 나도 만만찮다고. 그동안 흘린 땀이 아까워서 여기서 그냥은 못 물러난다.'

빅토르 영은 배트를 몇 번 흔들어보고 다시 타석에 섰다. 공이 날아왔다. 이번에는 낮은 직구였다.

펑.

"볼."

빅토르 영은 빌리진을 바라보았다.

'그런 공에 손이 나갈 줄 알았나 본데, 나를 너무 무시하는 군.'

빅토르 영은 쓴웃음을 지으며 다음 공을 기다렸다. 이번에는 느린 체인지업이 날아왔다.

펑.

"스트라이크."

빅토르 영은 나직하게 한숨을 쉬었다. 빌리진의 공은 구질이 너무 다양해서 예측하기가 힘들었다. 이제 투수에게 유리한 볼카운트 상황이니 유인구를 던질 것이다. 빅토르 영은 아예 배트를 짧게 쥐었다.

장타력이 많이 올라간 그가 이렇게 배트를 짧게 쥐는 경우는 최근 아주 드물었다.

'결코 삼진을 당하지는 않을 거야.'

그는 삼열이 커트하는 것을 그동안 눈여겨보았다. 삼열이 타자로 타석에 설 때는 자신은 2번으로 내려가야 했다. 그것은 그에게 수치스러운 일이었지만 삼열의 타격 능력이 삼열이 더 뛰어난 것을 부인할 수는 없었다. 그래서 그는 삼열의 타격법을 눈여겨보았었다.

일단 여의치 않은 경우는 커트하기로 했다. 지난겨울의 훈런 동안 배트를 짧게 잡고 커트하는 훈련을 많이 했다.

컵스에 하도 괴물 같은 놈들이 많이 있다 보니 1번 타자의 자리도 위태로웠다. 특히 구단은 챔피언십 리그에서 참패를 당한 후 겨울 시장에 많은 돈을 풀었다. 어차하면 후보로 밀리는 것은 시간문제였다.

공이 날아오자 빅토르 영은 힘을 빼고 끌어당기는 타격으로 톡 쳤다.

타구는 3루 쪽 파울 라인으로 갔다. 빅토르 영은 절대로 서두르지 않았다. 어차피 자신이 아웃되지 않으면 다른 선수는 절대로 타석에 들어설 수 없다. 지금 이 리글리 필드의 타석은 오로지 자신의 것이었다.

툭.

파울.

툭.

파울.

아홉 개째 공을 던지며 빌리진은 짜증이 일었다. 이번에는 아웃되겠지, 하고 노려서 던진 공들이 모두 커트되고 말았다.

더그아웃에서 그 모습을 지켜보던 컵스의 선수들은 놀랍게 변한 빅토르 영을 보며 혀를 찼다.

"이제야 진정한 1번 타자가 되었군."

"하하하! 이제는 삼열이가 돌아와도 2번 타자로 밀리겠는데?"

선수들이 모두 한목소리로 변한 빅토르 영을 칭찬했다.

베일 카르도 감독은 빅토르 영의 타격을 보고 두 손을 마주 잡고 만족스러운 웃음을 흘렸다.

선두 타자가 쉽게 아웃되면 뒤에서 기다리는 선수들도 맥이 빠지는 법이다. 그러나 이렇게 치열하게 싸워주면 뒤의 선수들도 자신감을 가지게 된다.

특히나 빌리진과 같은 특급 투수들에게는 반드시 이렇게 할 필요가 있었다.

선두 타자가 맥없이 당하면 뒤에서 기다리는 타자들이 역시 빌리진이군, 하며 포기할 가능성이 높아진다. 이래서 1번 타자의 역할이 중요한 것이다.

로버트의 뒤에 앉아 있던 존리가 빅토르 영을 보며 고개를 끄덕였다. 오늘 경기를 한번 해볼 만하다고 느낀 것이다. 거만한 그는 1번 타자가 저 정도 해주면 자신은 당연히 홈런을 칠 것으로 생각했다.

타석 대기석에서 기다리고 있던 스트롱 케인은 유심히 빌리진의 공을 바라보았다.

스트롱 케인은 작년에도 3할에 조금 못 미치는 타율을 보임으로 팀에서 가장 기복이 없는 활약을 했다. 그는 컵스가 죽을 쑤고 중부 지구 꼴찌, 아니 메이저리그 꼴찌를 다툴 때도 3할 타율을 유지하곤 했다.

"흐음."

스트롱 케인은 빌리진이 공을 던질 때 앞으로 어깨가 일찍 열리는 것을 보았다. 지금은 힘으로 밀어붙여서 제구가 되고 있지만 곧 공이 높게 들어올 것으로 예상했다.

그는 남들보다 시력이 좋고 관찰력이 뛰어났다. 그의 3할 타율은 그 날카로운 관찰력의 결과였다. 게다가 그는 순발력이 매우 뛰어났다. 다른 타자들보다 한 템포 늦게 배트가 나와도 안타를 칠 때가 많았다.

빅토르 영은 빌리진으로 하여금 열한 개의 공을 던지게 하고서는 삼진을 당하고 말았다. 그는 화가 나서 배트를 바닥에 집어던졌다. 하지만 주심이 바라보자 얌전하게 더그아웃으로 들어갔다.

빌리진은 아웃 카운트 한 개를 잡으면서 열한 개의 공을 던진 것을 생각하니 화가 났다. 자신이 누군가? 퍼펙트게임, 노히트노런, 사이영상의 수상자 아닌가.

"젠장, 빌어먹을!"

빌리진은 화를 참으며 다음 타자를 바라보았다. 요즘 호르몬에 이상이 있는지 예전보다 참을성이 없어졌다. 그는 이번에야말로 삼진을 잡아서 자존심을 회복하려고 했다.

스트롱 케인은 타석에 서서 바닥을 발로 문지르며 생각했다. 여기서 안타를 치고 나갈 것인가, 아니면 빅토르 영처럼 커트해서 빌리진의 힘을 뺄 것인가.

그가 생각하기로 빌리진의 구질은 예전과 사뭇 달랐다. 엄청난 무브먼트를 가졌던 그의 공 끝이 무척이나 얌전해졌다. 예전에는 공이 춤을 췄다면 지금은 조금 까다로운 정도였다. 구질이 나빠졌음에도 노련함으로 극복하고 있는 것이다.

스트롱 케인이 보니 빌리진은 자신이 있을 때는 공을 던지는 타이밍이 빨랐고 또한 릴리스 포인트도 최대한 끝까지 끌고 왔는데, 지금은 어깨가 미리 열리면서 공을 놓는 시간도 늦어졌다.

그만큼 타자는 투수가 던진 공을 더 오래 볼 수 있으며 어떤 공이 들어올지 예측할 수도 있게 된다. 공을 끝까지 손목 뒤로 숨기는 투수의 공은 그래서 치기가 어렵다. 지금의 빌리진의 공은 그저 그렇게 보였다.

'이 정도의 구질이라면 내가 굳이 쫄 필요가 없지.'

천하의 빌리진이라 하더라도 세월 앞에는 장사 없는 법이다. 특히나 타자보다 더 많은 힘을 써야 하는 투수는 선수 생명이 짧다. 하지만 그의 나이를 생각한다면 그는 정말 대단한 투구를 하고 있는 것이다.

공이 낮게 날아왔다. 제구력만큼은 아직 흠잡을 데가 없었다. 스트롱 케인은 그대로 가만히 있었다.

펑.

"스트라이크."

이번 공은 쳤어도 땅볼이 나올 낮은 코스였다. 어퍼 스윙을 하면 되겠지만 아직 힘이 남아 있는 투수의 공을 걸어 올린다는 것은 말처럼 쉬운 일이 아니다.

'올해는 월드 시리즈 한번 나가보자. 니들 죽었어!'

스트롱 케인은 억지로 등 떠밀려 스토브 리그 내내 연습장에서 살면서 보낸 시간이 아까웠다. 모처럼 나간 챔피언십 리그에서 그처럼 개망신을 당할 줄은 전혀 예상하지도 못했다. 컵스가 패하자 언론은 역시 그럼 그렇지, 하며 그것을 당연시여겼다.

스트롱 케인이 다시 타석에 들어서자 빌리진의 공이 바로 날아왔다.

"젠장, 나를 무시해도 분수가 있지."

공이 너무 정직하게 날아왔다. 실투가 아니면 자기를 무시한 것이라고 생각한 스트롱 케인은 온몸의 힘을 배트에 실어 휘둘렀다.

따악.

공이 하늘 높이 날아갔다. 스트롱 케인은 뛰다가 관중들의 환호성을 듣고는 고개를 들고 천천히 뛰기 시작했다.

빌리진은 고개를 숙였다. 37세, 아직 던질 만한 체력을 가졌지만 이제 은퇴를 고려할 나이다. 하지만 그는 이렇게 쉽게 끝내고 싶지는 않았다. 그런 날이 오더라도 명예롭게 물러나고 싶었다.

그는 이를 악물고 교만한 마음을 물리쳤다. 아직 주저앉기에는 일렀다. 물러날 때가 되면 주저 없이 은퇴하기로 예전부터 마음을 단단히 먹고 있었다. 하지만 아직은 아니었다.

선발 투수에게 이닝 이터는 명예로운 칭호다. 선발 투수가 많은 이닝을 던져줄수록 팀은 그만큼 여유를 가질 수 있게 된다.

팀을 위해, 자신을 위해 던지고 또 던졌다. 그래서 어깨 부상을 당하기도 했다. 하지만 그렇다고 멈추는 것은 그의 성격상 용납할 수 없었다.

'자, 가자고. 점수는 언제나 내주던 거였으니. 오랜만에 갖는 뛰어난 투수와의 맞대결이니 나는 내 역할을 다하면 된다.'

로이 빌리진은 정신을 차리고 마운드에 발을 올려놓았다. 그러자 3번 타자 레리 핀처가 타석에 들어섰다. 그는 늘 4번을 치다가 이제는 힘이 달려 존리 말코비치에게 그 자리를 물려주고 대신 3번이 되었다.

빌리진이 공을 던졌다. 혼신의 힘을 다해 던진 볼은 전성기 때처럼 엄청나게 휘어져 들어갔다.

낙차가 상당히 큰, 90마일의 공이 휘어져 들어오자 레리 핀처는 놀라 헛스윙을 하고 말았다.

다음은 몸쪽으로 바짝 붙은 공이 타자 앞에서 급격하게 밖으로 휘어져 나갔다. 레리 핀처는 히트 바이 어 피치드 볼을 생각해 오히려 허리를 뒤로 뺐다. 그런데 그 공이 스트라이크가 되었다.

펑.

"스트라이크."

공이 날카롭게 휘어져 나갔다. 정말 변화무쌍했다. 달리 빌리진이 아니었다. 조금 전에 홈런을 맞은 것이 오히려 그에게 약이 되었다.

낙차가 큰 싱커와 좌우를 흔드는 슬라이더에 레리 핀처는 3구 삼진을 당하고 말았다. 컵스의 더그아웃에서 선수들은 되살아난 빌리진의 구위에 입을 다물고 말았다. 역시 묵은 생강이 매운 법이다.

존리 말코비치마저 땅볼 아웃으로 물러나자 삼열은 글러브를 챙겨 마운드로 천천히 걸어나갔다.

줄리아가 삼열을 보고 손을 흔들었다. 삼열도 딸에게 손을 흔들어 주었다. 그 모습이 카메라에 잡히자 구장에 즐거운 소란이 일었다.

마리아도 눈에 띄게 아름다워서 종종 카메라에 잡히곤 했는데 그녀를 똑 닮은 줄리아의 모습은 더 자주 잡혔다. 줄리아는 혼혈이라서 독특한 매력이 있었다. 금발에 연보랏빛 눈을 가진 그녀는 마치 인형 같았다.

삼열은 마운드에서 상대 타자들을 상대로 강속구를 뿌렸다. 위압적인 공이 날아들 때마다 타자들의 배트가 허공을 갈랐다. 그렇게 시합이 계속되었다.

6. 노히트노런

송재진 해설 위원과 장영필 아나운서는 오늘도 신이 나서
방송을 하고 있었다.

  컵스와 정식 계약을 하게 된 이후로는 예전에 쓰던 부스보
다 더 크고 좋은 공간을 할당받아 방송하기가 한결 편해졌다.

  ―오늘 강삼열 선수의 컨디션이 아주 좋군요. 6회까지 던진
공이 65개로, 어떤 타자도 안타를 치지 못했습니다. 포볼도 없
으니 퍼펙트게임이군요. 이렇게 되면 사상 처음으로 퍼펙트게
임을 두 번 한 선수가 나오는 것 아닌가 기대하게 됩니다.

  장영필 아나운서의 말에 옆에 있던 송재진 해설 위원이 입

을 열었다.

—제가 볼 때는 신인 포수 제프 로건과의 호흡도 그런대로 꽤 잘 맞는 것 같네요. 사실 로건 포수는 작년에 내셔널 리그 챔피언십 시리즈에서 어려움을 많이 겪었는데 올해 구단의 신임을 다시 받았습니다. 로건 포수가 사실 경험이 적다는 것 외에는 그다지 흠이 있는 선수는 아니죠. 더욱이 타격이 대단히 좋은 선수입니다. 미트질이 아직 서툴긴 하지만, 그거야 시간이 지나면서 경험이 쌓이면 해결될 것이고요.

—그렇군요.

—올해 컵스로 트레이드되어 온 선수 중에서 좋은 선수들이 많습니다. 베일 카르도 감독의 성향으로 볼 때 시즌 초반부터 그들을 시합에 내보내지는 않겠지만, 어쨌든 컵스는 이전보다 훨씬 두터워진 선수층을 보유하게 되었어요.

—아, 삼열 선수가 다시 마운드에 섰습니다. 대단한 투수입니다. 한국이 낳은 천재 투수!

—네, 그렇습니다. 한국 선수로는 메이저리그 최고의 위치에 선 것은 확실합니다. 두 번의 사이영상, 74승에 1.35의 평균 자책점. 어느 하나 부족한 것이 없어요. 피안타율이 메이저리그 통틀어서 1위예요.

—삼열 선수도 그렇지만 빌리진 선수도 정말 대단하군요. 37세의 나이로 6회까지 단 1실점만 하고 버티고 있습니다. 어

떻습니까?

―역시 빌리진입니다. 예전의 실력이 그대로 나온 시합이었네요. 하지만 애석하게도 빌리진 투수, 1실점을 하고 물러났습니다. 7회부터는 다른 투수가 나올 것인데요.

―그렇습니다. 빌리진은 이미 한계 투구에 이르렀고 구위도 더 이상 던지지 못할 정도로 떨어졌습니다. 컵스의 타자들이 끈질기게 물고 늘어져 6회 말에 이미 120개의 공을 던졌거든요. 더욱이 어깨 회전근개 부상을 당한 후로 그가 이렇게 많은 공을 던진 적은 최근에 없었으니까요.

―삼열 선수는 퍼펙트게임도 가능하니 완투까지 하겠지요?

―네, 그렇습니다. 6회까지 65개의 공을 던졌으니 3이닝 정도는 더 던져도 문제없을 것 같군요. 이름이 가지는 무게는 삼열 선수나 빌리진이나 엇비슷한데 투구 수는 너무 많이 차이가 나는군요.

삼열은 마운드에서 타자들을 노려보았다. 오늘따라 유난히 컨디션이 좋았다. 공을 쉽게 던져도 95마일 전후로 구속이 형성되었기에 필리스의 타자들은 속수무책으로 당했다. 오늘은 마치 슈퍼맨이 된 듯한 느낌이 들 정도였다.

7회 초 다시 필리스 1번 타자의 공격이 돌아왔다. 짐 벌린스는 이번이 세 번째 타석으로 자신의 마지막 공격이 될 가능성이 높았다. 그는 이를 악물고 삼열을 노려보았다. 점수를 내지 못한다고 해도 퍼펙트게임을 당할 수는 없다. 빗맞은 안타라도 좋았다.

삼열이 천천히 와인드업을 하고 공을 던졌다.

펑.

공이 섬광처럼 날아와 박혔다. 7회 초이지만 1회 초와 비교해 구위가 조금도 떨어지지 않았다.

'괴물.'

마치 저스틴 벌렌더를 보는 것 같았다. 1회보다 9회에 더 빠른 공을 던지는 투수로 알려진 벌렌더는 그야말로 괴물 그 자체였다. 그는 8~9회에도 100마일이 나오는 경우가 종종 있었다.

메이저리그에서 100마일을 던지는 선수가 삼열이나 마틴 스트라우스만은 아니다. 존 옥스퍼드, 제이슨 모티, 저스틴 벌렌더, 헨리 로드리게스, 아롤디스 채프먼 등 거의 열 명에 가까웠다.

하지만 메이저리그 특급은 구속만 좋다고 되는 것이 아니다. 삼열이 죽어라 투구 연습을 하는 이유는 한결같은 공을 던지기 위해서다. 게다가 연습 때 느리게 투구 연습을 하면서 불필요한 자세를 모두 고쳤다. 그래서 그는 불필요한 습관이 거의 남아 있지 않았다.

그도 그럴 것이 그가 야구를 시작한 것은 고2가 되어서였다. 그리고 그를 처음으로 지도해 준 사람은 KBO에서 20승을 했던 이상영이다.

삼열은 고등학교에서 2년 동안 야구를 하다가 대학 진학 후 메이저리그에 진출했다. 나쁜 습관이 몸에 배기에는 너무 짧은 기간 동안 야구를 한 것이다. 게다가 특이한 연습 방법으로 불필요한 투구는 걸러내니 동작이 아주 완벽했다.

그것이 그가 메이저리그 다승 투수가 될 수 있게 해준 동인이었다. 그리고 덤으로 딸려온 것이 사이영상이었고.

"젠장, 빌어먹을!"

벌린스는 2구마저 헛스윙을 하고는 침을 바닥에 뱉으며 불평을 했다. 허점을 발견할 수 없으니 공략할 방법이 도무지 보이지 않았다. 그는 다시 날아오는 공을 보며 배트를 휘둘렀다.

'제발 맞아라!'

딱.

날아오는 공을 당겨쳐서인지 빗맞은 공이 1루 쪽 관중석으로 날아갔다. 삼열은 다시 공을 던지려고 했다. 그런데 관중석에서 웅성거리는 소리가 들려와 투구를 잠시 멈추었다.

삼열은 관중들의 반응이 이상해서 주위를 둘러보았다. 그리고 전광판에 비친 마리아의 놀란 모습과 공에 맞은 줄리아를 보고 너무 놀랐다. 심장이 쿵 떨어지는 것 같았다.

삼열은 정신없이 1루 쪽으로 달렸다. 시합 중임에도 모두 멍하게 미친 듯이 뛰어가는 삼열을 망연하게 바라볼 뿐이었다.

"줄리아!"

삼열은 어느새 1루 관중석으로 뛰어들어 딸이 있는 곳으로 달려갔다.

"여보, 어떻게……."

마리아는 삼열이 경기하지 않고 달려온 것을 보고 놀라 말했다.

"여보, 줄리는?"

"괜찮아요."

삼열이 정신을 차리고 보니 딸의 이마가 공에 맞은 탓에 조금 붉어졌을 뿐 이상은 없어 보였다. 줄리아는 공에 맞아 울다가 삼열을 보고는 '아빠!' 하며 안겨왔다.

삼열은 안도의 한숨을 쉬었다. 다행이었다. 정말 다행이었다. 삼열은 딸을 안고 머리를 쓰다듬었다. 이 모습이 모두 전광판에 그대로 방영되었다.

그라운드에 남은 선수도 심판도 이 해괴한 사태를 어떻게 처리해야 좋을지 몰라 어리둥절했다. 빗맞은 파울볼이 투수의 딸을 맞힐 줄 누가 알았겠는가. 그리고 경기를 내팽개치고 관중석으로 달려간 삼열의 행동도 너무나 돌발적이라 그저 멍하게 바라만 볼 뿐이었다.

"줄리, 괜찮니?"

"응, 그런데 아빠! 나 아팠어."

삼열은 안도의 한숨을 내쉬며 딸을 내려놓았다. 주위에서 공을 주운 남자가 줄리아에게 그것을 줬다. 공을 두 손으로 잡고 좋아하는 딸을 보던 삼열은 마리아의 표정이 이상한 것을 눈치챘다.

"여보, 시합은요?"

"아차, 시합!"

삼열이 마리아의 말을 듣고 관중석을 나와 마운드로 돌아오니 허탈한 표정의 주심이 그를 불렀다. 관중들은 삼열의 돌발 행동에 격려의 의미로 박수를 쳐줬지만 웃긴지 싱글벙글하는 관중들도 많았다.

삼열은 주심으로부터 경고를 받았다. 이탈 행동은 퇴장감이었지만 딸이 다친 것을 참조하여 내린 결정이었다. 따로 메이저리그 사무국은 삼열의 행동에 벌금이나 출장 정지 명령을 내릴 것이다.

다만 주심 맥코이 린스는 삼열이 지금까지 퍼펙트게임을 하고 왔기에 퇴장 명령을 내리기가 곤란했다. 그것도 딸이 다쳐서 달려간 것이기에 강하게 벌을 내릴 수 없었다. 미국인은 가정적인 덕목을 굉장히 중요하게 생각하니까.

맥코이 린스 주심도 줄리아와 비슷한 나이의 딸을 둔 아빠로서 삼열의 행동을 충분히 이해했다. 또한 삼열의 처가가 멜로라인 가문이라는 것도 염두에 두었다. 퇴장 명령을 내리기에는 부담스러웠다. 그는 멜로라인 상원의원이 외손녀를 끔찍이 아낀다는 신문 기사를 얼마 전에 읽은 적이 있다.

어쨌든 주심은 삼열의 행동이 관중과 문제를 만든 것이 아니기에 시합을 속개시켰다. 필리스의 감독도 삼열이 퇴장하지 않은 데에 대한 이의를 제기하지 않았다.

찰리 레이나 감독은 퍼펙트게임만 아니라면 이번 기회를 빌미로 삼열의 퇴장을 요구할 수도 있었지만 여기서 그런 주장을 하면 퍼펙트게임을 피하기 위한 수작이라고 비난을 받을 것이 뻔했다. 다만 찰리 레이나 감독은 이번 기회로 삼열의 투구 밸런스가 무너지기를 바랐다.

삼열은 벌린스를 삼진으로 잡고 2번 타자 스테판 쿼드에게 포볼을 내줬다. 찰리 레이나 감독은 손을 마주 잡고 좋아했다. 일단 퍼펙트게임은 이로써 깨졌다.

전광판에 삼열의 얼굴과 함께 줄리아가 야구공을 잡고 즐거워하는 모습이 다시 보이자 관중들 대부분이 입가에 미소를 띠고 지켜보았다.

이 행동으로 인해 삼열은 후에 전국적으로 딸바보로 등극하게 되었고, 5만 달러의 벌금도 메이저리그 사무국에 내야 했다.

삼열은 안도의 한숨을 쉬며 다음 타자를 상대했다. 예리한 커터를 체이먼 어슬리에게 던져 1구 만에 더블 아웃으로 7회 초를 마칠 수 있었다.

삼열은 더그아웃으로 들어와 동료들의 격려를 받았다. 누구나 딸이 다쳤다고 하면 삼열과 같은 행동을 했을 거란 생각에 비난하는 사람은 없었다.

삼열을 싫어하는 편에 속하는 존리 말코비치도 말없이 그의 어깨를 두들겨 주었다.

"수고했다. 힘들었을 거야."

벅 쇼가 삼열의 옆에 앉아 그를 등을 두드렸다. 삼열은 마운드에서 내려와 더그아웃에 들어와서야 자신이 무슨 짓을 저질렀는지 깨달았다.

그래도 딸이 다쳤는데 경기가 문제가 아니었다. 다행스럽게도 줄리아는 바닥에 떨어졌다가 튀어 올라온 공에 맞아 충격을 덜 받았다. 그렇다고 하더라도 줄리아의 머리가 생각보다 더 단단한 것 같기는 했다.

'하긴, 줄리아는 어쩌면 나중에 슈퍼우먼이 될지도 몰라. 미카엘의 도움으로 특이하게 태어난 아이니까.'

삼열은 또래들과 비교해서 유난히 건강하고 성장 발육이 좋은 줄리아를 생각하다가 그녀가 미카엘이 마리아의 심장에

수정을 넣어준 다음에 태어난 것을 기억했다. 그래서인지 여자아이치고는 힘도 세고 비정상적으로 튼튼했다.

이제 막 네 살이 된 아이가 25㎏이 넘는 제시를 번쩍번쩍 들곤 했다.

7회 초까지의 점수는 1 : 0. 스트롱 케인의 1점 홈런 외에 컵스는 더 이상 점수를 얻지 못하고 있었다. 그래서 조심스럽게 던지다 보니 퍼펙트게임이 되고 있었는데, 그것이 조금 전에 깨진 것이다.

삼열은 두근거리는 심장을 진정시키며 1루 쪽 관중석을 바라보았다. 마리아와 이야기를 하는 줄리아의 모습을 보니 안심이 되었다.

줄리아는 두 손에 야구공을 꼭 쥐고 있었다. 줄리아는 삼열이 야구공으로 투구 훈련을 할 때도 자주 공을 탐냈었다. 하지만 공이 딱딱해서 주지 않았었다. 그래서인지 지금 줄리아는 야구공을 무슨 보물처럼 다루고 있었다.

7회 말에 나온 필리스의 투수는 아토니 바티스로 직구가 위력적인 선수였다. 다만 제구력에 문제가 있고 재작년에 선발로 뛴 적도 있지만 인상적인 피칭을 하지 못해 마이너리그로 내려갔었다가 올해 메이저리그 불펜진으로 합류했다.

바티스는 오늘 좌완 셋업맨으로 나왔는데 이는 필리스의 감독이 아직 경기를 포기하지 않았다는 말이기도 했다.

"다음 타석이 너 아냐?"

"어? 그렇지."

삼열은 마운드에서 연습구를 던지고 있는 바티스를 보며 배트를 집어 들고 천천히 대기 타석에 들어섰다. 타석에는 8번 타자 로건이 들어서고 있었다.

"휴우."

삼열은 크게 숨을 내쉬며 아직도 두근거리는 심장을 진정시키려고 노력했다.

작년에는 줄리아가 납치를 당할 뻔하다가 돼지 도니가 괴한에게 죽었고 오늘은 야구공에 맞았다. 몇 번의 사고를 겪고 나니 아버지 된 입장에서 마음이 놓이지가 않았다.

'그래도 무사하니 얼마나 다행인가.'

오늘은 개막전이라 중요한 경기였다. 그러나 딸의 안전과 비교하면 아무것도 아니었다. 올해는 꼭 우승하고 말리라는 결심도 딸아이 앞에서는 무기력했다.

로건이 3루 땅볼 아웃으로 물러나고 삼열이 타석에 들어섰다. 관중석에서 큰 박수가 터져 나왔다. 상대 투수는 삼열을 어렵게 여겼는지 피하는 공을 던지기 시작했다.

삼열이 비록 투수이긴 해도 한때 홈런왕까지 했던 선수니 여기서 한 방 맞으면 필리스는 오늘 경기를 포기해야 할 흐름이었다.

삼열이 바티스의 공을 치지 않기는 힘들었다. 7회까지는 이기고 있는 경기였지만 1점은 언제든지 역전될 여지가 있었다. 특히나 줄리아가 공에 맞아 마음이 흔들렸던 삼열로서는 남은 이닝을 잘 마무리한다는 보장이 없었다. 결국 쳐야 한다는 결론이 나왔다. 삼열은 배트를 고쳐 잡았다.

'와라. 딱 1점만 더 내주마.'

삼열은 잔뜩 웅크리고 공을 기다렸다. 다음은 스트라이크가 올 가능성이 높았다. 원 스트라이크 투 볼로 투수가 유리하지도 않았다. 공 한 개 정도 여유가 있지만 몰리다가 던지면 크게 한 방 맞을 수 있기에 승부를 걸어올 가능성이 높았다.

삼열은 상대 투수가 직구를 잘 던지는 것을 알고 있다. 정석대로라면 직구가 날아오겠지만, 그렇지 않다고 해도 이번에는 스트라이크 존으로 공이 올 것으로 생각했다.

바티스가 공을 던졌다. 삼열은 공을 보며 힘껏 배트를 휘둘렀다.

펑.

"스트라이크."

'뭐야, 볼이었어?'

삼열은 어이가 없었다. 이제는 어쩔 수 없다. 배트를 짧게 쥐고 치기 어려운 공은 커트할 생각을 했다. 하지만 삼열은 배트를 휘두르지 못했다. 연거푸 볼이 들어온 것이다.

포볼로 1루에 진루한 삼열은 오랜만에 도루해야 할지를 고민했다. 다음은 1번 타자 빅토르 영의 공격 차례였다. 빅토르 영은 발이 빠르고 타격 메커니즘이 아주 좋다. 비록 빌리진에게 안타를 뽑아내지는 못했지만 총 30개에 가까운 공을 던지게 했다.

삼열은 1루에서 팔짱을 끼고 투수를 바라보았다. 바티스는 삼열을 의식하고 견제구를 몇 개 던졌지만 삼열은 쉽게 1루 베이스를 밟았다. 어차피 1루에서 두 발짝도 안 떨어졌기 때문이다.

공 두 개가 연거푸 볼로 들어가자 바티스는 당황하기 시작했다. 그 틈을 노려 삼열은 2루로 뛰었다. 전혀 예상하지 못한 타이밍에 도루한 것이다.

방송하던 장영필 아나운서는 삼열이 도루하자 흥분해서 소리쳤다.

―강삼열 선수, 2루 도루입니다. 눈 깜짝할 사이에 2루를 훔치는군요.

―네, 삼열 선수의 도루 능력은 타의 추종을 불허하죠. 하지만 본인이 투수라서 그동안 자제를 해왔었는데 오늘은 결국 도루를 하고 마네요.

—그만큼 이번 이닝이 점수가 필요한 시점이라는 것이겠죠?

—맞습니다. 지금 후반부이니 여기서 1점이면 거의 경기가 그대로 끝난다고 봐도 괜찮을 것입니다. 삼열 선수가 연타를 잘 맞는 투수는 아니거든요. 맞으면 주로 솔로홈런이 많았는데, 그것은 그만큼 피안타율이 낮다는 것이겠지요. 투수가 안타를 안 맞을 수는 없습니다. 여기는 메이저리그이니까요. 아무리 대단한 투수라도 안타는 피할 수 없지요. 다만 연타를 맞지 않는 것은 특급 투수로서 갖춰야 할 가장 중요한 덕목 가운데 하나입니다. 연타를 맞지 않으면 언제든지 만회할 여지가 있으니까요.

—투수가 도루를 시도하는 게 좋지는 않죠?

—네, 좋을 이유가 없지요. 도루하거나 주루 플레이를 격렬하게 하면 다음 투구에 나쁜 영향을 미칠 가능성이 높습니다. 그래서 다른 투수들도 과격한 주루 플레이는 하지 않습니다. 투수가 타율이 좋은 것이 큰 장점이 되는 것도 아니지요. 물론 안타를 치고 홈런을 치면 경기에 도움이 되는 것은 사실이나 투구에는 오히려 마이너스입니다.

—그런데 7회 초에 벌어진 사건에는 저희도 정말 깜짝 놀랐습니다. 아, 다시 장면이 보이는군요. 삼열 선수의 딸 줄리아 양입니다. 아주 예쁘네요. 공을 받아서 매우 기쁜 모양입니다.

—하하, 아빠가 야구 선수인데 딸에게 야구공을 주지 않은 모양입니다. 재미있네요. 아까는 저도 정말 놀랐습니다. 다행히 별일 없는 것 같군요.

—하하, 정말 예쁘네요. 저도 저런 딸을 낳고 싶습니다.

—장영필 아나운서는 아들만 둘이시죠?

—네, 아들이 둘이나 있으니 든든하기는 한데 재미가 좀 없습니다. 주위에 딸 가진 친구들 보면 얼마나 딸 자랑을 하는지 부럽습니다.

—하하, 딸이 있으면 확실히 키우는 재미는 있습니다. 또 크면 부모 생각도 많이 해주고요. 그나저나 이번 기회로 삼열 선수는 딸바보로 등극하게 되겠군요.

장영필과 송재진이 이야기를 하는 와중에 빅토르 영이 안타를 쳤다. 좌중간을 꿰뚫는 호쾌한 안타에 삼열은 3루를 돌아 홈으로 쇄도했다.

그가 무사히 홈으로 들어오자 컵스의 더그아웃에서는 난리가 났다.

홈경기에서 너무 점수가 나오지 않아 팀 분위기가 다소 무거웠는데 다시 1점을 달아나 2 : 0이 되었으니 승리에 한 발더 다가간 것이었다.

"어이, 스트롱 케인! 한 방 때려!"

"스트롱 케인! 홈런 기대할게."

스트롱 케인은 동료들의 응원을 듣고 잠시 멈칫한 후에 타석에 들어섰다. 1사 1루의 상황에 바티스가 흔들리고 있었다.

찰리 레이나 감독은 투수를 바꿀까 하다가 그만두었다. 여기서 1점 더 주는 것은 이제 의미가 없다. 갑자기 상대 투수가 강판을 당한다면 몰라도 메이저리그 최고의 투수가 버티고 있는데 2점은 너무 큰 점수였다.

로이 빌리진도 굉장한 투수임에는 틀림없다. 클리프 리와 존 해덕스로 이어지는 투수진은 가히 내셔널 리그 최고라 할 만했다. 그러나 이들이 메이저리그 최정상급 투수이긴 해도 삼열처럼 압도적인 구위를 가진 것은 아니었다.

오늘 빌리진이 강판을 당한 것은 컵스의 타자들이 잘해서였다. 끈질기게 물고 늘어졌으니 기세 싸움에서 이미 진 것이라고 할 수 있다.

레이나 감독은 나직이 한숨을 쉬었다. 원정경기인 데다 작년도 중부 지구 우승 팀이라 쉽지 않은 싸움이라고 생각은 했다. 그런데 컵스의 선수들은 작년보다 더 독해져 있었다.

'어쩌면 컵스는 월드 시리즈를 가게 될지도 모르겠는데……'

컵스 선수들의 눈에 승리에 대한 열망이 보였다. 그것은 정말 무서운 결과를 가져다주곤 한다. 굴복하지 않는 자세는 결국 상대를 굴복하게 만드니까.

레이나 감독은 컵스의 타자를 바라보며 생각에 잠겼다. 하고자 하는 의욕이 강하면 뭔가가 된다. 그는 그것이 의지고, 의지가 기적을 만든다고 평소에 믿어왔다.

그는 올해 필리스에도 무엇인가 새로운 사건이 벌어졌으면 했다.

필라델피아 필리스는 2008년에 월드 시리즈 우승, 2009년에 준우승을 한 후에 계속 내리막길을 걷고 있다. 아직 팀의 주축 선수들이 떠나지 않아 그나마 다행이지만 화려한 선수진에 비해 결과는 별 볼 일이 없었다.

지금 필리스도 리빌딩이 시급한 시점이었다. 하지만 리, 아두리안 해멀스, 빌리진, 어슬리, 하워드, 펜스 등 고액 연봉 선수가 너무 많았다. 과거의 영광에 취해 머뭇거린 사이에 팀은 급격하게 노쇠했다. 물론 이들은 최고의 선수들이다. 하지만 레이나 감독은 컵스의 젊은 선수들을 보니 컵스가 새삼 부러웠다.

그가 생각에 잠긴 사이 경기의 내용이 완전히 변했다. 마침내 스트롱 케인이 배트를 힘껏 휘두른 것이다.

따악.

스트롱 케인이 투런 홈런을 치고 나가자 레이나 감독은 손으로 머리를 부여잡았다. 염려하던 최악의 시나리오가 펼쳐진 것이다. 이것으로 경기는 끝이 났다.

삼열은 9회까지 무실점으로 막아내고는 두 손을 번쩍 들었다. 관중들이 일어나 박수를 쳤다. 관중들의 박수를 받은 삼열은 응답으로 손을 흔들어 주고는 글러브를 벗어던지고 1루로 번개같이 뛰어갔다.

그런 그의 행동에 사람들은 웃음을 터뜨렸다. 개막전에서 노히트노런을 이룩하고서는 딸이 염려되어 달려가는 그의 모습에 사람들은 유쾌하게 웃었다. 카메라가 그런 그의 모습을 크게 잡았다.

오늘 내셔널 리그 필리스와 컵스의 개막전 내용은 헤드라인 뉴스로 미국을 강타했다. 사건 사고가 많은 삼열은 언론이 매우 좋아하는 선수였다.

CNN 뉴스는 이날 삼열의 1루 관중석 습격 사건을 예전 휴스턴 애스트로스와 컵스 간의 벤치 클리닝이 일어났을 때 미니트 메이드 구장의 중견수 뒤쪽에 있는 언덕인 탈스 힐로 도망간 만행과 비교하였다.

그때 만들어진 악동 이미지는 이번에도 괴짜 행동으로 나타났지만 딸이 다쳐서 저지른 행동이라 사람들은 웃으며 넘어갔다.

사실 삼열이 일반 사람들이 예상하지 못하는 기행을 펼치고는 했지만 남에게 피해를 주거나 한 경우는 거의 없었다. 오히려 메이저리그 구단의 탐욕을 지적하거나 병든 어린이들을 수술시켜 주는 등 좋은 이미지로 각인된 상태였다.

줄리아는 별 이상이 없어 보였다. 마리아는 안도의 한숨을 내쉬는 삼열을 보며 미소 지었다. 그녀는 삼열이 이런 사람이라는 것을 잘 알고 있었다. 그래서 자존심도 버리고 그를 선택한 것이다. 좋은 남자이고 재미있는 사람이어서 좋았다. 가족이라면 끔찍하게 여기는 그가 언제나 늘 좋았다.

"여보, 줄리아 병원 가봐야 하는 거 아니야?"

"내일 같이 병원에 가요. 혹시 모르니까."

마리아도 혹시나 하는 마음에 가자고는 했지만 방실방실 웃는 줄리아를 보면 뭐가 잘못된 것 같지는 않았다. 그래도 혹시 뇌진탕이 올 수도 있으니 검사는 받아보는 것이 좋겠다고 생각했다.

삼열이 라커룸으로 들어오자 샘 잭슨 투수코치가 다가와 오늘 인터뷰를 하라고 전해줬다. 삼열은 그제야 자신이 오늘 노히트노런을 한 것을 알았다.

삼열은 동료들의 축하를 받으며 기자들이 있는 곳으로 가서 인터뷰했다. 감독이 짧게 승리에 대한 소감을 말한 뒤 삼열의 인터뷰로 이어졌다. 오늘은 그의 단독 인터뷰였다.

─워싱턴 포스트의 세레나 정 기자입니다. 먼저 오늘 노히트노런을 이룬 것을 축하합니다. 소감 한마디 해주십시오.

—특별히 노히트노런에 대한 소감은 없습니다. 제 스승 이 상영은 기록은 경기의 부산물일 뿐이라고 말씀하셨습니다. 투수가 승리에 욕심을 내거나 기록에 의미를 두면 그때부터 야구의 열정이 줄어든다고 말씀하셨죠. 오늘 승리했다는 것이 더 중요합니다. 이것은 저의 승리이기도 하고 컵스의 승리이기도 하죠.

　—그래도 오늘 7회 초에는 퍼펙트게임을 하다가 따님인 줄리아 양이 다쳐서 좀처럼 내주지 않던 포볼을 내준 것 아닌가요? 그러면 면에서는 아쉬움이 있을 텐데요.

　거듭되는 기록에 대한 질문에 삼열은 곤혹스러움을 느꼈다.

　정말로 그는 기록에는 별 관심이 없었다. 루게릭병을 이겨낸 것은 기록을 세우고 부귀영화를 누리기 위해서가 아니었다. 근육이 굳어가면서 남들처럼 뛰고 싶었고, 마침 그때 대광고에 야구부가 있어 야구를 하고 싶었다.

　그 소망이 이루어진 것은 신의 축복이다. 야구를 할 수 없던 몸이 이제 메이저리거가 되었는데, 여기서 무슨 기록을 만들고 어쩌고 하겠는가?

　물론 목표는 있다. 하지만 그것은 말 그대로 목표에 불과할 뿐이었다. 그것을 위해 가족과 개인의 행복을 희생할 생각은 전혀 없다.

자신의 말을 믿어주지 않는 기자들을 향해 삼열은 단호한 어조로 말했다.

―딸의 안전이 제게는 그 어떤 것보다 소중합니다. 자식을 가진 모든 부모의 마음은 같을 것입니다. 전 딸의 행복을 위해 열심히 일합니다. 딸과 같이 지내는 시간이 너무나 행복합니다. 만약 우리 팀이 졌다면 몰라도 이렇게 이겼는데 서운하다는 것은 말이 안 됩니다. 그리고 제가 퍼펙트게임을 안 해본 것도 아니고, 해봐야 별로 생기는 것도 없습니다.

삼열은 잠시 기자들을 한번 둘러본 뒤 말을 이었다.

―물론 퍼펙트게임을 한 선수라는 명예라는 것이 생기지만 그런 과거의 명예가 오늘 제게 어떤 영향을 미치는 것은 아닙니다. 과거에 화려한 성적을 거두었었다 하더라도 오늘 부진하면 어쩔 수 없습니다. 프로는 오늘의 성적으로 말하는 것이지, 과거의 기록으로 말하는 것이 아닙니다. 그것은 어디에서나 마찬가지일 것입니다.

삼열의 설명에 세레나 정 기자가 고개를 끄덕이며 질문을 마쳤다.

―올해도 여전히 어린아이들의 수술을 도울 생각입니까?

시카고 트리뷴의 스테판 워렌이 질문했다.

―물론입니다. 팬들의 도움으로 번 돈의 일부는 다시 팬들에게 돌아가야 합니다. 그것은 선행이 아니고 당연히 해야 할

일의 하나입니다. 그러니 저는 팬들에게 말씀드립니다. 올해
도 제 파워 업 티셔츠를 많이 사주시기 바랍니다. 저도 이익
이지만 어린아이들을 돕는 것은 사실 제가 아니라 팬들이 하
는 것입니다.

삼열은 서둘러 기자들과의 인터뷰를 끝냈다. 줄리아가 삼
열의 품에 찰싹 안겨 '아빠, 아까 아팠어. 호 해줘' 하며 재롱
을 부렸다. 삼열은 줄리아의 뺨에 볼을 부비며 이마를 호 하
고 불어줬다.

집에 돌아와 보니 집 안이 난장판이 되어 있었다. 안나와
한나가 사료통을 뒤집어엎어 배불리 먹고는 소파 밑에서 늘어
지게 자고 있었고 제시는 불안한 눈으로 줄리아를 바라보았
다.

"뭐야, 이게 다?"

삼열의 까칠한 말에 줄리아는 움찔 놀랐고 마리아는 화를
내는 삼열의 팔을 붙들어 진정시키려고 했다.

오늘 승리해서 기분 좋았던 감정이 동물들 두 마리 때문에
순식간에 날아갔다.

말썽쟁이 도니에 대한 미안한 마음으로 돼지를 키우는 것
을 허락했더니 두 마리가 쿵짝이 맞아 도니보다 더 말썽을 피
웠다.

"이것들을 이제 묶어놔야지, 안 되겠어. 어리다고 봐줬더니 말썽만 부리네."

잠에서 깨어난 돼지들은 분위기가 이상한 것을 눈치채고는 얌전하게 있었다. 갑자기 줄리아가 달려가 돼지 두 마리를 잡아서 한 손에 한 마리씩 들고는 잔소리를 하기 시작했다. 제시는 이 일에 관련이 없다는 표정으로 삼열의 옆에서 꼬리를 흔들고 있었다.

한바탕 소란이 일고 거실을 청소한 뒤 단란하게 가족이 모여 늦은 저녁 식사를 했다.

줄리아와 마리아는 야채샐러드만 먹고 삼열은 스테이크를 먹으며 돼지 두 마리를 째려보았다. 돼지들은 자기들의 잘못을 아는지 어두운 탁자 밑으로 들어가 사나운 주인의 눈초리를 피했다.

돼지가 작아도 식탐은 말릴 수 없어 삼열은 동물들만 놔두고 외출할 때는 조치를 취하고 나가야겠다고 생각했다. 그렇지 않으면 동물들이 저지른 난장판에 매일 화를 내며 치워야 할 것 같았기 때문이다.

줄리아를 재우고 삼열은 침대에 걸터앉았다. 시합을 한 뒤에는 더 강렬한 성욕을 느낄 때가 많았다. 너무 신경을 많이 써서인지 허탈해서인지는 모르겠지만 지든 이기든 충동을 느낄 때가 많았다.

삼열은 마리아의 허리를 껴안고 가슴에 얼굴을 묻었다. 마리아가 어린아이에게 하듯 삼열의 머리를 쓰다듬었다.

"줄리는 괜찮겠지?"

"그럼요. 아, 여보. 좋아요."

삼열은 마리아에게 살짝 입을 맞추며 말했다.

"그런데 여보, 왜 둘째 소식이 없지? 우리 이렇게 열심히 하는데."

삼열의 말에 움찔 놀란 마리아가 배시시 웃으며 말했다.

"여보, 둘째를 원해요?"

"물론이지. 난 고아잖아. 부모님이 살아계실 때도 자식은 나 혼자라서 외롭게 컸어."

"그럼 우리 이제부터 노력해 봐요."

삼열은 마리아의 눈치가 이상했지만 고개를 끄덕이며 키스를 했다.

삼열은 이런 행복에 항상 감사하는 마음을 가졌다. 아내와 딸을, 그리고 가족을 가졌다는 것이 그 무엇보다 좋았다.

삼열은 눈을 감고 잠에 떨어지자 어릴 적의 꿈을 꾸었다. 꿈속에서 다정했던 아버지와 어머니를 보게 되니 저절로 눈물이 나왔다. 아침에 일어나 보니 베개에 눈물 자국이 나 있었다.

'아버지 어머니를 꿈에 봤는데 나는 왜 울었을까?'

삼열은 생각했다. 이상했다. 반가우면 행복해야 하는데 자신이 울었다는 것이. 너무 어릴 때 헤어진 부모님이라서 그런지 그리움은 그만큼 더 컸다. 부모님을 볼 수만 있다면 무엇이든 할 수 있을 것 같았다.

'마리아가 그동안 피임을 해온 것인가?'

어제는 미처 생각하지 못했는데 마리아가 움찔 놀라는 것이 이상했다. 삼열은 그 생각이 나자 조금 화가 났다.

마리아가 아침에 일어나 입이 튀어나온 삼열을 보고 조심스럽게 입을 열었다.

"당신 나한테 뭐 화난 것 있죠?"

"어, 없어."

딸꾹. 딸꾹.

삼열이 계속 나오는 딸꾹질에 당황하자 마리아가 빙그레 웃었다.

"나 사실은 그동안 일하고 싶어서 피임했었어요. 그런데 생각해 보니 둘째 갖는 것도 괜찮을 것 같아요. 항상 동물들하고만 노는 줄리아도 안쓰럽고."

"나는… 당연히 원하긴 하지만 당신 뜻이 제일 중요해."

마리아가 삼열의 등에 가슴을 묻고 입을 열었다.

"엄마는 원래 그런 거예요. 엄마도 그랬고 할머니도 그랬어요. 가정이 행복할 때 엄마도 행복을 느껴요. 그게 엄마예요. 나도 한 아이의 엄마고요. 그리고 당신에게 가정을 만들어 주겠다고 했지만 당신이 더 많은 아이를 원하리라곤 생각하지 못했어요. 이제 나도 생각해 볼게요."

"고마워. 꼭 생각해 줘."

삼열의 말에 마리아가 피식 웃었다. 강요하지 않는다고 하면서도 은근히 강요하고 있다. 그러나 이것은 어차피 그와 처음 결혼할 때부터 어느 정도 마음에 두고 있었던 일이다.

마리아에게 말은 안 했지만 삼열은 아이들이 많았으면 했다. 그가 원하는 아이의 수는 다섯 명이었다. 삼열은 이것을 달성할 때까지 열심히 노력하기로 마음먹었다.

자신이 너무 외로웠던 것을 생각해 보니 더욱 그랬다. 부모님이 돌아가시자마자 세상천지 아무에게도 의지할 수 없는 고아가 되어버렸다. 형제라도 있었으면 조금은 낫지 않았을까 생각한 적이 아주 많았다.

*   *   *

모든 언론이 삼열에 대한 기사를 크게 다뤘다. 경기 내용이 재미있었기 때문이다. 동시에 삼열의 딸인 줄리아가 언론에 노출되면서 전국적으로 유명해졌다.

특히나 공에 맞고서도 공을 두 손에 꼭 쥐고 환하게 웃는 모습이 무척 예쁘게 나왔다. 그래서 얼짱 아이라고 TV와 인터넷에서 유명세를 치러야 했다.

삼열에 대한 기사도 많이 나왔다. 첫 경기에 노히트노런은 정말 대단한 이벤트였다. 게다가 7회까지 퍼펙트로 나가던 경기가 딸이 빗맞은 파울볼에 맞은 다음 제구가 흔들려 노히트노런이 되었기에 아빠의 마음을 이해하는 많은 사람에게 지지를 받았다.

부모들은 경기를 뒤로 하고 다친 딸을 보러 뛰어갔다가 경고를 받는 삼열의 모습에 깊은 동질감을 느꼈다.

자식을 사랑하고 걱정하는 것은 부모라면 당연히 가지는 보편적 정서이기에 많은 팬이 공감했다. 그리고 이런 팬들의 관심을 알고 있는 매스컴과 언론이 삼열에게 인터뷰를 요청해 왔지만 그는 모두 거절했다.

다음 날 삼열은 병원에 들러 줄리아의 건강검진을 했지만 너무 건강해서 탈이라는 의사의 말을 들어야 했다. 확실히 줄리아는 지나치게 건강한 아이였다.

삼열은 자신의 딸이 어떻게 자랄까 궁금했다. 딸이 동물들과만 어울려 논 게 혹시 문제가 되지 않을까 걱정이 되기도 했다.

마리아가 집에 있지만 주로 노는 것은 두 마리 돼지와 한 마리 개였다. 엄마와 동화책을 읽고 음악을 듣기도 하지만, 아무래도 동물들과 같이 노는 것을 더 좋아하는 딸의 모습에 삼열은 걱정스러운 마음이 들었다.

"여보, 줄리아가 유치원에 가는 것은 어떻게 생각해?"

"그게… 아직 너무 어려요."

"그렇긴 하지. 하지만 너무 동물들하고만 노는데 사회성에 문제가 생기지는 않을까?"

"여보, 걱정하지 마요. 아이들은 각 나이에 맞는 행동을 해요. 네 살짜리 아이들은 개구쟁이 행동을 해요. 말을 안 듣고 부모의 말에 반대의 행동을 하고. 그러니 줄리아의 행동은 문제가 안 돼요."

"아, 그래……?"

"네."

삼열은 줄리아가 첫 아이라 모든 것이 서툴고 조심스럽기만 했다. 그는 사실 줄리아의 특이한 체질을 염려하고 있었다.

또래의 여자아이들에 비해 지나치게 힘이 좋으니 혹시 장난으로 아이들을 때리기라도 하면 어쩌나 하는 생각도 항상 한다. 네 살짜리가 25kg이나 되는 제시를 아무렇지도 않게 번쩍번쩍 드니 걱정이 안 될 수가 없었다.

마리아 역시 아기를 키운 경험이 없으나 다행스럽게도 그녀는 심리학을 전공했다. 딸을 키우면서 그녀는 유아발달심리학을 따로 공부했다. 마리아는 몇 권의 책과 동영상을 시청하고 난 뒤로 줄리아의 특이한 행동에 대해 염려하지 않았다.

삼열이 집에 도착해 현관문을 열자마자 전화기가 울렸다. 줄리아가 쪼르르 달려가 전화를 받았다.

"헬로."

─헬로, 줄리아?

"예스, 나 줄리. 너 누구?"

─줄리아, 외삼촌이다. 헨리 외삼촌.

"엄마, 헨리 외삼촌이야!"

마리아는 줄리아가 내미는 수화기를 받았다.

"헬로, 헨리?"

─그래. 너 핸드폰이 안 되더라. 그래서 집으로 전화했어.

"아, 오전에 병원 갔었어요."

─나도 어제 뉴스에서 줄리아를 봤어. 괜찮니?

"네, 괜찮아요. 너무 튼튼해서 탈이라고 의사가 농담하더라고요."

─하하, 그래? 그거 다행이다. 아버지도 걱정을 많이 하셨어. 아마 상임회의가 끝나면 전화를 하실지도 몰라. 지금은 정신없이 바쁘실 거야.

"응, 어제 엄마가 전화했었어. 오빠, 그런데 오늘은 무슨 일로 전화했어요?"

―네 남편 좀 만나야 할 것 같아서.

"왜……?"

―왜겠니? 당연히 비즈니스 문제지.

"그런 문제라면 나하고 만나야지. 우리 그이는 바빠. 미국의 법도 잘 모르고."

―마리아, 너랑 이야기하면 너무 빡빡해. 좀 봐주라.

"당연히 나는 내 남편의 이익을 위해 일해야지요."

―마리아, 난 네 오빠란다. 그리고 이 회사의 지분의 상당수가 우리 멜로라인의 것이기도 하고.

"오빠, 잘 들어요. 남편의 돈은 나와 내 딸의 돈이 될 가능성이 아주아주 높아요. 하지만 오빠와 GN사의 돈은 절대 내 돈이 될 수 없죠. 그리고 난 우리 그이와 결혼하느라고 유산도 포기했잖아요. 내가 기억을 다시 환기시켜 줘야 해요?"

―하하, 미안. 하지만 아버지는 네게도 일정 부분 지분을 남겨주실 거야.

"흥, 그런 감언이설에 내가 속을 줄 알고요?"

―오, 마이 마리아. 내 동생. 그러면 문이나 좀 열어줘라.

"왓?"

마리아가 놀라자 옆에서 제시와 돼지를 괴롭히던 줄리아가 귀를 쫑긋하고 돌아봤다.

딩동.

줄리아가 현관문으로 달려갔다.

"엄마, 헨리 외삼촌이야."

"알았어."

마리아는 서둘러 달려갔다. 헨리가 문을 열고 들어오자 줄리아가 두 눈을 동그랗게 뜨고 그를 바라봤다.

"오, 줄리. 나의 예쁜 천사!"

"헤헤, 이거는 안나야."

줄리아는 두 팔을 벌려 안으려는 헨리의 품에 들고 있던 돼지 한 마리를 안겨줬다. 헨리는 울 듯한 표정을 짓다가 마리아와 살짝 포옹했다.

멍멍.

"제시, 잘 있었니?"

멍.

헨리는 특유의 유머러스한 표정으로 분위기를 부드럽게 했다.

"네 남편은?"

"곧 나올 거예요. 곧 연습하러 가야 해서 샤워하고 있어요."

헨리와 마리아가 이야기하자 줄리아가 엄마의 발에 매달려 외삼촌을 바라보았다.

"줄리아, 외할머니가 너를 보고 싶다고 전해달라고 하더구나."

"할머니! 엄마, 나도 할머니 보고 싶어."

줄리아가 마리아의 손을 잡고는 말했다. 줄리아가 집안의 첫 손녀다 보니 외할아버지와 외할머니의 사랑이 끔찍했다. 그에 반해 외삼촌들은 워낙 바쁘게 일을 하는 바람에 몇 번 보지도 못해 줄리아가 낯설어했다.

"줄리아, 이건 선물!"

"와! 예뻐, 예뻐! 외삼촌, 고마워."

줄리아는 헨리가 가방에서 인형 세트를 꺼내주자 아주 좋아했다. 줄리아는 인형을 좋아했지만 마리아가 잘 사주지 않았을 뿐만 아니라 있던 인형들은 모두 돼지들이 장난을 치는 바람에 못 쓰게 되었다. 그래서 헨리의 선물은 시기적절했다.

잠시 후에 삼열이 샤워를 마치고 나오다가 헨리를 보았다.

"아, 헨리! 여긴 어쩐 일이에요?"

"나의 조카 줄리아가 괜찮은지 보러 왔지."

"아, 괜찮은데……."

"호호, 헨리 오빠는 당신과 비즈니스가 있대요."

"아, 그래? 여보, 마실 것 좀 줘."

"네."

마리아가 주방으로 가서 시원한 주스를 가져다주었다. 덕분에 줄리아는 딸기 주스를, 돼지와 제시는 우유를 얻어먹었다.

집이 좁아 이야기할 곳이 마땅히 없어 거실로 가서 소파에 앉아 할 수밖에 없었다.

"오빠, 그런데 집으로 찾아올 정도로 바쁜 일이에요?"

"아니, 사실 이곳에 볼일이 있었어. 매제가 없으면 너와 줄리아의 얼굴이나 보고 가려고. 어머니가 걱정을 많이 하셔서."

"아! 어제 엄마가 온다는 걸 내가 말렸는데. 이사 가기 전에는 집이 좁아서 와도 있을 곳이 딱히 없어서……."

"하긴, 들어오면서 보니 너무 집이 작아서 놀라긴 했다. 저번에 그 일도 있었고 하니 큰 집으로 이사 가야 하지 않나 싶은데……."

헨리가 담담한 어조로 이야기했다. 객관적으로 연봉이 1,500만 달러가 넘는 삼열이 있기에는 집이 아주 많이 좁았다. 더구나 납치 사건이 벌어진 다음에는 더욱 조심스러웠다.

이사를 간다고 했는데 구장 근처에 좋은 집이 그동안 나오지 않아 하지 못했다. 구장 근처에 몇몇 큰 집이 있었지만, 그런 것은 매매 시장에 나오지 않았다. 그래서 얼마 전부터는 렌트를 하기로 했다. 일단 렌트비가 비싸지만 먼저 렌트한 집에서 살다가 좋은 집이 나오면 사기로 했다.

"아참, 삼열. 거래가 몇 개 성사될 것 같아. 그런데 문제가 있어."

"뭐가요?"

"애플이 독점 계약을 원해. 애플은 항상 안테나에 문제가 있었잖아. 이번 기회를 통해 만회하려고 하고 있는데… 문제는 삼송이나 IG, 그리고 소니가 반응을 보이지 않고 있어."

"아, 삼송과 IG는 느리게 반응할 거예요. 안드로이드도 시큰둥하게 생각했었잖아요. 물론 하드업체인 삼송이 OS까지 신경 쓰기는 그랬었겠지만."

"그럼 애플과의 독점 계약은 어떻게 생각하나?"

"애플과는 하지 마세요."

"아니, 왜. 애플은 거액의 로열티를 지불할 텐데."

"지금은 전 세계에서 가장 많이 남겨 먹는 회사이지만 폐쇄성이 문제예요. 애플과 독점 계약을 하면, 나중에 가면 수익이 오히려 줄어들지도 몰라요. 그리고 기술은 공유해야 혁신과 진보가 이뤄진다고 생각해요."

"흠, 그렇긴 하지. 그렇지만 애플은 10년 동안 무려 5억 달러를 보장하기로 했네."

"하하하, 역시 애플은 좀스럽군요."

"아니, 5억 달러가 적은가?"

"물론 큰 금액이죠. 하지만 애플은 휴대폰 분야에서 독점적 권리를 누리지만, 많은 물량을 소화해 낼 수는 없어요. 아웃소싱으로 스마트폰을 만들기에 늘 물량이 가변적이고요. 애플에 특허를 파는 것을 반대하지는 않지만 전 애플에 그다지 좋은 감정이 없어요."

"한국 기업 삼송 때문인가? 자네가 그 기업의 광고를 한 해도 거르지 않고 한 것으로 알고 있는데."

"뭐, 광고를 찍게 해줘서 고마운 기업이긴 하지만 그것 때문은 아니에요. 난 메이저리그의 구단들이 팬들로부터 엄청난 돈을 벌면서 선수와 구단만 배를 불리고 사회적 책임을 하지 않는 것을 비판해 왔어요. 그런데 애플은 메이저리그의 탐욕스러운 구단과 마찬가지로 사회적 의무를 안 하는 기업이잖아요."

"그것은 삼송이나 IG, 소니도 마찬가지 아닌가?"

"아뇨, 전혀 달라요. 삼송, IG, 그리고 소니도 역시 문제가 있죠. 하지만 그들 기업은 고용 창출을 해요. 하지만 애플은 그게 없죠. 이건 제 개인 생각이니 비즈니스에 연결할 생각은 없어요. 하지만 애플이 5억 달러를 지불하기로 했다면 그 몇 배의 가치가 있다는 것을 그들이 알기 때문이겠죠."

"오빠, 나도 애플은 좀 그래."

"너도 세금, 그런 문제니?"

"응, 그런 것도 있지만 난 남편의 말대로 게임의 룰은 공정해야 한다고 봐요. 자신들이 개발한 기술도 아닌데 돈이 있다고 그것을 독점하려고 하면 안 된다고 생각해."

"그것은 네 말이 맞다. 그런데 애플은 즉각적인 반응을 보였지만 다른 기업들은 유보적이라서 그게 문제지."

"그럼 애플에 파격적인 가격으로 특허권을 1년간 파세요."

"그게 무슨 말인가? 그 돈 많은 놈에게 왜 싸게 팔라는 말이지?"

"애플의 약점 가운데 하나가 안테나라면, 그것을 극복한 애플의 모습을 보면 경쟁자들이 관심을 안 가질 수 없게 되겠죠. 특히나 애플은 슬림한 디자인을 추구하기 때문에 우리 안테나가 반드시 필요해요."

"흠, 키워서 잡아먹는다?"

"애플과 구글의 전략이잖아요. 무료로 뿌리고 점유율이 일정 수준 이상 되면 회수하는 것."

"하하, 나도 그 생각을 안 한 것은 아니야. 자네는 사업을 해도 되겠네."

"호호, 오빠. 야구 잘하는 우리 남편 꼬드기지 말아요. 우리 남편이 얼마나 인기가 많은데 그 재미없는 사업을 하라는 거예요?"

"맞아, 맞아. 아빠는 야구를 아주아주 잘해."

줄리아가 옆에서 마리아의 말에 동조했다. 그 모습을 보자 헨리가 배꼽이 빠져라 웃었다. 줄리아의 모습이 귀엽기도 하고 우습기도 해서였다.

헨리가 웃자 줄리아는 기분이 나빠졌다. 아빠가 야구를 잘하는 것은 많은 사람이 아는 일이다. 그런데 웃다니! 줄리아는 화가 나서 소리쳤다.

"미워, 외삼촌! 제시, 물어!"

줄리아가 명령을 내리자 제시가 난감한 표정을 지으며 달려들었다. 삼열과 마리아, 헨리가 기겁하며 놀라 벌떡 일어섰는데 제시가 헨리의 바지를 물고 늘어졌다.

"휴우."

모두 안도의 한숨을 내쉬었다. 그중에서 물론 헨리가 가장 안도를 했다. 제시는 순해도 초대형견으로 분류되는 그레이트 피레네즈다. 한국의 예능 프로그램 '1박 2일'에도 나왔던 상근이가 이 종이다. 순하기는 하지만 덩치가 장난이 아닌 견종이었다.

왈왈.

"제시, 이리 와. 잘했어. 내 말을 잘 들은 제시, 이따가 상 줄게."

줄리아의 말에 제시가 꼬리를 흔들었다. 애초부터 진짜로 물라고 한 것은 아닌 것 같았다. 그러나 놀란 마리아는 줄리아를 야단쳤다.

벽을 보고 30분이나 서 있어야 했던 줄리아는 입이 잔뜩 튀어나왔지만 엄마가 무서워서 해야 했다. 옆에서 제시도 앞발을 들고 같이 벌을 받았다.

줄리아는 제시를 보고 미소를 지었다. 영리한 제시는 줄리아의 말을 제대로 알아들었다. 가끔 줄리아가 돼지들을 혼낼 때 제시를 보고 '물어!'라고 명령을 하면 제시가 무는 척을 했다. 아무리 개구쟁이 돼지들이라도 제시가 큰 발로 누르고 무는 척을 하면 매우 무서워했다.

이렇게 줄리아와 제시가 장난을 친 것을 마리아는 전혀 몰랐다. 엄마를 무서워하는 줄리아가 마리아가 있을 때는 절대로 그런 명령을 제시에게 내리지 않았기 때문이다.

헨리는 바지가 제시의 침으로 범벅이 된 것을 보며 난감한 표정을 지었다. 본인이 줄리아를 놀려서 벌어진 일이지만, 그래도 깜짝 놀랐다.

아이가 순진하지만 얼마나 위험한 일을 할 수 있는지를 깨달은 헨리는 절대로 아이들을 놀리지 않아야겠다고 생각했다. 조카가 귀엽기도 하지만 재미있었다. 재미있어서 웃다 보니 자기도 모르게 오버한 것이다.

힐끔거리며 눈치를 살피는 줄리아를 보고 마리아가 눈을 크게 떴다. 그러자 줄리아는 '아이고, 뜨거워라!' 하고는 다시 벽만 바라보았다.

다시 사업 이야기로 돌아오는 데에는 시간이 상당히 걸렸다. 마리아가 커피를 만들어오자 모두 그것을 마시며 다시 의논했다.

계약서에는 특허권자에게 불리한 계약을 다른 회사와 맺을 수 없다는 단서 조항이 있었는데 이는 독점 계약권도 이 영역에 들어가기 때문이었다. 헨리는 휴대폰 사업에 5억 달러라면 나쁘지 않다고 생각했다. 단일 계통의 사업에 적정한 로열티라고 생각한 것이다.

다만 10년간 독점이라는 점이 그도 조금 걸리기는 했다. 핸드폰 시장에 일단 계약이 이루어지면 다음은 쉬웠다. 무전기, TV, 위성방송 등 특허권을 팔아먹을 곳은 많았기 때문이다. 일시불로 지급해 주는 조건이라 GN사의 영업 이익이 단기간에 올라가기에 욕심이 나기도 했다.

헨리가 돌아가자 줄리아는 야단을 더 맞았다. 줄리아를 야단치면서 마리아는 어쩌면 자신의 딸이 별난 아이일지도 모른다고 생각했다.

야단을 맞으면서도 눈동자를 굴리는 모습이 영락없는 개구쟁이의 그것이었다. 야단을 맞고 난 줄리아가 제시와 시시덕거리며 자신의 방으로 들어가는 모습을 보며 더욱 확신하게 되었다.

7. 올스타전을 포기하다

컵스는 첫 승을 거둔 후 7연승을 하였다. 그 뒤 2연패를 하고 다시 5연승을 하는 등 시즌 초반에 엄청난 파란을 일으켰다.

  피츠버그 파이어리츠와의 경기 선발에서 빠진 로버트가 더그아웃에서 삼열에게 불평을 터뜨렸다.

  "왜 나를 빼냐고. 내가 잔 로발린보다 잘하는데. 이건 받아들일 수 없어. 즉시 항의해야겠어."

  착하기는 하지만 욱하는 성질을 가진 로버트는 경기에 나가지 못하게 지시를 내린 베일 카르도 감독에 대한 불만을 토로 했다. 그 모습을 보고 삼열은 혀를 끌끌 찼다.

"야, 너 머리 돌이지?"

"아이 씨, 너는 또 왜 그래? 나 화났어."

둘이 친하지만 화가 나 있던 로버트는 삼열의 말에 다소 감정적으로 나왔다. 삼열의 말이라면 꼼짝을 못하던 평소와는 전혀 달랐다.

"야, 넌 구단과 감독이 왜 비싼 돈을 들여 선수를 영입했다고 생각하냐?"

"뭐, 그야 써먹으려고 그랬겠지."

"그래. 그래서 감독이 써먹고 있잖아."

"그래도 난 잘해왔고 또 앞으로 더 잘할 수 있다고."

"후후, 너는 네가 기운이 떨어진 시즌 막판에 기용했으면 하는 거겠지?"

"바로 그거지."

"그렇게 되면 너의 타율도 지킬 수 있게 되고 힘들 때 쉴 수도 있게 되니 일석이조지. 하지만 말이야, 저 선수들이 시즌 내내 놀고 있다가 꼭 필요할 때, 그리고 아주 중요한 경기에서 실력을 잘 발휘할 수 있을까?"

"에… 그러면 미리 적응을 시키려는 것일까?"

"당근이지. 시즌 막판이면 피 튀기는 접전이거나 이미 결과가 나 있거나 할 텐데, 그때는 저 선수들이 제대로 할 수 없게 될지도 몰라. 그러려고 구단이 그 많은 돈을 썼겠냐? 그리고 오늘 나간 저 녀석이 너보다 연봉이 더 많다고."

"그러니까 저 녀석이 왜 나보다 연봉이 더 많냐고. 내가 더 잘하는데."

"에휴, 너랑 얘기한 내가 잘못이지."

'왜긴 왜겠니? 쟨 FA니까 그렇지. 넌 그때 가면 그렇게 안 받을 거냐?'

삼열은 고개를 흔들고 시합이 벌어지고 있는 그라운드를 바라봤다. 사실 로버트가 이렇게 불평을 해도 감독에게 항의할 가능성은 대단히 낮았다. 원래 로버트는 욱하다가 시간이 지나면 잘 잊어먹기 때문이다.

잔 로발린이 안타를 치고 나가자 로버트의 얼굴이 단번에 구겨졌다. 팀이 이기는 것을 어떤 선수가 원하지 않겠는가. 그러나 라이벌이 안타를 치고 나간다면 그것은 다른 문제다.

게다가 오늘은 레리 핀처 대신 출장한 마크 오웬도 2루타를 치고 나가자 베일 카르도 감독이 기분 좋게 웃었다. 오늘 출장한 잔 로발린과 마크 오웬은 언제든지 선발의 한 축을 맡을 수 있는 선수라는 것이 증명되었다.

"괜찮네요. 확실히 자기 몫을 해주는 선수들이군요."

벨렌 워렛 벤치 코치가 선수들의 기록을 뒤적이며 베일 카르도 감독에게 말했다.

구단 선수들에 대한 최종적인 결정은 감독이 하지만 작전과 전략을 짜야 하는 벤치 코치는 새로 온 선수들의 활약에 예민하게 반응할 수밖에 없다. 왜냐하면 그가 먼저 베일 카르도 감독에게 새로 컵스에 온 선수들의 기용을 건의했기 때문이다.

이들은 모두 한 명 한 명이 수백만 달러의 몸값을 하는 선수들이다. 포스트 시즌에서 두 번이나 주저앉은 것은 주전 선수들이 못해서가 절대 아니다. 그러나 어떤 선수도 메이저리그에서 1년 동안에 벌어지는 162경기 모두를 소화해 낼 수는 없다.

그래서 많은 돈을 들여 선수들을 영입했는데 벤치에서만 썩힐 수는 없다. 이들도 적절한 기회를 제공받아 시합에 나가야 한다. 그렇지 않으면 결정적인 순간에 제 몫을 하지 못할 것이다.

삼열은 박수를 쳤다. 생각보다 백업 요원들의 활약이 대단했던 것이다.

'이제 피 말리는 주전 경쟁이 시작되겠구나.'

삼열은 투수이기에 조금 여유가 있었다. 어느 구단이든 투수는 항상 모자란다. 그렇다고 해서 경쟁이 없는 것은 아니지만 말이다. 하지만 아무래도 투수가 타자보다 더 소모적이기에 몸 관리만 제대로 한다면 타자보다는 유리하였다.

그러나 메이저리그에서 인기는 투수보다 타자가 훨씬 더 많은 편이다. 사람들은 수비보다는 공격을 선호하기에, 그리고 한 시즌에 32회 나오는 투수보다 162회나 나오는 타자가 상대적으로 더 친근하게 느껴질 수밖에 없다.

삼열은 3회까지만 더그아웃에서 지켜보다가 라커룸으로 들어왔다. 그리고 라커룸에서 몇 번 투구 연습을 하다가 의자에 앉아 망연히 모니터를 바라보았다.

그라운드에서 선수들이 치고 달리면 관중들은 환호하며 소리를 질렀다.

그는 문득 걷기조차 불편했던 그 시절에 운동장을 돌던 것이 그리워졌다. 그때만큼 처절하고 치열한 적은 없었다. 삼열의 루게릭병의 발병 속도는 아주 느렸지만 그래 봐야 마흔 이전에 죽을 확률이 높았다.

루게릭병 자체가 40대 이후에 잘 걸리는 병이며 10년 이내에 대부분의 환자가 사망한다. 진행 속도가 느리다고 해도 그다지 오래 살 수 있는 병은 아니었다.

'지금 이곳에서 나는 최고다. 열심히 연습했으며 앞으로 더 열심히 노력할 것이다.'

삼열은 마음을 다잡아 보았다. 아주 가끔 문득 주위를 돌아보면 오직 앞만 보고 달려왔기에 너무나 삶이 단조로웠다. 집과 야구장 외에는 가본 곳이 별로 없다.

남들은 한창 연애를 즐길 나이에 한 아이의 아버지가 되어 하루하루 기계처럼 공을 던졌다.

하지만 이런 것은 성인이라면 누구나 하는 일이다. 그것이 인생이니까. 성인은 누구나 직업을 가져야 하며 돈을 벌기 위해 원하지 않는 일도 해야 한다.

여기는 메이저리그. 사람들은 스타를 원하고 갈구한다. 그렇기에 선수들을 좌지우지하는 감독과 단장보다 선수들이 더 많은 연봉과 인기를 누린다.

스타가 되면 선수라 하더라도 감독이 함부로 할 수 없다. 심지어 스타와 불화를 겪게 되면 감독이 잘리는 경우도 있다. 왜냐하면 구장을 찾는 팬들은 스타를 보러 가는 것이지, 감독을 보러 가는 것이 아니기 때문이다.

삼열은 의자에 앉아 벽에 기대어 갑자기 밀려드는 회의감을 정리했다. 허무감, 지겨움이 어쩌다가 다가올 때면 마인드 컨트롤로 마음을 다스리면서 과거의 비참한 생활을 회상하곤 한다.

국민 MC인 유느님이 무명 시절에 하도 안 풀려 기도를 했다고 한다. 나중에 소원이 이루어졌을 때 초심을 잊어버리게 되면 주신 것을 다 잃게 된다고 하더라도 원망하지 않겠다고.

그게 꼭 삼열의 심정이었다. 과거의 비참함을 생각한다면, 이처럼 찾아오는 회의감은 사치와 허영에 불과할 뿐이다. 그럴 때마다 개구쟁이 딸의 얼굴을 생각하곤 했다. 딸을 생각하고 아내를 생각하면 다시 힘이 나기 때문이다.

운동에 중독되었다고 하더라도 슬럼프가 찾아오지 않는 것은 아니다. 삼열은 그럴 때마다 이런 기회를 주신 운명의 신에게 감사하곤 했다.

주어진 '지금'을 감사하지 않는다면 다른 어떤 일에도 감사하지 못하게 될지도 모른다. 삼열은 참으로 많은 노력을 했지만 누구보다도 더 많은 결과물을 얻기도 했으니 말이다.

"아자, 아자, 파워 업!"

딸의 얼굴과 그동안 티셔츠 판매금액으로 치료해 준 가여운 아이들의 얼굴을 기억하며 삼열은 오랜만에 찾아온 낯선 감정을 떼어버렸다.

오늘은 술을 먹고 일찍 자고 싶다는 마음, 아내와 진하게 섹스를 하고 싶다는 마음이 반반이었다.

3년 전에 난 사고가 어쩌면 그의 권태기를 늦춘 것일지도 몰랐다. 직장인들이 3년 차가 되면 회사를 그만둘 생각을 하루에도 여러 번 하게 된다고 하는데 아마도 교통사고 덕에 그런 슬럼프가 오지 않은 듯했다. 야구를 하지 못하게 될지도 모르는데 슬럼프 따위가 올 리가 없지 않은가.

삼열은 오랜만에 찾아온 지루함과 권태로움에 피식 웃었다. 자신도 안다. 자신은 그 어떤 순간에도 이래서는 안 된다는 것을.

　남들이 볼 때는 단순하게 마운드에서 공을 던지는 것으로 보일지 모르지만 삼열은 그렇게 하기까지 뼈를 깎는 노력을 했다.

　삼열은 컵스가 이기는 모습을 보고 담당 직원에게 컨디션이 좋지 않아 먼저 가겠다고 말을 한 뒤 일찍 집으로 돌아왔다.

　집으로 오니 줄리아가 안기며 뽀뽀를 하고 제시가 멍멍 짖으며 꼬리를 흔들었다. 마리아가 안기며 살짝 키스했다. 역시 기분이 좋지 않을 때는 가족과 함께하는 것이 최고였다.

　아빠를 기다리느라 잠도 자지 않은 예쁜 딸을 보니 축 처졌던 어깨에 힘이 가득 들어왔다. 딸이 조잘거리며 아빠, 아빠, 하고 부르는 것 자체가 그 무엇보다 좋았다. 자식이라는 것이 뭔지, 그 작은 몸짓 하나에 모든 마음의 고민이 없어져 버렸다.

　줄리아가 졸리는지 눈을 비비며 자기의 방으로 들어갔다. 그러자 제시와 두 마리의 돼지도 그녀의 뒤를 따랐다.

　다정한 별이 밤하늘에 빛나고 있었고, 시원한 바람은 열린 작은 창문을 통해 살며시 들어왔다.

　삼열이 냉장고에서 맥주를 꺼내 마시자 마리아가 걱정스러운 눈으로 바라보았다. 삼열이 시즌 중에 이런 경우가 거의 없었기 때문이다. 오히려 마리아가 먹자고 해도 먹지 않았던 그였다.

"여보, 밖에서 무슨 일 있었어요?"

"아니, 그냥. 로버트가 시합에 나가지 못하고 벤치에 앉게 되자 불평하는 것을 보면서 이런저런 생각을 하게 되었어."

마리아는 삼열의 말에 고개를 끄덕였다. 구단 직원으로 일했던 경험이 있기에 마리아는 누구보다 그런 마음을 잘 알고 있었다. 치열한 경쟁 속에서 살아남기 위해서 메이저리거는 끊임없이 노력해야 한다. 아차 하는 순간 자신의 자리를 경쟁자에게 빼앗길 수 있으니까.

삼열은 맥주를 마신 뒤 마리아를 안고 그 안에 들어가 격정적인 몸짓을 했다.

오늘은 욕망으로 가득한 몸놀림이었다. 따뜻하고 다정한 배려나 사랑보다는 무엇인가를 털어버리기 위한 몸짓.

마리아는 삼열의 머리를 쓰다듬으며 조용하게 말했다.

"힘내요, 여보. 나와 줄리는 언제나 당신을 응원할게요."

아침에 일찍 일어난 삼열은 몸이 가뿐해진 것을 느꼈다. 잠든 마리아가 깨지 않게 슬쩍 일어나 욕실로 가 샤워를 했다. 그리고 운동을 하면서 몸을 풀었다. 러닝과 투구 연습을 하고 나서 아침을 먹는 자리에서 마리아가 말했다.

"여보, 오늘 집 계약하러 가는 날인 것 알죠?"

"아, 오늘이 그날이야?"

"네, 시간 없으면 나와 줄리 둘이 갔다 올게요."

"아니, 같이 가."

사실 삼열도 새로운 집을 보고 싶었다. 마리아가 1차로 봐서 좋다고 했다. 사진을 찍어 보여줬는데 삼열도 만족했다.

리글리 필드와는 조금 떨어진 곳으로 지금의 집이 차로 10분 거리라면 새로 계약할 집은 20분 거리에 있었다. 나쁘지 않았다. 대체로 시합이 있는 날은 늦게 끝나기에 30분 이상의 거리는 곤란했다. 선발 등판한 날에는 단 1분이라도 빨리 집에 가고 싶어지기 때문이다.

부동산 중개인의 도움으로 새로 이사할 집을 구경하고 삼열은 계약서에 사인했다. 먼저 살던 사람이 이사 가서 언제든지 들어가 살 수 있었다.

정원이 넓고 풀장까지 있는 집이었다. 건물도 여러 채가 있어 경호원들이 머무르기 좋은 구조라 조금 비싸도 두말없이 계약했다.

줄리아가 넓은 잔디와 풀장을 보고는 좋아서 방방 뛰었다.

"아빠, 여기 너무너무 좋아!"

주거 공간도 굉장히 넓어 살기 편한 집이었다. 가구가 기본으로 제공된 집이라 새로 구입할 것도 별로 없었다. 마음에 안 드는 가구가 있으면 새로 사고 예전의 것들은 창고에 넣어 놓으면 된다. 삼열은 날을 잡아 이사했다.

*   *   *

삼열은 전반기에 14승 1패를 했다. 정말 시간이 빠르게 흘러갔다. 어린 딸은 키가 그사이 많이 자라 이제는 아기라기보다는 꼬마라는 느낌이 더 강하게 들 정도가 되었다.

따뜻한 햇살이 눈부시게 빛나는 날 아침에 삼열은 고민했다. 올스타전에 참가해야 하나, 아니면 아픈 어린 환자를 데리고 한국에 가야 하나 하는 문제 때문이었다.

사실 한국에 있는 삼송 병원도 삼열이 한번 방문해 주기를 원하고 있었다. 게다가 아이는 사회 복지사의 소개로 알게 된 여덟 살짜리 남자아이였는데 그는 고아였다. 부모 없는 아이라는 것이 삼열의 마음에 가시처럼 콕하고 걸렸다.

'어떡한다?'

남들에게는 올스타전이 명예로운 일일지 모르지만 삼열은 그런 일에 별다른 의미를 부여하지 않는다. 그래서 더 고민이 되었다. 야구 선수라면 당연히 올스타전을 선택하겠지만 삼열은 아니었다. 그래서 결정하기가 곤란했다. 가여운 아이를 도울 것인가, 아니면 올스타전에 나갈 것인가.

아직 시간이 많이 남아 있어 여유가 있지만 올스타전에 참가하지 않으려면 미리 구단과 에이전시에 통보해야 했다.

'뭐, 어떻게 되겠지.'

삼열은 풀장에서 고무보트를 타고 노는 줄리아와 동물들을 보며 웃었다.

'내일 아침 일어나서 마음이 원하는 것을 선택하자.'

어차피 올스타전에 참가하지 않는다고 해서 무슨 제재가 있는 것도 아니고, 자신이 아니라도 참가할 뛰어난 선수들은 많았다.

삼열이 다음 날 아침에 일어나 창문을 여니 신선한 공기가 거실 안으로 들어왔다. 넓은 정원과 탁 트인 잔디 위에 펼쳐진 아침 햇살이 투명하게 빛났다.

현관문을 열고 정원에 나오니 어느새 잠에서 깬 제시가 꼬리를 흔들며 따라 나왔다. 돼지 두 마리는 줄리아의 침대 밑에서 자고 있었다.

삼열이 손짓하자 제시가 천천히 다가왔다.

"제시, 우리 딸 줄리아를 부탁해. 저번에 고마웠어."

멍멍!

제시가 힘차게 짖었다. 풀장 옆에는 푸른 나뭇잎이 무성한 나무들이 줄지어 있었다. 아침 안개가 가득한 곳에서 꽃들과 새들을 보니 무척이나 아름다웠다.

안개를 따라 걸으니 마치 구름 속을 걷는 듯했다. 새벽의 안개는 불과 몇 분을 버티지 못하고 사라졌지만 매우 인상적이었다.

어젯밤까지도 어떻게 할 것인가를 결정하지 못했다. 오늘까지 결정해서 구단에 말해 줘야 올스타전에 불참해도 문제가 생기지 않는다. 그런데 일어나 보니 며칠을 고민했던 것이 무색하게 결정이 너무나 쉬웠다.

'그 아이는 내가 절실하지만 올스타전은 나 외에도 많은 스타들이 있어. 팬들을 즐겁게 하는 것도 가치 있는 일이지만 생명을 살리는 것에는 미치지 못해. 이것은 고민하는 것 자체가 이상했지. 줄리가 공에 맞았을 때 심정의 10분의 1이라도 생각한다면 명확해지지. 나도 이제는 아빠인데.'

이렇게 결정을 내리자 삼열은 마음이 한결 홀가분해졌다. 결심하고 나니 아침 공기의 상쾌함이 갑절이 되는 듯 느껴졌다.

비록 악동으로 소문 난 그이지만 아빠가 된 후에는 아이들을 보는 눈이 많이 달라졌다. 처음에는 아이들을 자신의 인기를 위해 이용했지만, 하다 보니 그것이 습관이 되었고 이제는 아이들을 보면 딸이 생각났다.

삼열이 안개가 걷힌 길을 따라 뛰자 제시도 같이 뛰었다. 전에 살던 집도 정원은 넓었기에 동물들이 놀기에는 부족함이 없었지만 이 집은 러닝을 해도 좋을 정도로 넓었다. 이렇게 넓은 집이기에 중심가에 위치하지 못한 듯했다. 덕분에 공기가 아주 맑았다.

삼열은 풀장을 보면서 만약 자신이 집주인이었다면 수영장 대신 연못을 만들었을 것이라고 생각했다. 물고기도 키우고 연못 주위에 수선화와 국화 같은 꽃도 심고 말이다.

삼열은 수영을 좋아하지 않는다. 수영을 못하는 것은 아니지만 좋아하지도 않았다. 그래서인지 정원의 한 부분을 차지하는 수영장이 마음에 들지 않았다.

'뭐, 내 집도 아닌데 고민할 필요는 없지.'

사람마다 원하는 것이 다르고 생각이 다르다. 하지만 삼열은 자신의 생각과 달리 많은 사람은 연못보다는 수영장을 더 원할 것이라는 생각이 들었다.

삼열이 러닝을 마치자 제시도 따라 거실로 들어왔다. 현관문에서 발을 터는 제시를 보며 그는 미소를 지었다.

제시는 특별히 애견 학교에서 훈련을 받지 않았음에도 같이 있는 데 불편함을 느끼지 못할 정도로 훌륭했다. 아마도 줄리아의 괴롭힘을 하도 받아서 눈치가 는 듯했다.

그런데도 동물들이 줄리아를 좋아해서 다행이라는 생각이 들었다. 하긴, 딸이나 동물이나 개구쟁이들이긴 마찬가지였다.

샤워하고 나서 거실의 소파에 앉아 신문을 읽고 있으니 잠시 후에 마리아가 일어났다.

"여보, 오늘은 조금 다르네요?"

마리아의 말은 삼열이 평소보다 아침 운동을 일찍 끝냈다는 말이었다. 삼열이 미소를 지었다.

"여기 새벽안개가 너무나 좋아."

"안개가 꼈었어요?"

"응."

도심지에 안개가 끼는 일은 매우 드물다. 마리아가 미소를 지으며 아침 준비를 하려고 하자 삼열이 뒤에서 살짝 껴안았다. 아내의 몸은 소녀의 몸처럼 말랑말랑해서 촉감이 아주 좋았다. 손에 감기는 가슴의 촉감 말이다.

"줄리 돌보느라 힘들지?"

"동물들이 있어서 한결 편해요. 따로 직장을 다니는 것도 아니고."

마리아는 줄리아가 말을 알아듣기 시작했을 때부터 자신이 어지럽힌 것들을 스스로 정리하도록 교육했다. 가끔 짜증을 내기는 했지만 줄리아에게는 아주 쉬운 일이었다.

25㎏의 제시를 번쩍번쩍 드는 줄리아는 어지간한 물건은 마리아의 도움 없이도 치우는 것이 가능했다. 자신이 어지럽힌 것을 자신이 치워야 하자 그 뒤로 어지럽히는 일이 현저히 줄어들었다.

"근데 우리 너무 안 싸우는 거 아니에요?"

"싸우지 않으면 상대방을 잘 모르니까 가끔 싸우는 것도 나쁘지 않아. 하지만 그렇다고 일부러 싸울 이유는 없잖아?"

"물, 물론 그렇지요."

삼열은 마리아를 돌려세우고는 깊게 키스했다. 줄리아가 하품하고 나오다가 그 모습을 보고는 한마디 했다.

"아침부터. 쳇!"

요즘 유난히 까칠해진 줄리아가 두 눈을 동그랗게 뜨고는 못마땅한 듯 투덜거렸지만 두 사람은 들은 체도 하지 않고 하던 일을 마저 했다.

삼열은 아침을 먹고 에이전시와 구단에 전화해서 올해 올스타전에 참가하지 않겠다고 했다.

제인 위먹은 아침부터 날아든 소식에 정신이 없었다. 팀에서 가장 인기 있는 선수가 올스타전 불참을 통보했기 때문이다.

팀에서 몇 명의 선수가 올스타전에 출전하느냐는 구단으로서 상당히 민감한 문제였다. 대부분의 구단은 한 명이라도 더 올스타전에 출전시키기 위해 알게 모르게 막후에서 많은 노력을 한다.

이는 마케팅과 매출과도 바로 연결된다. 뛰어난 선수를 많이 보유하고 있는 구단은 그만큼 더 많은 팬을 확보하게 되며 이는 구단의 입장 수입과 각종 부가적 사업에도 영향을 미친다.

그녀는 직원들과 회의를 했지만 별도리가 없을 것이라는 말을 들었다.

구단이 파악하고 있는 삼열에 대한 자료에는 굉장히 개인적인 성향을 가지고 있어 절대로 주변의 눈치를 보지 않는다고 했다. 그녀는 마리아와 삼열에게 모두 전화를 했지만 역시나 돌아오는 대답은 절망적이었다.

제인 워먹은 맥주를 벌컥벌컥 마셨다. 근무 중이라는 생각 따위는 아예 없었다.

너무 화가 났다. 삼열을 제외한다면 올해 올스타전에 참가할 만한 선수는 거의 없었다.

가능성이 있는 선수로는 로버트가 유력하지만 2루수는 경쟁이 치열했다. 게다가 벅 쇼의 성적은 매우 좋지만 인상적인 피칭을 하는 투수가 아니라서 잘못하면 올해는 단 한 명의 선수도 올스타전에 출전하지 못하게 될지도 모른다.

맥주 캔을 두 개째 땄을 때 그녀는 회심의 미소를 지었다. 어떻게 복수를 해줄까 생각하다가 아이디어가 떠올랐기 때문이다.

어린이 치료를 위한 한국 방문이라는 것이 삼열이 올스타전에 참가하기를 거부하는 이유였다. 아이 때문이라면 방법은 많았다. 아예 팬들의 관심을 삼열에게 집중하도록 만들면 된다.

원래는 그녀가 삼열을 진드기처럼 따라다니며 괴롭히려다가 생각난 아이디어였다.

'호호, 한번 당해봐요. 삼열 강 선수!'

제인 워먹은 화사한 미소를 지었다. 조금 전에 마신 맥주로 인해 그녀의 얼굴이 조금 붉어졌다. 하지만 그녀는 재빨리 맥주 캔을 휴지통에 버리고는 아무렇지도 않은 듯 도도한 자세로 자신의 책상 앞에 가서 앉았다.

*　　　　*　　　　*

올스타전 거부를 통보한 삼열은 전반기 마지막 경기를 남겨두고 있었다. 올 시즌에 이미 올린 승수는 16승 1패다. 퍼펙트 맨이라는 별명이 새로 생겼다. 평균 자책점이 올해 다시 1.35로 낮아졌기 때문이다.

KBC ESPN의 부스에서 장영필 아나운서와 송재진 해설 위원이 오늘도 열심히 해설하고 있었다.

─오늘 삼열 선수가 승리 투수가 되면 전반기에만 17승이 됩니다. 한마디로 굉장하군요. 어떻게 보십니까? 올해도 사이

영상을 예약한 것이나 마찬가지 아닙니까?

장영필 아나운서가 송재진 해설 위원에게 물었다. 송재진 역시 마운드에서 삼진을 잡고 내려오는 삼열을 경이로운 눈으로 바라보고 있었다.

―아마도 그렇게 될 가능성이 매우 높지요. 그저 놀라울 따름입니다. 강산열 선수와 비슷한 강속구를 가진 랜디 존슨의 경우 22시즌 동안 303승을 했습니다. 평균을 나눠보면 매년 랜디 존슨이 이룬 승수는 13.8승입니다. 그런데 삼열 선수가 올해 작년과 비슷한 활약을 벌인다고 보면 2년 동안의 공백기가 있었음에도 불구하고 16.5승이나 됩니다. 투수로 풀시즌을 보낸 해에는 20승 밑이 단 한 번도 없습니다. 올해도 거의 20승 이상은 기정사실로 받아들여지고 있으니까요.

―하하, 도무지 믿어지지가 않습니다. 이렇게 되면 동양인 투수로서 최고의 승수를 가진 박찬호의 124승도 조만간 갈아치울 것 같군요. 박찬호 선수가 조금 섭섭하겠어요.

―비록 그렇게 된다고 하더라도 박찬호 선수의 업적은 조금도 줄어들지 않을 것입니다. 한국 선수에게 메이저리그는 불모지나 마찬가지였죠. 메이저리그에서 뛴다는 것 자체가 거의 기적에 가까웠던 시절에 이룬 기록이니까요. 지금과는 많이 다릅니다. 그리고 박찬호 선수로 인해 메이저리그의 스카우터들이 한국 선수들을 다시 보기 시작했지요. 강삼열 선수가 레

드삭스와 계약할 수 있었던 것도 다 이렇게 선배들이 먼저 길을 닦아놓았기 때문에 쉬웠던 것입니다.

—그렇습니다. 그래도 강삼열 선수의 존재감은 정말 굉장하군요. 요즘은 강삼열 선수가 던지면 포기하는 타자들이 많이 보이는 것 같습니다. 어떻습니까?

—하하, 포기야 하겠습니까마는 사실 노력해도 되지 않는 면이 있으니 삼열 선수가 던지면 최선을 다하지 않는 경우가 있을 수는 있습니다. 어차피 선수들은 162경기를 치러야 하는데 1년에 삼열 선수와 부딪히는 경기는 몇 번 되지도 않지요. 강력한 투수가 던질 때는 타자가 자신의 체력을 아끼는 것도 하나의 전략이라고 할 수 있습니다. 물론 포스트 시즌이 되면 또 다른 이야기가 되겠지만 말입니다.

—아, 오늘 강삼열 선수 비록 1실점을 했지만 7회까지 잘 막아내고 있습니다. 이제 8회 말을 맞이하여 마운드에 오릅니다. 여전히 3 : 1로 앞서가고 있는데 오늘도 무난하게 던졌군요. 7회까지 82개의 투구 수를 기록하고 있습니다. 강삼열 선수 마운드에 오르자 관중으로부터 박수를 받는군요. 1루 홈 팬 중에도 삼열 선수의 티셔츠를 입은 어린이들이 몇 명 보이는군요.

—정말 대단한 인기입니다. 어린이들은 물론이고 어른들에도 폭풍 같은 인기입니다. 세인트루이스 카디널스의 존 제이

선수가 타석에 들어서고 있습니다. 그는 5회에 존 리의 타구를 절묘하게 잡아내서 큰 박수를 받았었죠. 거의 등 뒤로 날아가는 공을 감각적인 캐치로 구르면서 잡았습니다. 그때 점수를 주었다면 오늘 경기는 이미 끝났을 것입니다.

삼열은 올해 132개의 안타에 0.305의 타율을 기록하고 있는 존 제이를 바라보았다. 3회에도 그는 삼열에게 안타를 뽑아냈었다. 정말 까다로운 타자였다.

이곳 미주리주(州)에 있는 사람들은 야구를 열광적으로 좋아해서 굉장히 분위기가 좋았다. 구장에서 조금 떨어진 곳에 강이 흐르고 있어 가끔 전광판의 화면에 비춰주곤 했다.

삼열은 까칠한 바람을 느끼며 공을 던졌다. 공이 날아가 그대로 포수의 미트에 꽂혔다.

펑.

"스트라이크."

존 제이는 한숨을 내쉬었다. 타자로서 삼열의 공은 정말 예측이 불가능했다.

직구가 들어온다고 예측을 해도 제대로 배트에 맞는 경우가 드물었는데 조금 전의 공은 3회보다 더 빨랐다. 흘깃 전광판을 보니 97마일이라고 기록되어 있었다. 좌타자인 존 제이의 입장에서는 정말 상대하기 힘든 투수였다.

왼손 투수라서 좌타석에 들어서서 타격하면 공이 잘 보이지 않을 때가 많다. 공이 빠를 뿐만 아니라 공을 손등 뒤로 끝까지 숨겨서 던지기에 안타를 치기 정말로 힘들다. 이런 무시무시한 공을 던지는 선수가 불과 얼마 전까지 우완 투수였다는 것이 믿어지지 않을 정도였다.

삼열이 와인드업하고 공을 다시 던졌다. 공이 날카로운 곡선을 그리며 날아갔다. 존 제이가 배트를 힘껏 휘둘렀다.

딱.

공이 높이 떴다. 로버트와 빅토르 영이 서로 달려들다가 빅토르 영이 멈췄고 로버트도 멈췄다. 둘 사이에 떨어지는 공을 로버트가 몸을 날려 받았다.

로버트는 공을 받으면서 무리를 했는지 가슴에 통증을 느꼈다. 숨쉬기가 곤란하여 교체하고 싶었지만 요즘 2루수를 볼 수 있는 잔 로발린이 너무 잘하고 있기에 마음이 껄끄러웠다.

'젠장, 빌어먹을!'

그러나 다음 타자의 공이 앞으로 날아왔을 때 로버트는 가슴의 통증 때문에 쓰러지고 말았다. 레리 핀처 대신 출장한 마크 오웬이 바로 백업을 해와 스캅 스키마는 1루까지밖에 가지 못했다. 평범한 2루 땅볼을 놓친 후 로버트는 자신의 몸에 이상이 생긴 것을 느꼈다. 그렇지 않다면 결코 놓칠 공이 아니었다.

베일 카르도 감독이 로버트의 수비가 이상하다는 것을 느끼고 의료진을 들여보냈다. 존 제이의 공을 무리하게 받다가 이상이 생긴 듯했다. 의료진이 교체 신호를 내리자 바로 잔 로발린이 들어갔다.

삼열은 갑자기 불안해졌다. 감이 안 좋았다. 투수는 선수들이 수비 실수를 하게 되면 압박감을 받게 된다. 수비를 믿지 못해 자신이 모두 해결하려고 마음을 먹으면 먹을수록 어깨에 힘이 들어가고 구위는 오히려 떨어진다.

'젠장, 곤란하군.'

삼열은 부정적인 생각을 마인드 컨트롤로 바로잡으려고 노력했다. 마음이 무너지면 몸도 무너지게 마련이다.

칼스버그는 삼열이 준비가 안 된 것을 보고 마운드로 걸어 올라갔다. 그러고는 이번 주 경기가 없는 수요일에 데이트가 있어 어떤 영화를 볼 것이라는 이야기를 삼열에게 하고 내려갔다.

덕분에 삼열은 그의 말을 흘려들으며 쉴 수 있었다. 메이저리그에서는 투수가 시간을 끌면 바로 경고가 주어지기에 이런 경우는 포수가 적당히 타임을 불러주거나 공의 교체를 요구하든지, 아니면 지금처럼 마운드로 올라가서 시간을 끌어줘야 한다.

그러자 선발 투수였던 카일 루시가 타석에서 물러나고 대타가 들어왔다. 카일 루시는 올해 14승에 2.86의 평균 자책점을 기록하고 있었다.

오늘도 그다지 나쁘지 않았다. 7회까지 퀄리티 스타트를 했고 구위도 좋았다. 다만 컵스의 타자들이 집중력을 발휘하여 찬스가 오면 집요하게 물고 늘어졌기 때문에 3실점 했다.

9번 타자로 대타 토미 미카엘로가 나왔다. 190cm의 큰 키에 넓은 어깨를 가진, 장타율이 매우 높은 타자였다. 하지만 수비에 문제가 있어 아직은 중용되지 못하고 있었다.

삼열은 마음을 가라앉히고 공을 던졌다. 그러나 공이 날아가다가 스핀이 덜 먹었는지 회전각이 작았다. 아차 하는 순간 딱 소리와 함께 공이 멀리 날아갔다.

마크 오웬이 전력질주를 했지만 공을 잡지 못했다. 펜스에 튕겨 나온 공을 잡아 스트롱 케인에게 던졌다. 유격수가 공을 잡자 토미 미카엘로는 1루에 멈출 수밖에 없었지만 1루에 있던 스캅 스키마는 홈까지 파고들었다.

스트롱 케인은 한 박자 늦은 것을 알고 홈으로 공을 던지지 않았다. 굉장히 빠른 발을 가지고 있던 그는 치고 달리기 작전이 나오자 스타트를 빨리 끊었다. 그리고 마침 미카엘로가 펜스를 맞히는 안타를 쳐 득점할 수 있었다.

마크 벤 감독의 작전 승리였다. 세인트루이스 카디널스는 2011년 월드 시리즈 우승 팀이기도 했다. 카디널스는 통산 월드 시리즈 우승을 열한 번이나 한 강팀으로 양키스 다음으로 승수가 많은 팀이었다. 때문에 막판까지 안심할 수 있는 팀이 아니었다.

삼열은 가볍게 호흡을 가다듬었다.

'너무 서둘렀어. 승패에 연연했고. 이제부터 마음을 비우고 던진다.'

삼열은 야구공을 손으로 빙글빙글 돌렸다. 카디널스의 더그아웃은 스캅 스키마의 득점을 축하해 주는 등 분위기가 다시 좋아졌다.

왜 그렇지 않겠는가. 이제 1득점만 하면 동점이고 홈런 한 방이면 바로 역전이 되는데.

삼열은 1번 타자가 배트를 휘두르며 타석으로 들어서는 것을 노려보았다.

'와라. 삼진으로 잡아주마!'

오늘은 컨디션이 나쁘지 않았음에도 유난히 안타를 많이 내줬다. 이런 날은 감정 기복이 심해지기에 투구를 전투적으로 할 수밖에 없다. 안타를 맞는다고 피하면 상황이 더욱 나빠질 수 있기 때문이다.

조금 전에 로버트가 실책을 범하지 않았다면 쉽게 경기를 마칠 수 있는 상황이었다. 하지만 지금은 1사 1루의 상황. 홈런 한 방이면 바로 역전이 되기에 삼열은 신중히 공을 던졌다.

'피하는 것은 절대 안 돼. 제구력으로 승부해야 해.'

8회 말이라 그런지 던지는 것이 조금씩 힘겨워졌다. 오른손으로 던질까 하는 생각을 해보았지만 아직은 그럴 타이밍이 아니었다. 오늘 시합이 중요한 시합도 아니었고, 그렇다고 왼손이 부상당한 것도 아니었다. 단지 1승을 더 올리기 위해 오른손으로 던지는 것은 어쩐지 스스로에게 진다는 기분이 들었다.

'간다!'

삼열은 공을 던졌다. 실밥이 손끝에 걸리는 느낌이 좋았다. 공은 그의 예상대로 타자 앞에서 현란하게 변했다.

딱.

공이 높이 솟구쳤다. 1루에 있던 토미 미카엘로가 스타트를 했지만 타구가 위로 뻗자 급하게 귀루했다.

포수 칼스버그는 마스크를 벗고 몇 발자국 앞으로 나가 공을 잡았다. 주자가 1루에 있었기에 인필드 플라이 아웃은 선언되지 않았다. 그래서 토미 마카엘로가 급히 귀루한 것이다.

인필드 플라이 아웃은 타자가 친 공이 내야 플라이일 때 정상적인 수비로 쉽게 잡을 수 있을 때 발생한다.

주자가 1, 2루에 있거나 만루 상황일 때 수비수가 고의로 공을 떨어뜨리고는 더블 플레이를 시도할 수 있기에 그것을 막기 위한 것이다.

주심이 인필드 플라이를 선언하면 타자는 자동으로 아웃되고 주자들은 뛸 수 없게 되어 더블 플레이가 성립하지 않게 된다. 즉, 꼼수로 더블 플레이를 막기 위한 야구 규칙이다.

삼열은 크게 한숨을 돌렸다. 일단 흐름이 나쁘지 않았다. 1번 타자 라파엘 퍼칼이 아웃되면서 아웃 카운트는 두 개로 늘었다. 이제 2번 타자만 잡으면 이닝이 끝난다. 삼열은 어깨를 한번 돌려보았다. 아직까지는 괜찮다.

2번 타자 데이비드 보니가 나왔다. 그는 2011년에 챔피언십 시리즈에 이어 월드 시리즈 MVP를 동시에 차지했던 선수다. 또 월드 시리즈 6차전에서 연장 11회에 굿바이 홈런을 터뜨리기도 했다.

카디널스가 7차전에서 승리할 수 있었던 것도 그의 이 홈런 덕분이기도 했다. 올해 0.293의 타율에 홈런 19개를 기록하고 있는 강타자였다.

삼열은 지체하지 않고 공을 던졌다. 공이 낮게 날아가 포수의 미트에 꽂혔다. 데이비드 보니는 몸을 움찔거리며 놀랐다. 공이 생각보다 매우 다르게 들어왔기 때문이다.

펑.

"스트라이크."

무릎에 살짝 걸친 절묘한 공이었다. 데이비드 보니는 나직하게 한숨을 내쉬고 타석을 벗어나 배트를 휘둘렀다. 오늘은 삼진 한 개를 당하고 모두 범타로 물러났다. 상대 투수의 공이 너무 예리했다.

삼열은 세트포지션 상태에서 다시 공을 던졌다. 그가 던진 공이 빠르게 날아갔다. 데이비드 보니는 날아오는 공을 노려보고 배트를 휘둘렀다.

딱.

공이 데굴데굴 굴러가자 스트롱 케인이 재빨리 뛰어나와 공을 잡아 1루에 던졌다. 간발의 차이로 타자가 아웃되면서 8회 말이 끝났다. 삼열은 안도의 한숨을 쉬고 더그아웃으로 들어와 벤치에 앉았다.

"수고했어!"

벅 쇼가 삼열의 어깨를 두드리며 말했다. 삼열은 오늘따라 힘이 들었다.

전반기 마지막 경기라서 그런지 보통 때보다 신경이 더 많이 쓰였다. 그래서 컨디션이 나쁘지 않았음에도 힘들게 경기를 끌고 갔다. 오늘 경기에서 여덟 개의 안타를 맞았음에도 2점밖에 내주지 않은 것으로 위안을 삼을 수밖에 없었다.

'구질이 노출되었나?'

작년과 올 전반기 내내 위력적인 공을 던졌으니 상대 팀이 분석을 끝마칠 때가 거의 되긴 되었다. 삼열이 그라운드를 보며 가만히 있는데 샘 잭슨 투수코치가 다가와 더 던질 수 있는지와 컨디션을 체크하고 돌아갔다.

아마도 9회에는 교체될 것이다.

9회 말이 되자 삼열의 예상대로 마무리 투수인 카를로스 야다인이 마운드에 섰다. 다행스러운 것은 9회 초에 헨리 아더스가 솔로홈런을 쳐서 4 : 2로 컵스가 달아나게 되었다는 점이다.

야다인이 공을 던지는 것을 지켜보는 삼열은 평소와 다르게 초조한 마음이 들었다.

오늘은 유난히 마음이 뒤숭숭했다. 승수에 연연하지 않으려고 해도 전반기에만 17승을 할 수 있는지 없는지는 삼열에게 중요했다. 욕심이라는 것은 마음을 비우려고 노력을 해도 쉽지 않았다.

삼열은 야다인이 마지막 타자를 평범한 외야 플라이로 잡아내자 기뻐서 두 손을 번쩍 들었다.

전광판에 그의 해맑은 얼굴이 비치자 컵스의 팬들이 박수를 쳤고 간혹 카디널스의 팬들도 박수를 쳐주었다. 오늘 경기는 컵스가 이길 것이라고 예상들을 했는지 카디널스 팬들은 졌음에도 그다지 실망하는 표정들이 아니었다.

메이저리그 최고 투수, 루게릭병을 이겨낸 우완 투수, 교통사고 후에는 홈런왕, 그리고 다시 좌완으로 변신해 사이영상까지 받은 투수라는 것을 카디널스의 팬들도 알고 있다. 혹시나 하고 왔다가 역시나를 확인했을 뿐이었다.

내일 경기의 선발은 한참 잘나가는 벅 쇼지만 상대 투수가 크리스찬 칼맨이어서 쉽지는 않을 전망이다. 그는 관록에서 벅 쇼와는 비교도 되지 않는 노련한 투수이니 말이다.

*　　　　*　　　　*

경기장을 나오면서 삼열은 팀 닥터에게서 로버트의 갈비뼈에 금이 갔다는 말을 듣고 호텔로 돌아왔다. 앞으로 두 경기가 더 남았지만 삼열은 다음 날 아침에 시카고로 돌아갈 생각이었다. 이미 베일 카르도 감독에게 이야기해 놓은 상태였다.

그는 샤워를 가볍게 하고 나서 미지근한 물에 몸을 담그고 눈을 감았다. 나이가 들어서 그런지 사물을 보는 것이 예전과 많이 달라졌다.

나이를 먹은 것이, 그리고 한 아이의 아버지가 된 것이 따로 공부하지 않아도 인간을 성숙하게 했다. 딸아이를 보호하고 사랑하면서 사물을 바라보는 관점이 예전과 달라진 것이다.

요즘 삼열은 감상적이 될 때가 많았다. 청소년기를 너무나 불행하게 보냈었기에 그동안 억눌렸던 감정들이 이제야 분출

되는 것 같았다. 그는 살아남기 위해 끊임없이 투쟁했다. 작은아버지의 배신, 사랑했던 애인과의 이별, 원하지 않았던 트레이드, 교통사고 등등이 너무나 갑작스럽게 일어났다.

그리고 좌완 투수로의 변신이 성공적으로 끝나자 그동안 긴장했던 감정의 끈들이 풀렸다. 인생 중 청소년기에 마땅히 거쳐야 할 것들이 있다. 그런데 그것을 생략하고 뛰어넘자 이렇게 뒤늦게 오는 것 같았다.

행복한 와중에도 종종 우울해지는 것이 삼열이 생각해도 확실히 문제가 있었다. 오늘만 해도 쉬운 경기였다. 카디널스의 강타선이 무시해도 좋을 정도의 수준은 아니지만, 그렇다고 이렇게 많은 안타를 내주며 고전할 정도는 아니었다.

'어쩌면 우울증 초기 증상일지도 몰라.'

삼열은 욕조의 물이 식어가자 뜨거운 물을 다시 틀어 놓고 욕조에 잠긴 채 생각에 잠겼다. 몸이 나른해지자 잠이 스르르 몰려왔다. 얼마를 잤는지 몰랐다. 물이 욕조를 넘어 계속 흐르고 있었다. 삼열은 잠에서 깨어 일어나 침대로 갔다.

어두운 도시의 불빛이 호텔의 유리창 사이로 별빛처럼 영롱하게 반짝였다. 그 불빛 사이로 게이트웨이 아치가 어둠 속에서 아름답게 빛났다.

192m에 이르는 이 조형물은 자유의 여신상보다 훨씬 높다. 게이트웨이 아치 안에는 엘리베이터가 있어 무지개 모양의 전

망대 끝까지 올라갈 수도 있다.

삼열은 게이트웨이 아치 위에서 내려다보는 미시시피강과 도시는 어떨까 하고 생각했다.

'정말 내일은 병원을 가봐야겠군.'

삼열은 자신이 초기 우울증에 걸린 것이라고 확신했다. 위대한 선수들도 감정을 통제하지 못하고 쓰러진 경우가 많았다. 그들은 극심한 스트레스에서 벗어나기 위해 술을 마시다가 알콜에 중독되기도 했다.

536개의 홈런을 날린 미키 맨틀, 534개의 홈런을 친 지미 팍스, 373승의 피터 알렉산더는 모두 술 때문에 비참한 노후를 보내야 했다.

경기에서 오는 긴장감을 이겨내는 것은 정신력이다. 그런데 어느 순간 정신력에 문제가 생기면 몸이 무너지는 것은 순식간이다.

삼열은 자신의 연약함을 솔직하게 인정했다. 아무리 강철 같은 몸을 가지고 있다고 하지만 정신이 무너지면 육체도 별수 없으니까 말이다.

삼열은 냉장고에서 맥주를 꺼내 마셨다. 위대한 선수들을 본받으려고 그동안 일절 술을 입에도 대지 않던 그였다.

다음 날 삼열은 비행기로 시카고로 돌아가 바로 병원에 들러 정신과 상담을 받았다. 그러고는 아주 가벼운 우울증 증세라는 진단과 약을 처방받았다.

삼열은 자신이 우울증에 걸릴 줄은 전혀 상상하지도 못했다. 하지만 끊임없이 육체를 강화하기 위해 학대에 가까운 훈련을 한 것이 점점 그를 정신적으로 지치게 했다. 이것은 조금도 예상하지 못한 부작용이었다.

'어쩌면 당연한지도 몰라. 어릴 때 당한 사고로 잠재의식 속에서는 끝없이 갈등과 긴장이 반복되었으니까.'

이해는 충분히 되었다. 거듭된 불행 속에서 학교생활을 했는데 자신의 천재성을 시기한 학생들이 그를 별종 취급하는 바람에 자존심에 상처를 받았다.

그들에게 지지 않으려고 오히려 그가 전교생을 왕따시켰다. 청소년기를 그렇게 보냈다. 예민한 감성에 상처를 입고 마음의 문을 닫았다. 그렇게 하지 않았다면 아마 그는 더 이상 버티지 못했을 것이다.

'이번 기회를 통해 겸손함을 배우자. 위기는 언제든지 올 수 있으며 인간에겐 그것을 극복할 수 있는 강한 의지가 있으니까. 나는 그동안 끊임없이 위대한 투수들과 나 자신을 비교해 왔어. 그리고 나 자신을 학대했지. 이제 내게는 여유가 필요해.'

삼열은 집으로 돌아가면서 생각을 정리했다. 지금은 여유가 필요했다.

그동안 아무 생각도 없이 끝없이 달려오기만 했다. 하지만 지금은 그것이 문제가 되었다. 다행스러운 것은 삼열이 그것을 극복할 의지를 충분히 가지고 있다는 점이다.

삼열은 집으로 들어가자마자 줄리아의 엄청난 환영을 받았다. 그러자 우울했던 그 모든 것들이 또 한순간 사라졌다. 마리아가 와서 키스했다. 점심을 먹고 차를 마시며 한가하게 보냈다.

모처럼 섹스도 하지 않았다. 원정경기를 마치고 돌아오면 줄리아가 있어도 샤워부스에서 물을 틀어 놓고 할 때가 많았다. 하지만 오늘은 그러지 않았다.

삼열의 곁에 착 들러붙어 있던 줄리아가 동물들과 노느라 떨어지자 삼열은 마리아에게 자신이 우울증에 걸렸다고 털어놓았다. 마리아는 삼열의 말에 적지 않은 충격을 받은 듯했다.

"어쩌다가… 여보, 힘내요."

"걱정하지 마. 약을 타왔으니까. 의사가 아주 가벼운 것이라고 했어. 그래서 이제 조금은 쉬면서 하기로 했어."

"그래요. 스토브 리그 기간에도 연습장에서 살다시피 해서 우리 영화 한 편도 마음 놓고 보지 못했잖아요."

마리아의 말에 삼열은 움찔했다. 아름답고 뛰어난 재능을 가진 마리아는 1년 내내 딸을 키우느라 제대로 된 외출도 하지 못했다. 재기에 성공하겠다는, 업적을 이루고 말겠다는 욕심이 생활의 일부를 희생시켰던 것이다.

"그럼 이제부터 영화도 보고 뮤지컬도 보러 가자."

"정말이죠?"

마리아는 삼열의 말에 기뻐하며 그를 껴안고 키스를 퍼부었다. 개와 돼지와 놀던 줄리아가 그 모습을 보고 '나도, 나도' 하고 소리를 지르며 달려왔다. 그리고 삼열의 볼에 뽀뽀하기 시작했다.

삼열은 이렇게 사랑하는 사람들이 옆에 있는데도 우울증에 걸린 것이 창피했지만 별수 없었다. 어느 날 갑자기 찾아왔는데 용뺴는 재주가 없었던 것이다.

의사의 말에 의하면 자신의 경우는 치료하지 않아도 자연적 치유가 될 수 있는 것이라고 했지만 삼열은 치료하기로 했다.

그의 인생은 이제 좀 더 다양한 삶의 모습을 요구하고 있다.

삶은 항상 새로운 것을 원한다. 아무리 맛있는 음식이라도 매일 똑같은 것을 먹으면 금방 질리게 마련이다. 야구 외에 음악, 소설, 영화, 뮤지컬과 같은 다른 취미가 필요하다는 것을 삼열은 느꼈다.

삼열은 다음 날 한국에 가서 수술할 토머스 워드를 만났다.

"하이, 토머스!"

"하이, 삼열 강!"

삼열은 웃으며 창백한 표정의 남자아이를 보았다.

심장병을 가진 토머스는 한 달 안에 반드시 수술해야 한다. 그렇지 않으면 생명이 위태로워진다. 삼열은 빠를수록 좋다는 말에 수술을 서둘렀다. 아이의 생명을 살리는 것이 목적이라면 가능성이 가장 높을 때 한시라도 빨리 수술을 하는 것이 좋았다.

"내일 한국으로 떠날 거야. 알지?"

"네, 잔 아줌마에게 들었어요."

"그래. 한국은 외과 분야, 특히 심장 분야에서 세계 최고야. 걱정하지 않아도 돼."

"알아요. 한국의 의료 기술이 뛰어나다는 것을요."

"그럼 이해하기 쉽겠구나. 내가 자세하게 설명할게. 너는 보험에 가입하지 않았단다. 미국은 비보험인 경우 수술비가 매우 비싸. 한국도 비보험인 경우 비싸지만 미국만큼은 아니란다. 하지만 한국은 전 국민이 의료보험을 시행하고 있고 각수술에 수가가 정해져 있단다. 즉, 여기는 병원이 수술비를 결정하지만 한국은 의료보험공단과 같은 공공기관에서 의사들과 협의해서 결정한단다. 그래서 한국에서 수술하는 거야. 이렇게 하는 이유는 수술비를 아끼려는 의도도 있지만 꼭 그런 것만은 아니란다."

"…그래요?"

토머스가 의아한 듯 물었다.

"내가 너에게 쓸 수 있는 돈은 분명 정해져 있단다. 다른 아이들도 도와줘야 하기 때문이지. 미국에서 수술하면 병원비가 비싸서 네가 완전한 치료를 하지 못하게 될 수도 있어. 하지만 한국에서 수술하게 되면 수술뿐만 아니라 그 이후의 치료를 할 수 있게 된단다."

"아, 그렇군요. 정말 고맙습니다."

"천만에. 행복한 시간이 되길 바란다."

삼열은 토머스가 한국에 대해 많이 알고 있다는 느낌을 받았다.

삼열이 토머스와 이야기를 마치자 잔 스튜어트 부인이 다가와서 인사를 했다.

그녀는 토머스를 살리기 위해 샘슨 사에 끝없이 접촉했다. 토머스는 삼열의 팬이고 시카고에 살았다. 그러니 그녀가 애쓰는 것은 어쩌면 당연했다.

모처럼의 긴 여행이라 삼열은 마리아와 줄리아뿐만 아니라 동물들도 데리고 갔다. 물론 비행기 티켓과 체류비는 자신의 돈으로 지불했다.

한국에 도착하자 에이전시에서 미리 준비한 차를 타고 바로 병원으로 갔다. 언론에 알려지지 않아 그들을 알아보는 사람들은 팬들밖에 없었다.

토머스를 병원에 입원시키고 삼열은 병원의 관계자와 원장, 그리고 수술을 집도할 의사와도 만나 이야기를 했다.

그리고 그들과 함께 사진을 찍었다. 삼열은 이런 것에 별로 불만은 없었다. 어차피 광고를 목적으로 병원이 수술을 해주는 것이니까.

자신이 이런 일을 하려고 한다고 매스컴을 통해 알렸지만 미국의 어떤 병원에서도 병원비를 깎아준다는 연락을 받지 못했다. 한국인인 자신이 미국인을 수술해 준다고 하는데도 말이다. 그러니 이 정도 귀찮은 것쯤은 아무것도 아니었다.

오후에는 병원에서 기자 간담회가 있었다. 삼열은 기꺼이 동의했다. 원장과 담당의에게 야구공에 사인해 주면서 오래도록 관계를 유지했으면 한다고 말했다.

─○○일보의 장송이 기자입니다. 이번에 고국을 방문하셨는데요, 감회가 남다르시겠어요.

─한국을 떠나기 전에는 메이저리거에 대한 가능성만 가지고 갔었습니다. 하지만 올 때는 메이저리거가 되어 돌아왔습니다. 당연히 감회가 남다르죠.

삼열이 시큰둥하게 대답하자 질문한 기자가 멋쩍은 표정을 지었다.

─KBC 박한영 기자입니다. 이번에 방문하신 것은 아픈 아이 때문이라고 들었습니다. 한 말씀 부탁드립니다.

─말씀하신 그대로입니다. 의사가 수술이 빠르면 빠를수록 좋다고 해서 만사를 제쳐 놓고 왔습니다.

─이 일 때문에 올스타전을 거부하셨다고 들었습니다. 맞습니까?

─대충은 맞습니다.

삼열은 조금 몸이 피곤하기도 해서 인터뷰에 열정적으로 임하지 않았다. 그러자 삼송 병원의 원장이 대신 나서서 환자의 상태와 앞으로 해야 할 수술이 어떤 것인지 설명했다.

한 시간 후에 삼열은 기자 간담회를 마치고 호텔로 돌아왔다. 저녁 늦게 KBC ESPN의 홍성대 이사가 찾아와 TV 출연에 관해서 이야기했다. 이것 역시 예전에 약속된 것이라 이번에 촬영해야 했다.

원래는 KBC ESPN 방송에서 촬영해야 하는데 보다 많은 사람이 볼 수 있는 공중파에서 촬영했으면 한다고 했다. 삼열은 기꺼이 동의했다. 많은 사람이 TV를 보면 그만큼 더 많은 티셔츠가 팔릴 것이기 때문이다.

고맙게도 KBC ESPN은 예전에 홍성대 이사가 약속한 대로 방송을 중계하는 도중에 삼열의 티셔츠 광고를 해줘 한국에서 파워 업 티셔츠 판매량이 무척 많이 증가하였다.

삼열은 가족들과 함께 한강 둔치로 갔다. 줄리아는 주변에서 제시와 뛰어놀았다. 그 사이로 돼지 두 마리가 질투가 났는지 꿀꿀거리며 따라다녔다.

낮이라 사람들이 별로 없었지만 곧 여기저기서 삼열을 알아보는 사람들이 생겨났다. 그리고 사인을 받으려고 다가오다가 경호원들을 보고 멈칫거렸다. 그 모습을 보고 마리아가 손짓하여 그들을 불렀다. 20대 여자 네 명이었다.

"안녕하세요. 사인 받으시려고요?"

"네. 와! 그런데 한국말을 무지 잘하시네요."

삼열에게 사인을 받으려던 몇몇 여자들은 오히려 마리아의 친절한 모습에 반하여 '언니, 사인 좀 해주세요'라고 했다. 마리아가 뒤를 돌아 삼열에게 손으로 브이 자를 그렸다. 마리아는 여자들과 사진을 찍고 사인은 삼열이 해줬다.

"언니, 정말 반가워요. 너무 예쁘세요."

"호호."

귀엽게 생긴 여자가 계속 마리아를 바라보며 감탄했다. 여자들은 아름다운 여자에게 반한다더니 삼열보다는 마리아를 더 좋아했다.

여자들이라 어쩌면 야구를 그다지 좋아하지 않아서인지도 몰랐다. 광고에서 많이 봐서 삼열의 얼굴을 알아본 것이고 만나기 힘든 선수이니 사인을 받으려고 했던 것 같았다.

"와아, 아기가 굉장히 예쁘고 귀여워요."

줄리아가 옆에서 놀다가 그 말을 듣고 뒤를 돌아보았다.

"어머, 아기가 한국말 알아듣나 봐요."

"네, 조금은 알아들어요. 아빠가 한국 사람이니까요."

"와아, 너무 예쁘다."

줄리아는 여자들이 계속 자신을 보고 예쁘다고 하자 기분이 좋은지 다가와 손을 잡았다.

"어머나! 어쩜, 어쩜. 너 너무 예쁘다."

"헤헤."

줄리아가 개구쟁이 같은 웃음을 티뜨렸다.

"언니, 사진 좀 찍어줘요."

안경을 낀 여자가 옆에 있는 동그란 얼굴의 여자에게 자신의 스마트폰을 내밀자 '아이, 나도 찍고 싶은데'라고 했다. 그래서 삼열이 나서서 그 여자의 스마트폰으로 직접 사진을 찍어줬다.

주위 사람들이 그 광경을 부러운 눈으로 바라보았다. 그런데도 다가오지 못하는 것은 삼열의 근처에 경호원이 여섯 명이나 있었기 때문이다.

차에 있는 세 명까지 합하면 한국에 총 아홉 명의 경호원들이 같이 왔다. 외국으로 나가는 것이라 평소보다 약간 많이 온 것이다.

여자들이 가고 나자 더는 사인해 달라는 사람들이 없었다. 흐르는 강물과 뛰노는 딸, 그리고 그 뒤를 따라가는 제시를 보며 삼열은 시간의 빠름을 느꼈다.

뛰어놀던 동물들은 줄리아에게 야단을 맞고도 조금 있다가 히히, 헤헤, 꿀꿀, 멍멍, 하고 웃었다.

"좋아요?"

마리아가 삼열의 얼굴을 바라보며 부드러운 목소리로 물어왔다. 삼열은 마리아의 손을 잡고 나직한 한숨을 내쉬었다.

"좋기도 하고 싫기도 해. 이곳은 부모님과 함께했던 소중한 추억이 있는 동시에 참기 힘든 나날들을 보낸 곳이거든. 애증이 교차하는 곳이지. 그래도 고향이잖아, 여기는."

삼열의 말에 마리아가 고개를 끄덕였다. 사랑은 이해를 바탕으로 하는데 이해는 상대방을 잘 알아야 한다. 그래서 마리아는 한국에 오는 것을 좋아했다.

남편의 고향, 그리고 그의 말대로 애증이 교차하는 이곳에 오면 삼열에 대해 더 많이 알 수 있을 것으로 생각했다.

동양인을 사랑하게 되면 서양인으로서 이해하지 못하는 문화적 차이가 항상 나타난다. 그래서 마리아는 한국어를 배웠고 한국 문화를 공부했다. 가끔 인터넷으로 한국 신문들도 본다.

"와, 배다."

줄리아가 한강 유람선을 보고 소리를 질렀다. 줄리아가 배를 따라 달리자 제시가 뒤따르며 멍멍 짖었다. 배가 선착장으로 들어오고 있었다.

"탈까?"

"음, 그럴까요."

삼열의 말에 마리아가 선뜻 동의했다. 한강은 깊고 푸른 물결을 자랑하지만 안타깝게도 주위에 볼거리들이 너무 없다.

고층 빌딩이 한강 주위로 크고 작은 몸을 나타내었다. 이런 광경은 세계 어디를 가도 쉽게 볼 수 있다.

물결을 가르는 배 위에서 줄리아는 마리아의 손을 꼭 잡았다. 돼지 두 마리도 줄리아의 옆에 바짝 붙어 있었다. 제시만 조금 떨어져 묵묵히 한강을 보았다.

제시는 큰 덩치에도 불구하고 힘으로도 줄리아를 이기지 못한다. 그리고 성격도 순해서 평소에도 줄리아에게 꼼짝을 못했다.

밖에 나와서도 그것은 변하지 않았는지 줄리아의 곁을 벗어나려고 하지 않았다. 예전에 괴한이 줄리아를 납치하려던 사건이 있고서부터 둘은 잘 떨어지지 않았다.

점심에는 호텔로 돌아와 식사하고 잠시 쉬다가 경복궁으로 갔다. 마리아와 줄리아가 궁을 보고 감탄을 터뜨렸다. 경회루의 연못을 보고는 줄리아는 좋아 팔짝팔짝 뛰었다.

"제시, 뛰어!"

줄리아가 연못으로 뛰라는 명령을 내리자 제시가 끄응 하고 뒤를 돌아보았다. 마리아가 그 말을 듣고 기겁을 하고는 말렸다. 그리고 한참 동안 줄리아는 마리아에게 잔소리를 들어야 했다.

"다음에 또 그러면 진짜 엄마한테 혼난다."

"네에!"

줄리아는 힘차게 대답을 하고 삼열의 품에 파고들었다. 위로해 달라는 표시였다.

"우리 줄리, 엄마 말 잘 듣고 튼튼하게 자라야지. 아빠는 엄마도 줄리도 모두 사랑해."

"응, 사랑해."

줄리아가 삼열의 품에 더욱 파고들었다. 그 모습을 보며 마리아가 한숨을 내쉬었다.

"여보, 그런데 궁궐이 좀 작은 것 같아요."

"아, 원래는 더 컸는데 많이 소실되었다고 해."

"왜요?"

"일본 놈들이 지들 총독부를 짓기 위해 궁을 헐었대."

"오, 맙소사! 말도 안 돼요. 이렇게 아름다운 문화재를 헐다니!"

"그놈들에게는 말이 돼. 뭐든지 좋은 건 지들 거라고 주장하거든."

"……?"

"그리고 임진왜란과 한일합병 때 좋은 것은 그것이 문화재건 사람이건 싹 쓸어서 일본으로 가져갔었어. 그리고 예쁘고 어린 여자들을 전쟁터에 끌고 가 성노예로 삼았고. 그리고는 지금도 독도를 다케시마라고 부르며 지들 땅이라고 주장하고 있어. 한마디로 개새끼들이야."

"어머, 어머. 말도 안 돼. 어쩜 그럴 수가 있어요."

마리아는 어린 여자들을 전쟁터에 끌고가 성노예로 삼았다는 말에 몸을 부르르 떨었다.

미국인들에게 알려진 일본 사람들은 예의 바르고 친절한 모습이다. 그런데 이런 내용이 있을 줄 마리아는 생각하지도 못했었다.

"한국 사람들이 일본을 싫어하는 이유가 있어. 괜히 싫어하는 게 아니야."

삼열은 저녁이 조금 안 되어 다시 호텔로 돌아왔다. 한국에 애정이 없는 줄 알았는데 다시 보니 좋았다. 서울은 마치 엄마의 품처럼 포근했다.

다음 날 한 시에 KBC에서 촬영이 있었기 때문에 몇몇 작가들이 와서 삼열과 이야기를 나누고 갔다. 삼열은 피곤하다고 하고는 어떤 이야기를 할 것인지에 대해 대충 맞춰보고 한 시간 만에 그들을 돌려보냈다.

세 대의 리무진이 KBC 방송국 앞에 멈췄다. 삼열과 마리아, 그리고 줄리아가 차에서 내렸고, 뒤차에서는 제시와 돼지 두 마리가 내렸다.

제시는 목에 줄을 매고 있었고 돼지들은 애견 캐리어에 들어가 있었다.

"어서 오세요."

나문열 PD가 나와 인사를 하며 삼열을 맞이하였다. 예상치 못한 인물의 섭외에 그는 무척이나 고무되어 있었다.

삼열은 한국에서 인기가 무척이나 높았다. 그동안 광고만 몇 편 제작되어 방송되었을 뿐 이런 이벤트성 행사는 처음이었던 것이다.

나문열 PD뿐만 아니라 스태프들과 작가들도 다가와 인사를 했다. 여자 작가 네 명이 한목소리로 인사를 하자 삼열이 웃으며 악수를 청했다.

여자 작가들은 마리아의 뛰어난 외모에도 놀랐고, 이어 줄리아의 귀엽고 깜찍한 모습에서 눈을 떼지 못하였다. 큰 눈,

깜찍한 표정에 좋아 어쩔 줄을 몰라 했다.

나문열 PD가 분위기를 정리하고 촬영장으로 안내했다. 그는 서둘러 오늘 있을 촬영 일정을 설명해 주며 대본을 주었다.

"대충 그렇게 진행될 것입니다. 시간이 없어 자세한 내용은 적지 못하였습니다. 이런 내용을 가지고 사회자가 질문할 것입니다."

삼열이 약속 시간보다 일찍 도착했는지 메인 MC인 지창렬이 잠시 후에 왔다. 그는 삼열을 보더니 헉 하고 놀라 멀리서부터 뛰어왔다.

"아니, 강삼열 선수. 왜 이렇게 일찍 오셨습니까?"

"지창렬 씨, 어서 오세요. 제가 팬입니다."

"아이고, 그런 말씀 마십시오. 제가 팬입니다. 이렇게 같이 촬영을 하게 되어 가문의 영광입니다."

지창렬이 코믹한 어투로 말하자 마리아가 옆에서 풋 웃었다. 그리고는 그가 무슨 말만 하면 웃음을 참지 못하고 킥킥거렸다.

"하하, 삼열 선수 부인께서 이런 코드를 좋아하시는가 봅니다."

"어, 그러게요. 아내가 이렇게 잘 웃는지는 몰랐네요."

"오, 그래요? 하하, 어쨌든 기분이 좋네요."

한참 이야기를 하고 있는데 보조 MC인 장동석과 이동건이 들어왔다. 그들 모두 삼열을 보고는 헉 하고 바람 빠지는 소리를 냈다.

이들 모두 오늘 녹화에 대한 통보를 제대로 받지 못하였다. 그도 그럴 것이 촬영 일정이 너무 촉박하였고 이들도 최근 영화 촬영에 공연 일정 등이 빡빡하게 잡혀 있어 매우 바빴기 때문이다. 그래서 오늘은 한 명의 보조 MC가 오지 못했다.

"아, 강삼열 선수일 줄 알았으면 더 빨리 왔을 텐데요. 오늘은 최대한 느리게 온 거거든요."

이동건이 지창렬을 보며 말했다. 늦으면 무조건 지창렬에게 잔소리를 듣기 때문이었다. 선배가 먼저 왔는데 후배가 늦어서야 되겠냐는 그런 내용인데 좁은 연예계에서 선배의 말을 안 들을 수가 없었다.

MC뿐만 아니라 작가나 피디도 삼열과의 촬영을 좋아했다.

"자, 이제 촬영 들어갑니다."

나문열 PD의 신호로 촬영이 시작되었다. 그러자 지창렬은 재빨리 카메라를 보며 오프닝 멘트를 시작했다.

"안녕하십니까, 지창렬입니다. 오늘 말이죠, 아주 모시기 힘든 분을 모셨습니다. 누구인지 맞혀 보십시오."

지창렬은 먼저 인사를 하고 잠시 뜸을 들이다가 멘트를 이어갔다.

"오늘은 여러분들이 깜짝 놀랄 만한 분이십니다. 저도 전혀 예상하지 못했던 슈퍼스타입니다. 이분이 가면 메이저리그가 들썩입니다. 자랑스러운 한국인, 메이저리그의 슈퍼스타, 강삼열 선수와 그의 부인 마리아 강, 그리고 딸 줄리아 강입니다. 그런데 아직 안 끝났습니다."

지창렬이 코믹하게 말하자 방청석에서 웃음소리가 터져 나왔다.

"그리고 제시와 안나, 한나입니다. 나와주세요."

삼열과 그 가족이 나오자 방청석에서 큰 박수가 나왔다. 삼열은 MC들과 다시 악수하고 방청석을 향해 인사를 했다. 그러자 더 큰 박수가 쏟아져 나왔다.

"자, 앉으시죠. 저도 어제 듣긴 들었어요, 메이저리그 최고의 스타인 강삼열 선수가 온다고요. 그런데 안 믿었어요. 여러분도 믿을 수 없는 이야기 아닌가요?"

"네!"

방청석에서 크게 호응하는 소리가 나왔다.

"아직 메이저리그의 시즌이 끝나지도 않았는데 이렇게 나와주실 줄은 정말 몰랐습니다. 아니, 그런데 올스타전에는 안 나가시고 한국에는 어떤 일로 방문하셨습니까?"

"아, 네. 이번에 한국을 방문한 것은 제가 돕는 어린 친구 토머스의 수술을 위해서입니다. 토머스의 수술 일정이 시급

했거든요. 그리고 매번 싸게 치료를 해주는 삼송 병원에 들러 인사도 드리고 싶기도 하고, 그래서 왔습니다."

"그래도 올스타전은 대부분의 미국 국민이 보지 않습니까?"

"네, 그렇죠. 하지만 이것은 가치의 문제입니다. 인기를 얻을 것인가, 아니면 의미 있는 일을 할 것인가. 좋은 것을 선택하면 다른 것은 포기해야죠. 모든 것을 가질 수는 없는 일입니다."

"모든 것을 다 가질 수 없다. 매우 좋은 말씀이군요. 그래도 강삼열 선수가 그런 말을 하면 안 되지 않습니까? 모든 것을 가지신 분께서 말이죠."

"모든 것을 가진 것은 아닙니다. 하지만 항상 감사하며 살 조건을 허락해 주신 것은 맞는 말 같습니다."

"하하, 이거 너무 점잖게 말씀을 하시니 조금 재미없어집니다. 메이저리그의 악동이라고 소문이 났는데 말입니다."

삼열은 지창렬의 말을 듣고 가볍게 웃었다.

지금도 그는 그다지 많이 변하지 않았다. 구단이나 동료 선수들이 자기에게 부당한 일을 하면 가만히 있지 않았다. 하지만 아이의 아빠가 되고 보니 조금 점잖아지는 것은 맞았다. 아버지들은 자식에게 언제나 좋은 아빠가 되고 싶어 하니까 말이다.

"두 분은 어떻게 만나셨어요?"

이야기가 한창 진행되다가 장동석이 무척이나 궁금한 얼굴을 하며 물어왔다.

"아, 그게……."

삼열이 잠깐 망설였다. 공중파에 자신들의 사생활을 이야기할 필요가 있나 해서다.

"그건 제가 말할게요."

그동안 가만히 있던 마리아가 한국말을 유창하게 하자 MC들과 방청석에 있던 사람들이 놀라는 눈치였다. 마리아는 오프닝 때 가볍게 인사를 하고는 그동안 말을 하지 않았다. 그리고 간간이 줄리아에게 말을 할 때는 영어로 했기 때문에 한국말을 이렇게 유창하게 할 줄 몰랐던 것이다.

"한국말을 굉장히 잘하시네요."

"남편이 한국 사람이니까요. 그래서 배웠어요. 줄리아는 아직 한국말은 못하지만 간단한 말은 알아들어요."

"아, 놀랍습니다."

장동석이 방송용 모선을 취하며 말했다.

"남편하고는 레드삭스에 있을 때 처음 만났어요. 그때 남편에겐 사귀던 여자가 있었어요. 그 여자하고 헤어진 후에 제가 노력했죠. 그리고 청혼도 제가 했어요."

"저, 정말요?"

지창렬뿐만 아니라 보조 MC인 아이돌들과 방청객들도 놀라는 눈치였다.

"남편은 좋은 사람이에요. 제가 딱 보고 겟했어요."

"아~ 겟! 네, 겟은 좋은 거죠."

"따님이 참 예쁘고 귀여워요. 마치 천사 인형 같아요."

"네. 예쁘고 귀여운 딸이죠, 제게는."

"하하, 저희가 봐도 그렇게 보입니다."

그때 안나와 한나가 지루했는지 촬영장을 돌아다니기 시작했다. 한참을 그러니 촬영에 방해되었다. 그러자 줄리아가 벌떡 일어나 영어로 막 소리를 지르기 시작했다.

MC들과 방청객들도 모두 어리둥절한 표정을 지었다. 방송 중에 떠들면 NG인데 예쁜 아이가 그러니 뭐라고 말도 못했다. 그런데 촬영장을 자기 집처럼 돌아다니던 그 돼지들이 겁을 먹고 줄리아 앞에 와서 발라당 뒤집어지면서 애교를 부렸다.

"너 또 돌아다니면 언니한테 혼나."

꿀꿀.

돼지들이 그때부터 줄리아의 앞에 앉아서 가만히 있었다.

"아, 돼지들이 따님의 말을 다 알아듣는군요. 신기하네요."

"어려서부터 같이 자랐으니까요. 그리고 중요한 것은 먹이를 줄리아가 줘요."

"아, 말을 안 들으면 동물들 밥을 안 줍니까?"

"네. 줄리아의 말을 안 들으면 그날 굶어요."

"아… 그래도 돼지가 굶으면 불쌍하겠다."

이동건이 돼지들을 보며 말했다. 관객들이 모두 빙그레 웃었다.

지창렬이 활짝 웃으며 말했다.

"자, 정말로 반가운 손님이 오셨습니다. 누굴까요?"

그가 또 장난스럽게 이야기를 하자 마리아가 웃음을 참지 못하고 웃음을 터뜨렸다. 마리아의 그 모습을 은근히 즐기는 지창렬은 일어서서 외쳤다.

"나와 주세요."

삼열은 이제 녹화가 거의 끝나 가는데 새로 손님이 온다고 하니 의아했다. 그리고 그는 자리에서 벌떡 일어났다. 그는 웃으며 팔을 벌려 나온 사람을 안으며 반가워했다.

"형, 잘 지내셨어요?"

"그래, 너도 잘 지냈니?"

"네, 형. 형 덕분에 우리 모두 잘되고 있어요."

LG로 간 투수 송치호였다. 한참 반가워하는데 지창렬은 다시 외쳤다.

"나와 주세요. 계속 나와 주세요."

지창렬의 말이 끝나자마자 조영록과 심재명이 나왔다. 삼열은 그들을 반갑게 맞이하였다. 대광고에 있을 때 처음에는 껄끄러웠지만 나중에는 친해진 후배들이었다.

"자, 자리에 앉아주시죠."

삼열과 대광고 후배가 만나 이야기하는 사이에 스텝들이 새로운 출연자가 앉을 의자를 가져왔다.

삼열이 그들에게 아내와 딸을 소개하자 조용록이 '형수님 반갑습니다'하고 크게 소리쳤다. 어른이 되어도 똘기는 없어지지 않은 듯했다. 나머지 두 명도 인사를 하고 자리에 앉았다.

"우리 작가들이 갑자기 촬영이 잡혀서, 힘들게 모신 손님들입니다. 어떻습니까? 반가우시죠?"

"반갑죠. 이 애들하고 학교 운동장에서 같이 연습하면서 꿈을 키웠죠."

"그렇군요. 그럼 본격적으로 고등학교 시절에 관해 이야기해보죠. 송치호 선수, 그때 강삼열 선수는 어떤 선수였습니까?"

"그때 우리 대광고 야구부는 매우 약했습니다. 주위에서 야구부를 없애자는 말이 공공연하게 나왔었는데 그때 장팔봉 교장 선생님이 야구를 좋아하셔서 해체를 막아주셨죠. 그리고 황금사자기 대회와 청룡기대회에서 우승했어요. 그때 형은 공부를 잘했죠. 전교 1등을 항상 했었거든요. 공부 잘하는 형이 왜 야구를 하는지 처음에는 이해가 안 되었었죠."

"아, 그렇군요. 물론 강삼열 선수가 서울대에 수석입학 했다는 말을 저도 듣기는 들었습니다."

"제가 그때 전국 1등을 한 번도 놓치지 않았습니다, 하하."

삼열은 그 짧은 사이에 끼어들어 자랑했다. 마리아가 그런 그를 보며 픽 하고 웃었다.

"그래서 우리 대광고 학생들이 형을 싫어했어요. 특히 용록이가."

"아니, 왜 나를 걸고 넘어져."

"네가 형한테 앵기다가 처맞았잖아."

"음하하하. 그렇지. 내가 장차 메이저리그의 최고 투수가 될 형에게 맞짱 뜨려고 했다. 왜?"

"아, 그런 일이 있었습니까? 그래서 어떻게 되었습니까?"

"뭘 어떻게 돼요. 죽도록 맞고 항복했죠."

"하하하."

출연자들과 관객들이 모두 웃었다. 조용록의 얼굴이 벌겋게 변했다.

"그때는 형이 공부도 잘하는데 야구부에 얼씬거리는 것을 나뿐만 아니라 대부분이 싫어했어요. 큰 키에 어기적거리는 모습에 음침한 얼굴, 참 기분 나쁜 외모였죠. 지금이야 형수님 만나 사람이 된 겁니다."

조용록이 은근슬쩍 삼열을 무시하면서 마리아를 띄워줬다. 마리아가 그 말을 듣고 좋아했다.

"그리고 그때 또 뭐가 생각나나요?"

"그때 우리는 먹고 돌아서면 배고프던 시절이었는데 형을 따라 연습한 애들한테는 형이 꼭 자장면을 사줬어요. 그것도 곱빼기로."

"아, 그러면 자장면 얻어먹기 위해 연습에 참여했습니까?"

"그게 뭐, 반은 되었을 겁니다. 배고플 때 자장면 먹으면 맛이 끝내주거든요."

"아, 네. 그렇군요. 요즘도 대광고 동기들은 가끔 모이고 있습니까?"

"야구선수들이 많이 있어서 시즌 중에는 못 모이지만 시즌이 끝나면 다 모입니다. 저희들이 미러클62의 홈페이지도 관리하고 있습니다. 대광고 동문들이 많이 도와주셨죠."

"멋진 일이네요."

그때 줄리아가 졸린지 마리아에게 뭐라고 했다. 그러자 마리아가 난처한 표정을 지었다.

"아니, 왜 그러십니까?"

"줄리아가 졸리다고 하네요. 원래 애가 이렇게 조용한 애가 아니거든요. 뛰어다녀야 직성이 풀리는데 여기서 얌전하게 있으니 졸음이 몰려오는가 봐요."

마리아의 말에 지창렬이 그게 뭐 어떠냐는 표정을 지으며 스텝들에게 줄리아가 잘 수 있는 큰 소파를 가져오게 했다.

카메라 앵글에서 벗어난 곳에 줄리아가 하품하고 누웠다. 그러자 제시와 돼지 두 마리도 따라가서 그 앞에서 잠을 잤다. 사람들은 그런 모습을 보고 어리둥절하면서도 즐거워했다.

끝날 것 같던 녹화가 대광고 후배들과 이야기를 하면서 1시간이나 더 연장되었다. 녹화를 끝내고 지창렬이 만족스러운 표정으로 인사를 하며 헤어졌다. KBS를 나오면서 삼열이 마리아에게 물었다.

"여보, 저녁을 동생들하고 같이 하려는데 어때?"

"좋아요. 그런데 식사는 호텔에서 했으면 좋겠어요. 그래야 줄리아가 쉴 수 있을 것 같아서요."

삼열이 마리아에게 허락을 받고는 송치호와 조영록, 그리고 심재명에게 저녁을 같이 하자고 하자 모두 좋아했다. 특히 조용록이 '아니, 형! 당연히 오랜만에 만났는데 같이 밥을 먹어야죠' 한다.

삼열은 줄리아를 안고 차에 탔다. 아직도 줄리아는 잠을 자고 있었다. 제시는 일어나 따라왔고 돼지는 경호원이 애완용 캐리어에 넣어왔다. 삼열은 호텔에 도착하자 줄리아를 품에 안고 방으로 돌아왔다.

"아, 너희들도 잠시 거기 좀 앉아 있어라."

"네, 형!"

일급 호텔의 스위트룸을 보며 조용록이 눈을 빛냈다.

"야, 죽인다. 역시 메이저리거답다. 오늘 저녁 단단히 벗겨 먹자."

"너다운 생각이다."

심재명도 화려한 스위트룸을 보며 부러운 어투로 대답했다. 그도 야구선수이기에 메이저리그는 꿈의 무대였다. 잠시 후에 침대에 줄리아를 눕히려던 삼열은 줄리아가 잠에서 깨어나자 함께 호텔 식당으로 갔다.

"엄마, 제시는?"

돼지는 챙기지 않으면서 꼭 제시를 챙기는 줄리아였다.

"애견은 못 데리고 가는데. 경호원 언니가 데리고 있으면 돼."

"정말?"

말은 그렇게 하면서도 불안한 듯 줄리아는 제시를 바라보았다.

"제시, 여기서 언니들하고 같이 있어!"

"왈. 왈!"

줄리아는 제시를 꼭 껴안고는 마치 헤어질 수 없는 연인처럼 비장한 걸음을 떼었다. 그러나 식당에 가서는 언제 그랬냐는 듯 맛있게 밥을 먹었다.

삼열과 일행은 스테이크와 와인을 마시며 이야기를 했다.

"이상영 선생님은 찾아뵈었어?"

"아니, 바빠서. 어디 계시는데?"

"예전 그대로 거기 사시나 봐."

"그러면 출국하기 전에 찾아뵈어야겠네."

고등학교 때 시절을 이야기하며 삼열은 즐겁게 이야기를 했다. 문득 이야기 도중에 수화가 생각나기는 했다. 결혼은 했는지, 잘 사는시 궁금했지만 유부남이 된 그로서는 관심을 가져서는 안 되는 사람이었다.

다음 날 삼열은 다시 비행기를 타고 시카고로 돌아왔다. 출국하기 전에 이상영을 아주 잠깐 봤다. 출국 시간을 맞춰야 했기 때문이다.

이상영과의 만남은 정말 좋았다. 어린 시절 어렵고 힘들 때 야구를 가르쳐 주었던 그였다. 투수라고 하면서 공 던지는 법도 몰랐던 그에게 열정 하나만 보고 지도를 해준 유일한 사람이기도 했다.

시카고의 집에 돌아오자 신이 난 것은 줄리아와 동물들이었다. 넓은 정원에서 뛰어놀며 소리를 지르고 했다.

돌아오니 작년에 이어 올해도 아메리칸리그가 올스타전에서 승리했다. 삼열은 후반기 시즌이 시작되면서 다시 마운드에서 공을 던졌다.

전반기의 17승에 이어 후반기도 10승을 해서 27승의 투수가 되자 매스컴이 놀라 떠들기 시작했다. 27승은 현대 야구에서 거의 불가능에 가까운 승수였다.

그리고 삼열은 드디어 100승대 투수가 되었다. 정규시즌의 통산전적이 101승 16패가 된 것이다. 올해는 맞혀 잡느라고 탈삼진은 1위가 되지 못했지만 다승과 방어율에서 최고의 기록을 이룩했다. 이견이 없는 한 사이영상은 당연히 그의 몫이었다.

컵스는 후반기에도 몰아쳐 중부 지구 1위가 되었다. 3년 연속 중부 지구 1위를 하자 시카고는 거의 축제 분위기였다.

삼열은 소파에 앉아 TV를 틀었다. 마침 지역방송인 원더플 스카이에서 플레이오프에 대해서 이야기하고 있었다.

시청률 1위의 버트 위드 투나잇 쇼였다. 거기에 자니 메카인 해설위원과 지역신문의 컬럼니스트 해리 스몰티즈가 참여했다. 이미 쇼는 진행된 지 조금 되었는지 이야기가 한창 마무리되고 있었다.

─올해 컵스는 과연 월드 시리즈에 출전할 수 있을까요?

버트가 질문을 하자 자니 메카인이 답을 했다.

─올해 컵스는 다른 해와 달리 선수를 보충하고 체력을 아껴왔습니다. 작년까지는 뒷심이 부족하여 플레이오프에 나가면 주저앉고 했는데 올해는 그런 현상이 없어질 것입니다. 주전들이 시즌 막판에 오면서 상당히 많은 시간 동안 시합에 빠

지면서 체력을 비축해 왔습니다.

—하지만 자니 메카인 씨의 말씀과 달리 쉽지 않은 부분도 있습니다. 단기전의 특성상 체력이 중요한 변수가 되는 것은 맞습니다. 하지만 단기전은 정상급 투수들이 나와 모든 힘을 다해 던집니다. 그러니 큰 경기에 출전한 경험이 별로 없는 컵스가 유리하다고 볼 수는 없지요.

—물론 해리 스몰티즈 씨의 말씀이 맞습니다. 단기전이라는 것은 결국 누가 수비를 더 잘하고, 찬스가 오면 점수를 낼 수 있느냐에 달려 있습니다. 컵스에는 두 명의 걸출한 투수가 있습니다. 아시다시피 사이영상의 가장 강력한 후보인 삼열 강과 벅 쇼입니다. 삼열 강 선수가 27승을 올렸다면 벅 쇼는 17승을 했지요. 워낙 삼열 강 선수가 대단해서 빛이 가려졌지 17승은 굉장한 것입니다. 그런데 벅 쇼도 작년에 14승을 했고 올해 17승을 했으니 이미 경험에서는 누구 못지않은 자신감을 가지게 되었을 겁니다. 컵스가 비록 번번이 실패를 해왔지만 어쨌든 지난 2년 동안 포스트시즌에 진출하였습니다. 그게 중요합니다. 실패를 통해서 모든 것을 배울 수 있습니다. 컵스의 선수들이 현명하다면 말이죠.

아무래도 시카고 지역 방송사다 보니 컵스에 유리한 발언을 많이 했다. 그것은 그들만이 아니라 시카고의 모든 시민이 컵스의 우승을 바라고 있었다. 누군가 염소의 저주를 깨

주기를.

—존스타인 사장이 오면서 컵스의 체질이 많이 개선되었는데요, 어떻게 생각하십니까?

—존스타인의 조치는 적절했다고 봅니다. 아시다시피 메이저리그의 선수 몸값이 몇 년 사이에 폭등했습니다. 어지간한 선수들도 1억 달러가 넘는 잭팟을 심심치 않게 터뜨렸는데 이런 상황에서 컵스가 양키스처럼 돈자랑을 할 수는 없습니다. 돈을 준다고 해도 컵스에 올 선수가 없었으니까요.

—그건 저도 동의합니다. 그러면 팜 시스템을 키운 것이 적중했다는 말씀이시죠?

—네, 그렇습니다. 어떻게 보면 메이저리그 최고 투수인 삼열도 팜시스템의 결과물이라고 볼 수 있습니다. 즉시 전력감이었던 삼열 강 선수를 팜의 유능한 선수 2명을 주고 데려왔으니까요. 그 이후에도 컵스는 서두르지 않고 팜을 꾸준히 키워왔습니다.

—메카인 씨의 말도 일리가 있습니다. 그러나 컵스의 본질적인 변화는 한 명의 선수에게서 시작하였습니다. 그 사람은 누구라도 아는 선수죠. 바로 삼열 강입니다.

삼열은 자신의 이름이 나오자 흐뭇한 미소를 지었다. 자신의 이름이 많이 나올수록, 그리고 인기가 좋을수록 티셔츠가 많이 팔려가기 때문이다.

—알다시피 삼열 강 선수는 연습벌레로 알려졌습니다. 누구라도 인정할 만큼 뛰어난 투수가 죽으라고 연습을 하는데 다른 선수들도 안 할 수 없었죠. 한때 컵스 선수들 사이에서 기피 대상 1호가 바로 삼열 강 선수였다고 합니다. 너무 연습을 많이 해서 가까이하기 싫어했죠. 문제는 여기서 끝난 것이 아닙니다. 바로 야구의 천재 로버트 매트릭이 있었습니다. 삼열 강 선수와 로버트 매트릭 선수가 경쟁하듯이 연습하자 컵스의 변화가 시작된 것입니다.

—그것은 맞습니다. 컵스의 변화는 선수 자체에서 비롯된 것은 확실합니다. 컵스가 삼열 강 선수를 얻은 것은 신의 축복입니다. 더욱이 그는 교통사고를 당한 뒤에 오른손으로 공을 던질 수 없게 되자 좌완 투수로 변신했습니다. 이런 일이 컵스 안에서 일어나니 누구라도 변하지 않으면 안 될 그런 상황이었죠.

삼열은 자신을 칭찬하는 방송출연자를 보며 미소를 지었다.

'됐다, 됐어! 이제 결정적인 순간에 출연해서 티셔츠를 선전하면 되겠군.'

삼열은 저녁을 먹고 목욕을 했다. 의식을 치루는 듯이 깨끗이 씻고 마음을 다잡았다.

'염소의 저주 따위란 실력이 없기 때문이지. 말도 아닌 염소

따위에게 인간이 질 수는 없지. 이제 봉인을 푸는 거야.'

삼열은 오른손을 폈다 쥐었다 하며 마음을 다잡았다. 왼손에 제대로 적응을 하게 되었어도 완력은 오른손이 더 강했다. 그리고 시즌 내내 오른손을 연습했다. 최상의 상태였다.

"절대로 질 수 없어!"

올해 포스트시즌에는 타격에도 신경을 쓰기로 했다. 시즌 막판에 오면서 4경기를 5이닝까지만 던지며 컨디션을 조절해 왔다.

다행스럽게 그 4경기 모두 계투진의 호투로 승리투수가 될 수 있었다. 그러니 체력도 문제가 없었다.

삼열이 샤워하고 나오자 줄리아가 '아빠!' 하고 달려와 품에 안겼다.

줄리아는 세상에서 제일 좋아하는 사람이 아빠라고 말해서 삼열을 기쁘게 했다. 물론 마리아에게는 그 반대의 말을 해서 그녀를 기쁘게 했다. 이렇게 말을 하면 자신이 어지간한 말썽을 피워도 쉽게 용서를 해준다는 것을 어린 그녀는 깨달은 것이다.

줄리아는 키가 커지면서 힘도 더 강해지고 이전보다 더 많이 뛰어다녔다. 넓은 정원을 동물들과 하루 종일 뛰어다니다가 더우면 풀장에서 수영하고 놀아 이제는 수영 솜씨도 제법이었다.

삼열은 눈을 감고 일찍 잠을 잤다. 그리고 자는 내내 가위에 눌리면서도 꼭 승리할 것이라고 중얼거렸다. 올해는 포스트시즌에는 LA다저스와 애틀랜타 브레이브스, 시카고 컵스, 그리고 와이드 카드로 워싱턴 내셔널스가 올라왔다.

삼열은 호텔에서 경기장으로 갔다. 오늘 바로 애틀랜타 브레이브스의 홈구장인 터너필드에서 1차전이 시작된다. 이미 디비전 시리즈는 3번째라 그다지 긴장은 되지 않았다. 터너필드의 마운드에 서서 잠시 몸을 풀었다.

시간이 운명처럼 흘렀다. 삼열은 경기가 시작되면서 오늘은 정말 최선을 다할 것이라고 결심했다. 이제 그도 우승하고 싶어졌기 때문이다.

이전에는 컵스가 우승을 하든 말든 아무 상관이 없었다. 그러나 어느 순간 우승을 간절히 바라는 팬들을 보면서, 그리고 공을 던지지 못하고 재활 치료에 전념하면서 승리가 소중해졌다. 다시는 야구를 하지 못하게 될지도 모른다는 절박함이 그의 내면에 있던 승리에 대한 갈망, 우승에 대한 욕심을 잉태하였던 것이다.

삼열은 공을 던져 승리 투수가 되면 될수록 우승하고 싶어졌다. 그는 자신과의 싸움에서 이겼으니 이제는 염소의 저주따위는 아무것도 아니라고 생각했다. 운동은 자신을 신뢰하지 않으면 안 된다. 스트라이크를 던질 수 있다는 자신감, 언제든지 삼진을 시킬 수 있다는 확신은 공에 위력을 더해준다.

자신을 믿은 다음에는 동료를 믿어야 한다. 실수로 실점하게 되어도 동료를 믿고 끝까지 침착하게 공을 던져야 한다. 누구나 실수는 할 수 있고 그것에 주눅이 들면 절대로, 절대로 안 된다.

삼열은 더그아웃에 앉아서 마운드에서 오른 상대 팀 선발 투수 톰 맨더슨을 바라보았다.

이제 시작이다. 운명을 건 승부를 시작하는 것이다. 100년을 지배했던 저주를 깨는 불화산 같은 열정으로 공을 던지는, 그것이 오늘 시작되는 것이다.

『MLB—메이저리그』 12권에 계속…

이제부터 전자책은

이젠북

www.ezenbook.co.kr

새로운 세계가 열린다!

김재한『성운을 먹는 자』 철백『대무사』
니콜로『마왕의 게임』 가프『궁극의 쉐프』
이경영『그라니트:용들의 땅』 문용신『절대호위』
탁목조『일곱 번째 달의 무르무르』 천지무천『변혁 1990』
강성곤『메이저리거』 SOKIN『코더 이용호』

이름만 들어도 황홀할 정도의 별들의 향연!
이들의 "유료연재"가 시작됩니다!

검색창에 **이젠북**을 쳐보세요! ▼

초대형 24시 만화방

신간 100%, 샤워실, 흡연실, 수면실(침대석), 커플석, 세탁기 완비

▪ 강북 노원역점 ▪

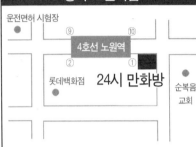

운전면허 시험장
4호선 노원역
롯데백화점
24시 만화방
순복음 교회

서울 노원구 상계동 340-6 노원역 1번 출구 앞 3층
02) 951-8324 (화용빌딩 3층)

▪ 일산 정발산역점 ▪

경찰서　　　정발산역
제2 공영주차장　　　롯데백화점
24시 만화방
E　C　A
라페스타
F　D　B

라페스타 E동 건너편 먹자골목 내 객잔건물 5층
031) 914-1957

▪ 일산 화정역점 ▪

덕양구청
화정역
세이브존
롯데마트
이마트
24시 만화방　화정중앙공원　화정동 성당

경기도 고양시 덕양구 화정동 984번지 서일빌딩 7층
031) 979-4874 (서일사우나 건물 7층)

▪ 부천 역곡역점 ▪

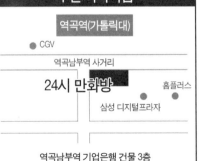

역곡역(가톨릭대)
CGV
역곡남부역 사거리
24시 만화방
홈플러스
삼성 디지털프라자

역곡남부역 기업은행 건물 3층
032) 665-5525

▪ 부평역점 ▪

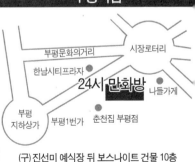

부평문화의거리　　　시장로터리
한남시티프라자
24시 만화방
나들가게
부평
지하상가　부평1번가　춘천집 부평점

(구) 진선미 예식장 뒤 보스나이트 건물 10층
032) 522-2871

내일을 향해 쏴라

김형석 장편 소설

FUSION FANTASTIC STORY

1만 시간의 법칙!
'성공은 1만 시간의 노력이 만든다' 는 뜻이다.

그러나…
사회복지학과 복학생 수.
전공 실습으로 나간 호스피스 병동에서
미지와 조우하다.

1만 시간의 법칙?
아니, 1분의 법칙!

**전무후무한 능력이 수에게 강림하다!
맨주먹 하나로 시작한 수의
인생역전이 시작된다!**

Book Publishing CHUNGEORAM

유일이 아닌 자유추구-
WWW.chungeoram.com

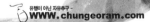

월야환담

채월야 · 홍정훈 장편 소설

"미친 달의 세계에 온 것을 환영한다!"

서울을 중심으로 펼쳐지는 뱀파이어, 그리고 뱀파이어 사냥꾼들의 이야기!
한국형 판타지의 신화, 월야환담 시리즈 애장판
그 첫 번째 채월야!

검자 新무협 판타지 소설
FANTASTIC ORIENTAL HEROES

목탁

해적으로 바다를 누비던 청년,
절해고도에 표류해… 절대고수를 만나다!

"목탁은 중생을 구제하는
좋은 이름일세"

더 이상 조무래기 해적은 없다!
거칠지만 다정하고, 가슴속 뜨거운 것을 품은

목탁의 호호탕탕 강호행에
무림이 요동친다!

Book Publishing CHUNGEORAM

사략함대 장편소설

FUSION FANTASTIC STORY

2016년 대한민국을 뒤흔들 거대한 폭풍이 온다!

『법보다 주먹!』

깡으로, 악으로 밤의 세계를 살아가던 박동철.
그는 어느 날 싱크홀에 빠진다.

정신을 차린 박동철의 시야에 들어온 건 고등학교 교실.
그리고 그에게 걸려온 의문의 ARS는 그를 새로운 인생으로 이끄는데…….

빈익빈 부익부가 팽배한 세상, 썩어버린 세상을 타파하라!

법이 안 된다면 주먹으로!
대한민국을 뒤바꿀 검사 박동철의 전설이 시작된다!

Book Publishing CHUNGEORAM

유행이 아닌 자유추구 -
WWW.chungeoram.com

연기의 신

FUSION FANTASTIC STORY

서산화 장편소설

GOD OF ACTING

무대, 영화, 방송…
모든 '연기'의 중심에 서다!

『연기의 신』

목소리를 잃고 마임 배우로 활동하던 이도원은
계획된 살인 사건에 휘말려 비참한 죽음을 맞이한다.
그런 그에게 주어진 특별한 기회, 타임 슬립.

"저는 당신의 가면 속 심연을 끌어내는 배우입니다."

이제 그의 연기가 관객을 지배한다!
20년 전으로 되돌아가 완전한 배우로서의
삶을 꿈꾸는 이도원의 일대기!

Book Publishing CHUNGEORAM

유행이 아닌 자유추구 -
WWW.chungeoram.com